Pirouettes dans les ténèbres

Du même auteur
aux Éditions J'ai lu

Vacarme dans la salle de bal, *J'ai lu* 6789

François Vallejo

Pirouettes dans les ténèbres

© 2000, Éditions Viviane Hamy

Avoir deux bras ? Qui irait s'en étonner ? Et une âme, alors ? Autre histoire ; j'en reparlerai. Mais deux bras comme les miens ? Pas rien. Longs, si longs, plus longs qu'il ne faudrait... Pas monstrueux, tout de même... Pas tout à fait. Juste une légère disproportion : on la devine, on ne se l'explique pas ; elle inquiète parfois. Depuis longtemps je me sens encombré de ces deux appendices grotesques ; pourtant bien attachés à un torse honnête ; d'une musculature enviable ; de quoi embrasser la vie, si j'en crois certaines personnes ; mais non, un petit rien m'a toujours gêné, ce malentendu infime entre mes bras et moi. Je suis toujours surpris, comme maintenant, chaque fois que, sous le soleil, mon ombre se jette à mes pieds. Comment croire que cette projection sur le trottoir, cette image de primate penché, c'est moi ? Surtout le matin et le soir. Pas étonnant ? Oui, oui, bien sûr, les ombres s'allongent. Regarde plutôt la tienne à midi. Même à midi je ne m'aime pas. Je n'aime pas mes bras. Ils mènent souvent une vie bien à eux – petits triomphes, grands désastres – à mon corps défendant. Curieux, ça : à mon corps défendant. Comme si mes bras ne faisaient pas partie de mon corps ! Justement, en font-ils vraiment partie ? Question stupide ? Peut-être. Des questions comme ça, j'en ai plein les poches ; et jamais de réponse... J'en lève les bras au ciel : ils figurent, au-dessus de ma tête, deux gigantesques points d'interrogation.

Pour l'instant, j'ai mal à mon point d'interrogation gauche. Un sale coup dans un rétroviseur. Un de ces rétroviseurs qui encombrent les voitures – plantés sur les carcasses comme des aiguilles à tricoter dans une pelote de laine : on s'y pique à tous les coups. Je sortais de la gare de Plaisir, lointaine banlieue des Yvelines, je flairais l'air inconnu, coups d'œil dans toutes les directions, tranquille, avant de m'engager sur la petite place. Un pas en avant – distraction de ma part ? – un chauffard me fonce dessus, je me vois déjà renversé dans Plaisir ; je me recule ; mon bras traînait. Pulvérisé, le rétro. Mal au coude.

Voilà encore une de mes aventures. Plutôt une aventure de mes bras : petit triomphe – le rétro droit est bel et bien déglingué – et grand désastre : le coude enfle, chauffe, m'élance. Le conducteur, je ne sais quel ivrogne, quelle brute pressée, quel lâche, a encore accéléré pour échapper à ma colère. Je l'ai maudit jusqu'à la septième génération, au moins : je suis d'un naturel colérique. Il est loin, j'ai mal ; je frotte longuement ce tubercule qui pendille à mon côté ; le choc est passé ; restent une raideur, une boursouflure endolorie : ça va mieux.

J'avais un rendez-vous, une adresse, tout droit en sortant de la gare, m'avait dit la secrétaire au téléphone. Tout droit, mais où ? Avec ça, une heure d'avance. Ma vieille peur d'être en retard. Je prends toujours le train d'avant. D'avant quoi ? Encore mes questions. Les petites et les grandes. C'est une grande question qui m'amenait à Plaisir. Mon avenir. C'est plus facile d'avoir un avenir, quand on a une heure d'avance.

Mon avenir. Il reposait sur une lettre, dans ma poche. Dans la poche droite de mon veston vert. Vérifions qu'elle s'y trouve bien, malgré ce heurt malencontreux. Ce froissement familier, cette rigidité des enveloppes du docteur Delafosse, leur épaisseur, pas de doute. Leur épaisseur, elle m'a fait enrager. J'aurais bien voulu lire cette lettre *avant* de la remettre à son destinataire : je l'ai tournée, retournée, levée vers les sources de lumière les plus diverses, jusqu'au soleil, avec l'espoir de voir *à travers*. Au moins l'en-tête ? La formule de départ ? Le « cher ami » ? « Mon vieux Charles » ? « Mon bon Charles Victor » ? Le docteur Delafosse ne se laissait pas trahir par les objets, vieille habitude : il tenait à ses enveloppes matelassées. Indécollables. J'ai bien essayé la vapeur d'eau. À l'ancienne. À peine si un coin s'est soulevé ; j'allais tout déchirer. Mais pourquoi, alors que nous étions si liés, avait-il tenu à me donner cette lettre cachetée ? Manque de confiance ultime ? Goût du secret ? Des propos à me cacher ? Habitude des messages cryptés entre anciens révolutionnaires ? La poste faisait aussi bien l'affaire, s'il voulait s'adresser discrètement à son ami. Non, non, quelque chose m'échappait. Tant de choses m'échappent. Je n'aurai jamais les bras assez longs pour les retenir.

Depuis la mort de Delafosse, j'ai trituré cent fois ce message qu'il m'a confié. J'en connais la texture, le grain ; mais le *dedans* ? Le *dedans* reste toujours inaccessible, ai-je pensé stupidement : un chauffard vous arrache la moitié du bras et s'enfuit, vous récupérez les restes d'un rétroviseur, rien d'autre, vous ne saurez jamais qui était ce conducteur indélicat, l'homme du *dedans*... J'ai relu mille fois le nom du destinataire, en grosses lettres aux coins carrés, si caractéristiques de l'écriture du docteur Delafosse. Si caractéristiques, oui. J'avais bien pensé ouvrir purement et simplement l'enveloppe, maintenant qu'il était mort, et la remplacer par une autre... Mais cette écriture ? L'imiter ? Maintenant qu'il est mort ? Trois mois. Trois mois de torture. Et puis, non, je ne pouvais pas lui faire ça, même mort. Il m'avait dit : « Quand tu auras besoin d'aide, utilise cette lettre, va voir Victor, compte sur lui comme sur moi. »

Trois mois à me demander. Trois mois pour ouvrir ou porter cette lettre. Un dernier coup d'œil...

l'encre... bleu roi... inimitable... je pourrais encore tout déchirer... à quoi bon?... si près du but... n'y pensons plus... Quelle épaisseur tout de même! L'enveloppe matelassée? Mais les pages et les pages *là-dedans*? Qu'est-ce qu'il a bien pu raconter sur moi? Il en savait sur ma petite personne, Delafosse. Plus que moi: il était là depuis le début; avant le début. Il avait une mémoire... Il était ma mémoire... Je rêvère sa mémoire: j'ai perdu la mienne. Ou presque. Il me reste l'avenir, mon avenir sous enveloppe cachetée, mon destin. Autrefois, on aurait dit ma destinée. C'était beau, c'était grand, une destinée, plus grand, plus beau qu'un simple avenir. Mais c'est mort, comme disait Delafosse. La destinée hante le dictionnaire, comme un cimetière. Mot caduc, répétait mon ami. On s'émerveille des mots passés, alors qu'on devrait s'en effrayer: ils se vident de leur substance, il n'en reste rien. Les générations se succèdent et dressent les actes de décès de milliers de mots: destinée? Décédée. C'est ce qu'on appelle une langue vivante: une langue dont les mots disparaissent jour après jour. Et moi, je transporte dans ma poche la parole d'un mort. C'est quelque chose, la parole d'un mort? Ou rien? C'est vivant?

Je savais où trouver l'enveloppe, le moment venu; il m'avait prévenu: «Pas de doute sur la manière dont ça va finir; après trente ans de médecine, aucune surprise.» Je l'écoutais, à droite de son lit, il parlait court, haletant, je l'accompagnais. Je lui devais bien ça: plus de vingt ans qu'il veillait sur moi. Je ne pouvais que lui rendre la pareille. L'ami de mes parents disparus, l'ami de ma mère d'abord, je crois. Époque du catéchisme, des grandes messes, des pèlerinages. La foi des débuts: de vrais catholiques. L'amour entre eux? Impossible à soupçonner: frère et sœur dans la religion. Mon père n'en a jamais douté; du moins je le suppose: j'étais trop jeune à sa mort; neuf ans? Dix ans? Ma mémoire... Trop d'incertitudes...

Ils avaient commencé des études parallèles, médecine pour lui, pharmacie pour elle. Il a continué, pas elle. Elle s'est mariée, pas lui. Elle a gardé sa foi, il l'a perdue. Elle était heureuse – et lui ? Il fréquentait le nouveau couple, il a soigné le nouveau-né qui allait demeurer unique. Plus tard, son couvert, toutes les semaines, était à la droite du mien. On l'attendait longtemps… les consultations qui n'en finissaient pas. Des années de retard, voilà mes premiers souvenirs du docteur Delafosse. Moi qui suis toujours en avance ! Comme aujourd'hui. Tout ce temps devant moi, avant mon rendez-vous ; onze heures. À table, il racontait des souvenirs, encore des souvenirs, déjà intarissable : la jeunesse de ma mère… telle blague lors d'un pèlerinage à Vézelay ou ailleurs… Jamais un mot de ses activités d'alors : mes parents les ignoraient-ils ? Fermaient-ils les yeux ? Il m'en a parlé bien plus tard : ses activités militantes, années soixante-dix, comme tant d'autres, jeune et brillant médecin, ébloui par Mai 68, avec des rêves groupusculaires. Personne, devant moi, n'a jamais évoqué ce renversement radical de ses convictions ; ma mère invitait à sa table, j'en suis convaincu, l'ancien petit scout, le pèlerin en gros croquenots qui l'avait accompagnée de Lourdes à Chartres, sans songer que son hôte, qui s'apprêtait à faire honneur à sa bonne cuisine bourgeoise, venait peut-être de rédiger ou d'imprimer un tract d'inspiration maoïste. Faucille et marteau, fourchette et couteau. J'en ai ri avec lui, longtemps après la mort de mes parents.

La lettre que je porte, si j'en crois les dernières et nombreuses paroles du docteur Delafosse (c'était un mourant bavard ; je m'asseyais sur le fauteuil aux bras chromés, similicuir bleu vert hôpital, à la tête de son lit ; je recueillais la moindre de ses confidences comme une révélation), cette lettre était destinée à un ami de cette époque. Étudiants en médecine dans les années soixante, tous deux dans la même mouvance gauchiste au début des années soixante-dix, et, plus tard, rangés, du moins le docteur Delafosse... du moins selon ce que je crois savoir... du moins, du moins... et je ne sais rien de Charles Victor. Si : une dette ; une dette entre eux ; qui justifie la lettre.

« Il me doit bien ça, a dit Delafosse ; après tout ce que j'ai fait pour lui, *à l'époque*, il sera obligé de t'aider. Voilà, c'est une lettre de recommandation, avec le poids de l'outre-tombe ; elle t'ouvrira l'avenir. C'est idiot, l'outre-tombe, mais ça marche toujours. Personne n'ose aller contre. Victor pas plus que les autres. Tu verras, il fera l'important – il a toujours fait l'important – mais il finira par t'aider. Mieux que je n'ai pu le faire. »

J'ai besoin d'être aidé, depuis toujours, depuis la mort de mes parents. Mon père le premier. Dans la nouvelle maison de Colombes, construite de ses mains, sur ses plans, pour les siens. Tout fier, le bâtisseur : il nous avait installés au rez-de-chaussée avant d'avoir fini le premier étage. Pressé, trop pressé, il nous pressait toujours. Je ne voulais pas entrer dans cette maison de Colombes. Pourquoi ? Je ne sais pas pourquoi. Je ne sais jamais grand-chose ! Cette maison au toit bâché ne me disait rien, ce n'était pas une maison, la maison de Colombes. Elle avait l'air en ruine avant d'être achevée. Mon père ne m'a pas laissé discuter : déménageons, cartons, malles, en place, en place, tout le monde, la main à la pâte, femme, enfant, tout le monde... J'ai lâché le carton des verres à pied, le service de grand-mère, pressons, pressons, personne ne fait attention. Et puis, plus tard : qui a cassé les verres de grand-mère ? Mon père tenait au service de sa mère, il m'a fait subir une des colères les plus tonitruantes de mon enfance, la plus blessante.

Deux jours après notre emménagement dans notre demi-maison, mon père travaillait à l'étage, plâtre ou tuyauterie ; il m'a appelé deux fois, trois fois, je ne voulais pas répondre, de mauvaise humeur depuis l'affaire des verres; il réclamait je ne sais quel outil, sa tête apparaissait dans le trou de l'étage (on accédait par une échelle, l'escalier devait être posé le lendemain), cette béance de Parthénon pavillonnaire. Je me cachais, il s'est penché; il criait, il est tombé; précipité dans le bas monde, comme un dieu descendu de son Olympe au milieu du salon en désordre. Tête fracassée, saisie dans son cri, son dernier cri, qui était aussi mon prénom, prononcé rageusement.

C'est un de mes rares souvenirs nets : mon père suspendu dans l'air, entre l'étage et le rez-de-chaussée. Longue, longue descente... Pas même une seconde? Mais si, il plane, il veille, il guette... bras étendus, doigts écartés... il a tout son temps. Mon père vole, et va plonger, plus tard, bien plus tard. Reste là encore un moment, entre ciel et terre, rien de mal ne peut arriver. C'est arrivé. Il cabriole et entre dans la nuit. Tout le reste est vague : pas un sentiment, pas une larme en mémoire. Ai-je pu ne pas pleurer? Ne pas être triste? Peut-être. Si inhumain? Trop humain? Étouffé par les cris de ma mère, le fracas des pompiers, cette agitation incompréhensible, à ras de terre, alors que mon père nous avait survolés tranquillement dans certaines couches intermédiaires de l'atmosphère, entre le rez-de-chaussée et le premier étage, mon nom à la bouche.

À l'état civil, j'ai un prénom. Dans la vie, je n'en ai plus : mon père l'a emporté avec lui. Je n'ai laissé personne, depuis, le prononcer devant moi. Dans les démarches administratives (je les évite autant que je peux), je ne réponds jamais aux questions : nom, prénom? Je tends mes papiers et je demande à l'employé d'en prendre note en silence. On me regarde d'un drôle d'air : ce grand type, avec ses bras trop longs, qui ne veut rien dire, rien entendre, une brute dangereuse?

J'ai l'habitude, depuis la chute de mon père. J'en ai vu, des policiers, des médecins, des juges, des notaires, des psychologues, des professeurs qui voulaient me faire dire ou écrire mon prénom. Pourquoi me le faire dire ? Me le faire écrire ? Je le connaissais trop bien. Il m'était tombé sur la tête. Un nom qui vous tombe sur la tête et qui meurt, comme meurent tous les mots, très vite, ça fait mal. Un nom qui meurt avant qu'on soit fini : demi-homme dans une demi-maison, la vie s'annonçait belle.

Tout droit, à partir de la gare, m'avait dit la secrétaire, une petite avenue rectiligne, à perte de vue – je m'y suis engagé doucement, je n'étais pas pressé. J'avais le temps de laisser venir à moi les petits passants. Étrangement nombreux, les passants, en pleine matinée... banlieue lointaine, réputée paisible... Des vadrouilleurs, ai-je pensé, plutôt que des passants, des figures erratiques, au pas plus indécis que le mien. Singulier, tant de marcheurs sans but : ils louvoyaient sur les trottoirs, viraient de bord sans prévenir, reprenaient leur erre, faisant foule grâce à leurs perpétuelles allées et venues. Une familiarité s'installait, les mêmes têtes revenaient, je sentais se tresser autour de moi des liens ; un entrelacs ? Des chaînes ? Non, je me sentais bien, un vrai cocon. Cette femme qui me croise – c'est bien la troisième fois – que me veut-elle ? Des cheveux défaits, emmêlés sur les épaules... elle suit la bordure du trottoir... dans un sens... et retour... à petits pas traînants... Ce frottement continuel où des gravillons introduisent parfois d'infimes variations commence à m'échauffer ; un murmure monotone ajoute une basse continue aux crissements de ses pieds. La voilà qui repasse... Que dit-elle ? Et cet échalas, maintenant... pas dansant, saccadé... les poches mystérieusement gonflées de sa veste trop longue battent ses hanches avec un claquement régulier. Ce vieillard à ma gauche ? Bouche tordue, la lèvre inférieure s'est affaissée sur la gauche et tout le visage a basculé à sa suite. Le reste du corps, l'âge aidant, n'est pas loin de l'imiter. Des yeux passent, trop grands, dans des têtes trop petites; des nez passent; des ventres, des dos passent, des fesses repassent. Je m'attache un instant à chacun de ces nez, ventres, dos, fesses... je ne vois plus qu'eux... Et la vérité s'impose à moi, d'un seul coup: ces promeneurs si nombreux, si curieux, enlaidis, un peu apeurés, ce sont des malades! Des malades de l'établissement de soins dirigé par le docteur Victor! Je devais être déjà – trop tôt – près du but. C'était l'heure des promenades autorisées! J'assistais au va-et-vient des malades mentaux. Attirés par la gare, la fuite peut-être? Établissement de soins psychiatriques, le panneau s'approchait de moi sur la gauche. Anciennement «asile d'aliénés» ou «maison de fous»: encore des mots *décédés*, ai-je pensé, à ajouter à ma liste. J'étais pris dans la cavalcade tranquille des fous en liberté. Et je m'y sentais bien.

J'aurais pu faire partie de leur troupe. Sans le docteur Delafosse, je serais peut-être l'un des leurs: le malade aux grands bras, à côté du vieux à la bouche tordue, de la femme aux pieds traînants... Oui, j'y pense souvent, une obsession chez moi: je persiste à croire que je me résume à cette paire de bras, un peu exagérés, qui font comme deux parenthèses à ma vie. J'ai mis mes parenthèses dans mes poches; j'ai continué mon chemin, au milieu des patients, comme l'un d'eux... Il s'en est fallu de peu... Sans le docteur Delafosse...

Après la mort de mon père, ma mère n'a pas voulu rester dans la maison inachevée. C'était le tombeau de son mari, disait-elle, d'un jeune mari; la cause de sa mort aussi. Chaque fois qu'elle prononçait ces mots devant une connaissance, un visiteur apitoyé: la cause de sa mort, j'éprouvais la sensation pétrifiante qu'elle se tournait vers moi: la cause de sa mort. Elle ajoutait parfois: cette maison, mais plus bas, en avalant ses mots, alors qu'avait sonné bien haut la formule : la cause de sa mort. Il a fallu vendre *la cause de sa mort*. À bas prix, forcément, un embryon de maison, ça ne valait pas cher. Et avec difficulté : les acheteurs éventuels se renseignaient, finissaient toujours par apprendre qu'un homme était mort dans le salon. Ils imaginaient la maison d'un pendu. On avait beau leur expliquer : un accident, ce n'est pas un suicide, pas un crime. Pas de revenant à craindre. Ils hésitaient. Il a fallu baisser le prix encore une fois, arriver au point où la mort d'un homme n'est plus un obstacle, mais une bonne affaire. Nous avons pris un petit appartement dans Colombes, en attendant l'assurance-vie de mon père et sa pension de réversion. Il avait travaillé au Gaz, dans les bureaux ; tant de paperasse, tant de dossiers, disait-il souvent, selon le docteur Delafosse, pour du gaz, de l'invisible, de l'impalpable !

À bien y réfléchir, que savais-je de lui ? Que savoir d'un père qui a sauté au milieu du voyage ? Avant mes dix ans... L'image du plongeur a pris toute la place. Penser à lui, c'est penser à sa chute, au choc. Et les petites chutes d'avant ? Les écorchures aux genoux de sa propre enfance ? Nous ne connaissons jamais les écorchures de nos parents, seulement le fracas de leur dernier gadin, alors qu'ils ont vécu de leurs écorchures mineures pour mourir de leur dernier gadin. Leurs larmes de vivants nous échappent ; leurs larmes de guerriers tout autant : d'après Delafosse, il avait été mobilisé en Algérie, au tout début des années soixante ; il évitait d'aborder le sujet ; s'il se présentait dans la conversation, mon père, semble-t-il, se renfermait. Delafosse lui-même en était réduit aux conjectures : « corvées de bois », tortures, Algérie française ? Ils avaient d'autres échanges... les affaires religieuses occupaient une place importante, parfois sur le ton de la plaisanterie (les mérites comparés du gaz et de l'Esprit Saint, tous deux invisibles, mais pas également inodores, quoique inflammables, et sans doute tout aussi explosifs...). Ma mère n'aimait pas trop ce genre de blagues : toujours sérieuse sur la question, elle tenait à ce que j'aie de bons principes ; elle restait discrète en public, mais elle me faisait la leçon avec une ardeur parfois effrayante : une foi profonde, vraiment !

Et l'affection entre mes parents ? Silencieuse et masquée. Pas trace d'un souvenir, d'une image, d'un baiser. Ai-je tout effacé ? Suis-je parvenu à me convaincre que cet homme s'était contenté, en une trentaine d'années, d'exécuter sous mes yeux un saut périlleux, son seul exploit paternel, coincé entre une existence blanche et vide, sans pensées, sans émotions ni sentiments, et la mort obscure et tout aussi vide ?

À la Toussaint suivante, j'ai accompagné ma mère sur la tombe (« notre tombe », disait-elle). Je devais l'aider à nettoyer la pierre, souillée par des intempéries récentes. Un geste maladroit, un de plus (je grandissais trop vite, disait-on, j'étais encombré de moi-même, je ne maîtrisais pas une force naissante), la croix de marbre rose a perdu une branche. Du moins l'extrémité d'une branche, écornée peut-être... pas si grave... Mais pour ma mère... Son regard... Effondré, puis accusateur... J'ai senti que j'avais commis une faute grave, un crime peut-être, passible d'un châtiment éternel. Après tout ce qu'elle m'avait raconté. Le regard de ma mère... accroché à moi... pour longtemps.

Delafosse dînait maintenant plusieurs fois par semaine avec nous, s'occupait de tout : démarches, placements financiers, chagrins. Il s'efforçait de nous faire rire ; nous nous esclaffions, pour lui faire plaisir. Puis il nous laissait à notre tristesse murée. Enfin murée, avec un toit bien étanche. Ma mère ne me parlait plus guère ; j'étais convaincu qu'elle m'en voulait, ce que le docteur Delafosse a nié vigoureusement jusqu'à sa mort. Un produit de mon imagination ! Un sentiment de culpabilité aussi déplacé qu'exagéré !

Jamais il n'a passé une nuit chez nous, j'en suis sûr (une fois, peut-être ?... un gros orage qui n'en finissait pas... non : il a dû partir un peu plus tard, c'est tout). Jamais je ne me suis couché avant son départ (sauf un jour où je souffrais de vomissements ; je me suis endormi, vidé de toute substance ; le matin, j'ai trouvé un petit « au revoir » griffonné sur une enveloppe – tiens ! une enveloppe déjà, vide celle-là).

C'est joli, bien joli : penser, songer, pour tuer le temps ; l'increvable temps ; et puis, effet de la distraction, vous vous trouvez nez à nez avec un marcheur de Plaisir. Un malade ? Pas sûr, celui-là a l'air de savoir où il va. Une lippe tombante, toutefois, des paupières épaisses et lourdes. Nous nous faisons face ; chacun tente, comme cela se fait, de contourner l'autre, sans y parvenir ; nous piétinons un moment... un sourire fade, gêné... ça n'en finit pas, une éternité à piétiner... Enfin nous nous détachons l'un de l'autre, sans savoir comment, le trottoir s'offre à moi de nouveau, une longue enfilade triste, avec, au bout, le souvenir de ma mère déjà malade : ses cheveux défaits, qui avaient grisonné rapidement, presque d'un coup, après la mort de mon père, ses cheveux emmêlés. Elle ne prenait guère soin de sa personne à cette époque-là. Delafosse la faisait de moins en moins rire. Je ne sais pas quand le mal l'a prise, ni quel mal. Je n'ai jamais osé poser la question, même par la suite, même à la fin (on ne parle pas d'une morte à un mourant), au docteur Delafosse. Ce n'était sans doute pas une maladie identifiable, plutôt un long dépérissement, un abandon ; le désastre du chagrin ; elle se rabougrissait. Moi, à côté d'elle, j'avais l'air d'un insolent : je grandissais, jeune dadais pressé. Je ne voyais rien de ce qui m'attendait, sinon, de temps en temps, le regard de ma mère. Son regard sur moi ;

pesant, fermé. Un jour, plus de regard. C'est une affaire mystérieuse, cette soudaine absence du regard, ces reflets qui abandonnent les yeux. Aucune chance que j'en trouve l'explication aujourd'hui. Plus personne pour témoigner, plus trace d'un dossier médical. Quelle année ? La même que mon père ? La suivante ? La suivante plutôt… bien après la Toussaint. Il faudrait vérifier. Livret de famille ? Pas de famille, pas de livret. L'oncle qui m'a accueilli plus tard ? Fâché. La mairie ? Oui, bien sûr, donner son nom, faire fouiller des registres. Pour des dates ! Plutôt garder ce flou, ne pas même rechercher la tombe. Cimetière de Colombes. Gravé en toutes lettres. Prénoms, noms, dates de naissance, de décès. En caractères dorés, peut-être ? Ce ne sont pas des caractères dorés qui élucideront les circonstances de cette seconde mort dans ma famille. Tout au plus feront-ils scintiller, comme sur une devanture de magasin, mon enseigne pendant toutes ces années, ma raison sociale : orphelin. Orphelin de père et de mère ! « Orphelin à vie ? », avais-je demandé à l'époque, selon le docteur Delafosse. Orphelin… pauvre orphelin… Pourquoi pauvre orphelin ? disait encore mon protecteur ; orphelin, ça commence par « or »… et puis, de la même famille qu'Orphée… pas n'importe qui Orphée, privé d'Eurydice…

Vous parlez d'une consolation, pour un enfant de mon âge ! Delafosse ne m'a jamais parlé comme à un enfant.

Il faudra te refaire une famille, continuait-il, une famille de ce genre : Orphée, premier cousin venu… Se refaire une famille : j'avais un oncle, le dernier survivant avec moi, le frère de ma mère, Pierre. Cœur de Pierre, comme l'appelait Delafosse. Tout juste marié. L'arrivée d'un pauvre orphelin n'arrangeait pas ses affaires ; il rêvait pour moi d'un bel orphelinat catholique, en mémoire de sa malheureuse sœur. Le docteur Delafosse promettait, sans pouvoir m'accueillir chez lui (médecin célibataire, mangé par ses malades et ses activités occultes, d'ailleurs finissantes, dont, à l'époque, j'ignorais tout, naturellement), de s'occuper de moi, dès qu'il aurait un moment; de soulager ce jeune oncle peu disposé à se consacrer à de pareilles tâches. Juge, médecin, tonton, tout le monde commençait à se disputer sur mon compte. J'ai préféré tomber malade. Pas tout de suite. Pas d'un coup. J'ai avalé le mal par petites bouchées. L'aigre, l'amer, je me suis régalé. Ce qui vous met la bouche en feu, vous ronge les muqueuses, j'ai dégusté. Tout a commencé par mes bras. J'avais poussé vite, trop vite; orphelin, ma croissance s'est arrêtée. Je ne grandis plus, disais-je, selon lui, au docteur Delafosse, moi qui étais si fier de ma taille. Simple ralentissement, répondait-il; banal! Je m'obstinais à me plaindre: j'ai eu le sentiment que mes bras, eux, continuaient à pousser. Comme une révélation, un soir, devant une assiette de soupe désolante: mes bras pendaient le long de la chaise. Abusivement, selon moi. J'ai avalé de travers, je me suis précipité devant la glace: quelle difformité! Comme si je prenais conscience d'un nouveau sexe. Comme si je devenais l'unique représentant d'un nouveau genre. Je me suis tu, d'abord; examiné, jour après jour; mesuré, soupesé. Incontestable. J'allais finir dans la peau d'un monstre; je devais parler de mon état au docteur Delafosse, mon seul ami en ce monde. Il a fait l'étonné. Non, rien remarqué, examen normal. Tu te fais des idées. Des grands bras, peut-être... question de morphologie... de là à parler d'hypertrophie... J'ai insisté: je faisais des cauchemars chaque nuit, je me voyais debout, les bras élastiques traînant par terre, j'attrapais des objets lointains, comme un caméléon avec sa langue; j'allais bientôt entourer le globe terrestre de mes membres préhensiles.

Contrecoup de la disparition de tes parents, m'a dit Delafosse; il faut reconnaître... deux d'un coup ou presque... somatisation... recherche d'affection, d'embrassements... rattraper ce qui est perdu à tout jamais, qui s'est éloigné définitivement... Tes bras poussent dans ton cerveau, pas ailleurs. Il a tout de même consenti à consulter des confrères. Un aréopage s'est penché sur mon cas. À titre amical. On a mesuré mes humérus, mes cubitus. Il a bien fallu se rendre à l'évidence : une légère disproportion, pour les uns, un problème de cartilage pour les autres ; seul Delafosse protestait encore : où est la mesure, la norme absolue ? Quelle loi définit au centimètre près la proportion des membres et du torse ? On rencontre bien des gens « tout en jambes », pourquoi pas « tout en bras » ? On a encore soulevé chacun de mes membres supérieurs, alternativement, vertical, horizontal, devant, sur les côtés – un gymnaste à l'entraînement ! – doigts tendus, poings serrés, épaules rentrées, dégagées. Halte. Il a l'air d'un gibbon, a lâché un médecin, et les autres ont bien ri. Ils se sont séparés sur cette note de gaieté. Aucune raison de s'alarmer, tout rentrera dans l'ordre, avec la reprise normale de la croissance, ont-ils tous proclamé, en me serrant la main à tour de rôle, fortement, comme pour me rassurer sur ma normalité (ou plutôt, selon moi, comme des savants qui auraient découvert un animal fabuleux dont ils ignoraient l'existence, et qui se diraient : je l'ai touché !). Qu'est-ce que c'était un gibbon ? Personne n'a pris la peine de me l'expliquer. J'ai remâché longtemps les deux syllabes : gib-bon. C'était bon, j'aimais la saveur de ce J bon ; l'attaque aiguë, qui fouette le palais, suivie d'une explosion : bon ! L'odeur de poudre qui reste dans la bouche, longtemps... bon... bon... J'ai décidé, ce jour-là, de répondre à l'habituelle demande : nom ? prénom ? par : Gibbon, Gibbon tout court. Mon seul nom. Baptisé par la faculté ! Authentifié !

Personne n'a pu m'ôter l'idée que j'avais les bras trop longs, même après la reprise attendue et rapide de ma croissance : les bras n'étaient pas en reste, toujours en avance, toujours à l'avant-garde ! Depuis (alors que tous les autres maux de cette époque ont disparu) j'ai conservé en moi cette terreur : si mes bras allaient se remettre à pousser... mes deux branches maîtresses, nourries de sève, noueuses... Le docteur Delafosse en a fait un sujet de plaisanterie jusqu'à sa mort : ma fameuse idée fixe, sans fondement scientifique, un petit truc de rien amplifié par un cerveau d'orphelin mal dans sa peau ! Pour moi, c'est resté du sérieux ; toute ma vie a dépendu de mes bras ; j'étouffe, j'écrabouille quiconque niera cet aspect de ma personne ou haussera simplement les épaules. Delafosse, c'est différent, il a tant fait pour moi, je ne peux pas lui en vouloir. C'est comme ça que tu te vois, m'a-t-il répété jusqu'au dernier jour, ce n'est pas tout à fait comme ça que tu es (« pas tout à fait », je lui étais reconnaissant de ce « pas tout à fait »). Sommes-nous comme nous sommes ou sommes-nous comme nous nous voyons ? Comment se voit cette femme qui marche droit sur moi, avec son corps aplati, ses épaules étrécies, ses hanches à peine saillantes sur des jambes maigres et étirées, avec cette tête longue et émaciée, aux cheveux ras, cette garçonne qui avance décidément sur moi, les lèvres crispées, les yeux bridés, qui m'arrête un instant : vous êtes là comme témoin, dites, monsieur, hein ? Vous êtes là comme témoin, vous avez tout vu ?... et repart sans attendre de réponse, poser sa question à un autre ? Encore une patiente de l'établissement de soins psychiatriques ; c'est vrai, elle ne se voit sûrement pas comme je la vois. Delafosse ne pouvait pas avoir totalement tort. Dire que j'ai été comme elle, dans mon enfance. Sans le docteur Delafosse... « sans le docteur Delafosse », c'est ma phrase à moi. Nous pourrions faire un fameux dialogue, elle et moi, dans les rues de Plaisir : « – Vous êtes là comme témoin ? – Sans le docteur Delafosse... » Chacun sa petite phrase et tout le monde s'entend très bien, pourvu qu'on ne cherche pas à se contredire.

Je suis resté le petit orphelin : mes bras accrochés à mon corps, comme deux stigmates bien visibles, révélaient, pensais-je, mon état, ma vérité, à toute personne que je croisais. Indiscutable : un orphelin. Je le voyais dans leurs yeux. Un orphelin, impossible d'y échapper. Même aujourd'hui.

Le mal, très vite, a pris d'autres formes, paraît-il. Je dis : paraît-il, parce que je ne garde de cette époque que des souvenirs tronqués, flous, des souvenirs *blancs*. Le reste me vient de Delafosse, la mémoire de mon passé, à présent disparu, le dernier lien avec ma famille, à présent disparue. Il aurait peut-être mieux fait de ne rien me dire. Intarissable sur mon compte, sur le compte de ma mère : je n'ai jamais bien su pourquoi ; intarissable, même après sa mort : j'ai cette lettre épaisse dans la poche, dans la main maintenant. Je la tourne, la retourne, encore une fois, avant de l'abandonner aux mains d'un autre – d'un autre médecin, médecin de mon avenir. Je touche au but, toujours en avance, quelques minutes encore. Je reviens sur mes pas, je m'abandonne à de petits détours, comme tous ces patients autorisés à une promenade qui ne mène nulle part : leur chambre, la gare, leur chambre, la gare, nous avons fait un beau voyage. Drôle de voyage : moi aussi il a fallu me soigner. Les troubles, paraît-il, ont commencé à l'école. Le petit écolier doué, en avance (toujours en avance !), a perdu d'un coup tous ses dons. Le premier de la classe, le virtuose du calcul mental, ânonnait ses tables de multiplication, mélangeait les formules mathématiques. Tout reprendre à zéro ! Et l'auteur de rédactions savoureuses qui lisait ses œuvres, debout devant la classe ? Oublié. On le laissait dans son coin, avec ses phrases incohérentes, truffées, quel que soit le sujet, de mamans et de papas singuliers. Les effets des deuils successifs, proclamait-on, troubles passagers, compréhensibles, patience, entourons-le de notre affection. Leur affection ! Pas payée de retour, semble-t-il. Le garçon d'avant était doué; il était doux aussi. Le doué s'est fait benêt, le doux s'est dissipé. Insultes, gestes hostiles, gifles faciles: il ne se privait d'aucune brutalité. On s'est ému auprès de celui qui avait consenti tant bien que mal à devenir son tuteur, le jeune oncle, Cœur de Pierre, que ces soucis supplémentaires renforçaient dans sa conviction: au diable mon neveu! Si au moins il se contentait d'être orphelin! À l'ancienne! Avec des mines confites, une humilité digne! Digne de pitié! Mais non: un imbécile! Une brute!

Delafosse, selon ses propres affirmations, s'efforçait de tempérer les différentes parties; il jouait de son autorité de médecin: période transitoire, travail de deuil un peu prolongé, je veille. Ses explications ont paru très vite de moins en moins convaincantes: *le petit voyou de bonne famille catholique, douloureusement meurtri*, s'en prenait maintenant aux lunettes de ses camarades... Les binoclards étaient plongés dans la détresse; un escogriffe, avec une allonge inégalée, se jouait des plus prudents; il surgissait d'un côté ou de l'autre, s'emparait d'une branche des lunettes... coup sec... les oreilles décollées pâtissaient; il projetait la paire sur l'asphalte des rues ou de la cour de récréation avec un cri de vainqueur; joie du bris de verre, et il fuyait. Ensuite, ou en même temps – le docteur Delafosse lui-même n'avait pas gardé en mémoire la chronologie de ces petits crimes –, le brutal s'en est pris aux colliers fantaisie des fillettes de l'école, chaînes en or ou en toc, pendentifs de bon ou de mauvais goût, médailles pieuses ou non: il profanait tout. Même méthode de vol à l'arrachée, mais le voleur abandonnait sa proie, « sitôt son forfait accompli », selon divers rapports rédigés sur lui, disait Delafosse. Lunettes et colifichets n'ont plus suffi: il a joué de sa force supérieure pour renverser ses victimes et (« prenant un malin plaisir » – toujours les rapports) les traîner dans les flaques d'eau ou de boue, ajoutant la saleté aux griffures. J'allais devenir une incarnation de la méchanceté. Le comble a été atteint quand le pauvre orphelin a commencé à voler pour de bon dans les magasins. Que volait-il ? Personne ne voulait le croire... c'était vrai pourtant... il a fini par être surpris, interpellé (d'autres rapports devaient en témoigner) : il dérobait des jouets, des poupées en particulier, qu'on peigne, qu'on déshabille, qui ferment les yeux et qui pleurent... Et il les offrait à ses victimes ! Aux petites filles qui n'osaient plus accrocher leur Sainte Vierge au cou ! Aux myopes qui se tiraient les yeux pour surveiller les alentours, selon les préceptes de leurs parents ! Ces cadeaux scandalisaient plus encore que les crimes qui les avaient précédés. Certains pourtant, plus indulgents, paraît-il, y voyaient un petit rien émouvant : il a un bon fond ; besoin d'affection. Mais il fallait se rendre à l'évidence : la prodigalité d'un orphelin réputé sans le sou dénonçait l'origine des peluches, baigneurs et poupées. La preuve a été faite ; tout le monde a connu l'épisode de mon arrestation ; je m'étais débattu comme un animal, a-t-on dit ; violence surprenante chez un enfant de cet âge... plus vieux que son âge... inquiétant... Mon oncle, convoqué au commissariat, est arrivé en soupirant, mêlant toutes les nuances possibles du soupir : découragement, irritation, impuissance, dégoût. Le docteur Delafosse, une fois de plus, a apporté sa caution médicale. Sans le docteur Delafosse...

Il fallait prendre des mesures de sauvegarde, me retirer de l'école : on avait trop tardé, un asocial, un furieux. Furieux ? Pas complètement. À mes périodes d'excès et de violence succédaient des heures de prostration, des journées d'apathie et de silence, dont je ne sortais que pour pousser des cris d'égorgeur. Ou d'égorgé.

J'ai été hospitalisé, mis au secret, questionné, torturé, trituré. On voulait savoir : pourquoi précisément des lunettes, des colliers ? Psychologie, psychanalyse, on me tenait : les colliers, les médailles, la maman ? Les lunettes, le papa ? On suivait des pistes inondées de lumière, on découvrait des vérités criantes : un cas d'école. Un objet auréolé d'hypothèses. Une expression délectable : être l'objet d'hypothèses ; une expression qui ne risque pas de mourir... Ce que j'ai pu en rencontrer des amateurs d'hypothèses ; des hommes sérieux se laissent aller à leur fantaisie, sans douter un instant de leur sérieux, et multiplient sous vos yeux, comme des pains ou des pigeons sortis de leurs manches, vos possibilités d'existence. Vertigineux : on m'a promis un destin d'épileptique. J'avais des absences ; une infirmière m'avait retrouvé comme paralysé, la cuiller immobilisée, tendue, entre mon assiette de soupe et ma bouche (sans en renverser une seule goutte, s'extasiait la dame) ; ou bien on m'avait vu, plusieurs fois, le pas suspendu au milieu d'une promenade, l'œil globuleux et vide ; je faisais peur : je quittais debout le monde des vivants. J'ai bu, mâché, croqué, avalé les cocktails aigres-doux de la chimie moderne.

Autre hypothèse, mon bel avenir : on aimait revenir sans cesse sur les exploits qui m'avaient mené jusqu'ici, on voyait en moi un pervers dangereux à terme. Cette manie de s'en prendre aux colliers des petites filles, aux médailles des petites filles, pour ne pas dire aux petites filles elles-mêmes : pulsions criminelles ! Et les poupées... parlons-en, des poupées... J'enchantais la faculté avec mes poupées... l'affaire des poupées volées ! Le maniaque de la poupée (on oubliait au passage les ours en peluche) ! Tout ça complétait bien le tableau de mes déficiences. J'étais loin des talents d'Orphée, mon frère lointain ! Docteur Delafosse ! Votre petit Orphée orphelin ! La musique des diagnostics, la musique des pronostics, la musique des hypothèses, c'étaient mes berceuses ; des berceuses qui me réveillaient la nuit, dans mon lit à barreaux inoxydables.

Delafosse m'a sorti de là : un dossier à mon nom, au nom qui avait été le mien, a circulé de commission médicale en tribunal pour enfants. Ausculté, trituré, disséqué, mon dossier; analysé, approfondi, creusé, mon passé, éviscéré. On a statué. On a tranché : bon pour la sortie.

Le docteur Delafosse m'a installé chez lui... pour un temps... pas bien longtemps... question de légalité... Mon tuteur n'était pas pressé de me récupérer; il me voyait bien enfermé à vie, Cœur de Pierre.

Il m'a fallu des mois. Encore des mois à ruminer le mal, à bouffer du lion, comme disait mon ami. Le reste du temps, je marinais dans le jus du silence. Une marinade, ça vous cuit. Je n'arrive pas à croire que c'était moi, ce garçon brutal, ce garçon amorphe; rien que d'y repenser, j'en tremble, j'en perdrais pied, je vacillerais presque dans cette avenue rectiligne de Plaisir, comme si tout pouvait reprendre, comme si le mal attendait tout au fond. C'est du passé; ça sent mauvais; viande faisandée; marinade cuite, recuite, réduite : évaporée? Je ne me souviens pas de tout, mais il me reste de ce temps-là un goût fort – les sucs de la marinade, avec leur parfum âcre, effrayant, et plus effrayant encore : parfois attirant, goûteux, comme si, peut-être, à ce moment-là, à ce moment-là seulement, j'avais été heureux. J'avais noyé mes chagrins dans le malheur.

Avec l'espacement des crises, mon apaisement relatif, j'ai retrouvé l'oncle Pierre. Par chance, il venait de divorcer, je n'étais plus un obstacle à sa vie de famille, plutôt une compagnie pas trop encombrante, résignée, silencieuse. Une nouvelle école m'a accueilli, puis un collège : aucune trace du prodige d'autrefois. J'avais recouvré santé, tranquillité, pas mes facultés que des maîtres avaient qualifiées des années plus tôt d'exceptionnelles. Les théorèmes me restaient obscurs, les dates historiques se mélangeaient devant mes yeux; je n'étais guère différent en cela de beaucoup de mes camarades, mais ils avaient fait beaucoup moins d'efforts que moi pour en arriver là. J'étais devenu un garçon presque ordinaire. Avec, toutefois, des remugles du passé : tantôt une réponse géniale parfaitement inattendue, tantôt un coup magistral sur les lunettes d'un voisin rébarbatif. Rien d'alarmant, comme disaient les professeurs et les médecins.

Mon corps avait pris sa forme définitive : haute taille prolongée de membres simplement remarquables pour les autres, exorbitants selon moi. Il était temps de me mettre au travail : j'avais l'allure d'un homme et des résultats scolaires médiocres, malgré l'aide constante de Delafosse, ses patientes conversations. Il me consacrait ses jours de congé, plus nombreux que par le passé : ses activités militantes, au fil des années soixante-dix, s'étaient délitées. J'étais plus paisible, il était plus calme. Il se construisait une clientèle, disait-il, prenait des airs de notable. Il avait même failli se marier, avec une petite blonde que je n'aimais pas. Je me demande parfois si elle ne l'a pas quitté à cause de moi : je lui faisais peur ? Je m'imposais à la table de son futur époux ? Encore des hypothèses. Pas tout à fait gratuites : quelques disputes entendues, des hauts cris à l'heure de mes départs tardifs... parasite... profiteur... (elle buvait beaucoup, je crois)... amitié intéressée... Pourtant je n'étais pas encore exposé à la misère : l'assurance-vie de mes parents, placée sur ma tête, ma pauvre tête dérangée, continuait à produire des intérêts. Delafosse prenait toujours ma défense : il a sacrifié la blonde, avec ses colliers voyants, de fausses pierres probablement (simple hypothèse, je l'avoue).

Mon oncle dirigeait une équipe de jardiniers, au parc Montsouris. L'art des jardins, son talent, son unique obsession ; non : la première. La seconde ? Se débarrasser de moi. Il s'était remarié. Ma compagnie l'agaçait de nouveau, même silencieuse, même discrète, peut-être épileptique. Il avait gardé, mieux que moi, le souvenir de toutes les hypothèses les plus tragiques sur mon compte ; il n'oubliait jamais de me les répéter ; il les voyait se réaliser à coup sûr, et toutes ensemble, guettait leurs manifestations possibles, les souhaitait sans doute : bons prétextes. Il m'a trouvé une place. Au parc Monceau. Pour être tranquille. L'entretien des pelouses, des parterres de fleurs, des haies, des allées, des arbres. La nature. L'air libre. Utile. À ma portée. Bientôt l'indépendance financière. On me trouverait un petit logement. Pas trop loin. En cas de besoin. Il voyait les choses simplement. Il me les expliquait peu. Peur que je ne comprenne pas tout. Il me prenait pour un imbécile. Depuis mes *tristes aventures. Un pauvre gosse. Limité.* Lui, il était chef. Au parc Montsouris.

Le parc Monceau ne m'a pas déplu, au début. L'Arc de Triomphe, pas loin, la gare Saint-Lazare, de l'autre côté. Je jardinais, c'est fatigant, c'est reposant. Je m'ennuyais un peu. Un printemps, les autorités ont constaté des actes de vandalisme : parterres saccagés, boutons de fleurs sectionnés, tailles à contretemps. Le tout, audace suprême, en plein jour. Et impossible de trouver des témoins... printemps pluvieux... peu de promeneurs... D'après les enquêteurs, le travail avait été fait consciencieusement avec des outils de professionnel. On suspectait les jardiniers. Il faut reconnaître que le parc employait, à l'occasion, pas mal de pauvres bougres dans mon genre, au passé plus lourd que le mien, aux capacités mentales encore plus réduites. Pour mon oncle Pierre, aucun doute, j'étais dans le coup, avec mes grands bras ! Cette manière d'arracher fleurs et branches, comme des lunettes ou des chaînes de cou, c'était typique de moi ! De mon art ! De ma méchanceté ! Ma vieille compulsion qui me reprenait sans doute. Il avait soigneusement caché mon histoire ; il se portait garant de ma moralité ; il tremblait que je sois désigné comme le coupable : la honte traverserait Paris, du parc Monceau au parc

Montsouris. Sa place, sa si belle place, serait menacée. Sa nouvelle femme le poussait à me mettre à la porte, sans retenue, en ma présence. Je protestais de mon innocence, ils n'arrivaient pas à me croire. Pierre m'a demandé d'attendre quelques mois avant de quitter mon emploi ; il ne fallait pas qu'on établisse un lien entre cette nouvelle affaire et mon départ. Il m'implorait de me tenir tranquille jusque-là. Cela ne dépendait pas de moi, disais-je, puisque je n'y étais pour rien. Je parvenais à l'ébranler, tonton Pierre. Sans sa femme tonitruante – qui sait ? – je l'aurais convaincu. Pour dire la vérité, dans l'affaire du parc Monceau, nous étions deux ; surtout l'autre. Un blagueur râleur, jeune Breton révolté, un Tanguy, qui n'aimait pas les petits chefs. Chef dans un jardin, disait-il, de quoi ça a l'air ? On va leur en faire voir. J'ai été entraîné, j'ai participé de loin, une modeste contribution (c'est pourquoi je me disais sincèrement innocent), des conseils de méthode surtout (de ce point de vue, mon oncle avait raison).

La nature elle-même a étouffé l'affaire : prolifération de nouvelles tiges, bourgeons en pagaille, fleurs, feuilles, branches, au mépris de l'art horticole qui vous enjoint de n'accomplir tel ou tel geste qu'à des périodes bien définies, selon qu'il y a de la lune ou qu'il n'y en a pas. Je garde un souvenir ému de cette aventure, le rêve d'un monde où les crimes se réparent tout seuls. Où rien d'irrémédiable ne se produit jamais. Où les morts ressuscitent plus verts. Où le passé se continue dans l'avenir.

Je me suis conformé aux désirs de mon oncle : après l'été, démission. Tanguy avait déguerpi le premier, si bien que les soupçons s'étaient portés sur lui, d'autant plus qu'il n'avait pas laissé d'adresse. Moi non plus. Les derniers mois avec mon oncle et celle qui se refusait à se dire ma tante ont été particulièrement pénibles ; je sentais des bouffées de violence me reprendre ; j'agitais mes grands bras, pour calmer les esprits. Nous nous sommes quittés fâchés. Dix-huit ans révolus ; mon oncle jardinier, mon infortuné tuteur, dépassé par sa mauvaise herbe, ne se sentait plus tenu de m'entretenir.

Le docteur Delafosse s'est entremis pour moi, une nouvelle fois. Je lui dois tant : hommage à sa mémoire, à l'instant où me voici devant une grille d'hôpital ; je n'aurai pas de plus belle occasion. Onze heures moins le quart, franchissons cette grille, je trouverai bien un banc en attendant onze heures, tiens, à main gauche, cet édenté dont la lèvre supérieure court sans cesse après la mâchoire inférieure, avec une tranquillité herbivore, vient de se lever. Hommage au docteur Delafosse, parce que je ne ressemble pas tout à fait à ce paisible ruminant ! Il a demandé un petit service à de vieux amis, de son époque catholique fervente. Ils avaient un peu connu ma mère, si peu, une fille Leblanc, ah ! le fils d'une fille Leblanc, mon sésame ! Les morts vous tiennent parfois la porte. La porte d'une chambre de bonne, septième étage, mansardée, toilettes au fond du couloir, à titre gracieux, les dépenses courantes à ma charge, rue de l'École-de-Médecine. Rue de l'École-de-Médecine ! Si ce n'est pas un destin ! Ou son ironie ! Mon premier logement ! Si peu mon logement : un logement consenti, pas déclaré ; pas de sonnette, pas de boîte à lettres. Trois mètres sur deux. Mes chambres d'hôpital étaient plus grandes. Mais là, j'étais tout seul : unique occupant de l'étage sous les toits, même pas une bonne à croiser. Espèce disparue. Même pas une ombre de bonne à espérer : les manoirs hantés, oui, bien sûr, les riches propriétaires fantomatiques... mais on n'a jamais vu une bonne revenir hanter sa chambre. Aucun conte là-dessus ! Quelle tristesse !

La situation avait tout de même ses avantages : l'escalier de service m'était entièrement réservé. Encore un mot cadavre: escalier de service. Plus de service. J'emprunte une piste de montagne inaccessible aux autres: l'air raréfié des sommets, sept étages en solitaire, une rampe branlante, des marches disjointes, des contremarches parfois béantes, une peinture pisseuse. Pour moi! Pour moi seulement! Les propriétaires m'ont reçu deux ou trois fois, au début, chez eux, en bas, *à l'étage noble*. Ils aimaient ce vocabulaire d'agence immobilière. Je devais m'extasier devant leurs petites collections d'ivoire et de pierre, miniatures animales, sous vitrines, éclairées, dans leur salon capitonné. Le couple Clotaire et ses collections! Ils ont vite repéré mon œil vide, mon admiration de commande. Je les ai déçus: un petit-fils Leblanc par sa mère, ils espéraient davantage de moi. Ils m'ont évité, sans chercher à me nuire ou à m'évincer. Ils s'étaient engagés auprès de leur ami Delafosse.

J'ai croisé dans la cour, deux ou trois fois, leur petite-fille en visite. L'âge nous rapprochait, quelques conversations gaies, j'espérais... L'escalier nous a séparés. Je n'avais pas encore connu de fille. J'en ai bien trouvé, plus tard, que cet escalier n'effrayait pas. Je montais avec une prudence d'alpiniste: les Clotaire m'avaient recommandé de ne pas *m'encombrer de présences féminines*. Un petit-fils Leblanc par sa mère!

Delafosse était venu admirer la vue de mon perchoir. Une belle échappée, une promesse d'avenir, selon lui. Je le voyais moins souvent à cette époque; il tentait une nouvelle expérience de vie commune, avec une autre blonde; elle avait de jolis bras, pâles, menus; je ne voulais pas créer de désordre entre eux par ma présence envahissante. Ils se sont arrangés tout seuls. Après un an et demi, ils se disputaient sans fin et en public. Les quelques repas auxquels j'ai été convié s'achevaient en soupirs, piques et mots durs. Pour des riens. Même pas pour moi. Ils se sont quittés, nous nous sommes revus.

Le docteur s'était mis en tête de parfaire mes connaissances, de me donner un semblant de culture.

— Tu vaux mieux que tes études interrompues, disait-il. Les circonstances, les deuils, le chaos. Tu étais plein d'aisance, plein de promesses *avant*. Il n'est pas pensable que tout ait été irrémédiable-ment perdu. Il m'est arrivé de penser que tu avais une forme de génie enfantin. Bien sûr, le génie s'est retiré ; de toute façon, les dons de l'enfance s'émoussent avec les années, le travail les remplace, ou les efface. Tout de même, il doit bien en rester quelque chose.

Il m'a inscrit à des cours du soir : que j'obtienne un bac au moins, que je puisse travailler sans manger mon petit capital, l'assurance-vie de mes parents. J'étudiais, je repassais mes leçons dans ma chambre de bonne, je lisais, j'accumulais des connaissances, je n'ai obtenu aucun diplôme : la simple vue d'un exa-minateur ou même d'un surveillant me paralysait. J'avais soudain l'air d'une brute ignare.

— Tant pis, a dit Delafosse, tu n'es pas fait pour ces exercices imbéciles. Passons à autre chose.

Nous avons commencé à déambuler partout, je devais visiter des monuments, entendre les explica-tions historiques, scientifiques, de mon mentor. C'est à ce moment-là, ces dernières années, que j'ai vrai-ment découvert la parole du docteur Delafosse, une parole sans fin, une parole de bonimenteur à la jour-née. La moindre pierre lui inspirait les plus étonnants commentaires.

Tout ce que je sais, je l'ai appris dans les quelques livres que Delafosse a mis sous mes yeux, et, surtout, en marchant, en écoutant. Je me surprends souvent à imiter mon ami, ses phrases me reviennent, je les reproduis jusque dans ses intonations.

Un matin, nous étions à Notre-Dame, il me mon-trait une plaque, au pied d'un pilier derrière lequel un poète avait connu la révélation de sa foi. Paul Clau-del, la conversion de Claudel, à Notre-Dame !

— Tu vois, m'a dit Delafosse, un grand garçon qui jouait à cache-cache dans les églises...

Justement, on disait une messe : deux jeunes prêtres faisaient alterner lectures, commentaires, discours, comme à l'entraînement. Une voix enchaînait sur l'autre. Le premier officiant expulsait de ses joues creuses des paroles denses... ton intense, poignant, convaincu... Un sermonneur digne de la grande époque, a dit Delafosse. J'avais le ventre noué. L'autre, avec son teint plus frais, lisait calmement : timbre un rien détaché, métallique, mécanique ; la fin des phrases sonnait plus aiguë, comme chantée, chantante ; la voix remontait, comme pour se dégager de ce qu'elle proférait.

— Que de temps gagné, a dit Delafosse : avec l'un, tu attrapes la foi ; avec l'autre, tu la perds. De précieuses années... j'en ai perdu beaucoup. Retiens ça : ça vaut bien quatre ans de catéchisme.

Je n'avais jamais trop réfléchi à la foi de mon enfance, à la foi de ma mère, tout ça s'était enfoncé en moi, comme un poids trop lourd... Mes propres années perdues, je pouvais en parler : j'ai vu plus de blouses blanches que de soutanes. (Les soutanes étaient en voie de disparition à l'époque de mes deuils ; pourtant le prêtre de Colombes, qui a dit l'office pour mes parents, en portait encore une, pour peu de temps.)

Mes connaissances s'approfondissaient : nous traversions chaque semaine le Louvre de part en part. Delafosse revenait toujours aux Caravage : « Un peintre qui exécutait autant de tableaux que de concitoyens. » Affaires de police et d'art mêlées... Il me lisait aussi des vers de Villon, se promettait de me faire entendre la musique d'un nommé Gesualdo, meurtrier de sa femme et de son amant et compositeur de madrigaux. Il avait du goût pour ces artistes-là, les supposait à ma portée, à ma ressemblance : il croyait toujours à une forme de talent en moi ; et puis, j'avais eu mes propres démêlés avec les forces de l'ordre.

— Moi aussi, à une certaine époque de ma vie, m'a-t-il confié, un soir que nous sortions du musée.

Cette remarque a resserré un peu plus, si c'était possible, nos liens : nous avions des malheurs communs. Mais il ne m'en a pas révélé davantage. Il parlait beaucoup, il ne disait jamais grand-chose de lui.

Il me prêtait des livres de sa bibliothèque abondante ; je les avalais comme des médicaments qu'il m'aurait prescrits. Un moment, il m'a imposé une cure d'un certain Pessoa, « un poète qui s'était inventé des noms, des vies nombreuses, pour pouvoir n'en vivre aucune ». Cela m'impressionnait. Le remède agissait.

Un type mal fagoté, râblé, la trentaine, s'est assis à côté de moi... me regarde avec insistance... comme un usurpateur : j'occupe *son* banc... Je vois bien que je gêne... les bancs publics appartiennent toujours à quelqu'un... Je sens qu'il va m'interpeller... je regarde ma montre... puis le vide... On ne dérange pas un homme plongé dans le vide... Il préfère renoncer, reprendre sa promenade.

Nos marches nous menaient quelquefois jusqu'à Saint-Ouen. Aux Puces. Le docteur n'achetait rien, il se contentait de me montrer *ce vaste dépotoir, ces déchets vaniteux*. Un jour pourtant, il a fait une exception : un vague brocanteur hirsute exhibait une petite statue de porcelaine. Deux amants, costumes rustiques, XIXe siècle, endimanchés, se tenaient tendrement, côte à côte, bras à la taille. Rien de notable. Sauf que la tête originale du jeune paysan avait disparu. Un rafistoleur sans talent avait tout bonnement collé une autre tête, de taille approchante, légèrement plus grosse, pour refaire un couple présentable. Seulement, la campagnarde amoureuse au teint fleuri avait maintenant pour compagnon une sorte d'enfant, presque d'angelot, sur un corps de viril laboureur. L'image faisait une curieuse impression... du déjà-vu... déjà-senti...

— Tu penses la même chose que moi ?

La question nous est venue en même temps. Le rire aussi. Il m'a offert la statuette, son dernier cadeau. Le plus beau, même s'il ne valait pas un clou (« Une restauration d'époque », soutenait le marchand pour en tirer un peu plus). L'objet est longtemps resté en équilibre sur l'étagère au-dessus du lavabo (Allez trouver une autre place dans six mètres carrés !). Une nouvelle chute, et l'ange paysan a une seconde fois perdu la tête. Une tête si fragile... avec ce petit quelque chose, en elle, qui clochait. Je l'ai toujours, je me promets sans cesse de recoller les morceaux ; un jour sûrement...

Malgré des mois de conversations, de marches, tête en l'air, oreille tendue, je ne suis pas sûr d'avoir retrouvé mon fameux génie enfantin. Je m'en moque, j'ai gagné une culture – bancale, en raccourci, sans doute – et une statue – étêtée et branlante. Et aussi de l'assurance. Jusqu'ici je n'avais vécu que de l'assurance-vie de mes parents (ce nom étrange resté associé à leur mort). Il me fallait quelque chose de bien à moi. En route pour la vie. La vraie. L'âge adulte. J'allais chercher un nouvel emploi.

J'en ai trouvé un. Pas celui que j'attendais. L'inattendu, le contraire de l'inespéré : un sale boulot. Garde-malade.

J'avais, comme chaque jour, téléphoné à mon vieil ami. Il a attaqué tout de suite :

— Tu te souviens de ma phrase ? Ma blague de mauvais goût, comme tu disais, et qui te faisait rire ?

Son esprit carabin lui était resté : il avait pris l'habitude, au long de sa carrière, d'annoncer leurs maladies incurables à ses patients par une formule : « Je vous parlerai sans détours, vous êtes à un tournant ! » La première fois, selon lui, c'était accidentel, les mots lui étaient venus tout seuls, il avait dû ravaler son rire, devant la tête du malade. Ensuite, la phrase était devenue un moyen de soulager sa propre angoisse, au moment de telles révélations. Il espérait aussi, plus secrètement, qu'un patient, un jour, en relèverait l'ineptie, au point d'en négliger le contenu : maladie mortelle. Le cas ne s'était jamais présenté.

— Aujourd'hui, c'est moi qui suis au tournant. Les analyses sont formelles : cancer des os ; bien avancé ; irrémédiable. Comme mangé à l'acide. Tout fiche le camp de l'intérieur. Il va me rester la peau sans les os.

Il a gardé ce ton jusqu'à la fin. Rapide, pas six mois. J'ai assisté, à la tête de son lit, à ses dialogues avec ses confrères en visite, les plus grandes sommités de l'ostéosarcome, comme il les appelait, pour ajouter :

— Nous assistons au sommeil des sommités, des incapables honoris causa !

Les sommités répondaient sur le même ton, le traitaient de médecin de famille ou de médecin de campagne, parce qu'il évoquait parfois ses grands-parents berrichons.

— Tout ira bien, disait l'un, un garçon bien charpenté comme toi... ossu comme pas un... un vrai garçon de ferme !

— Au moins, là-bas, reprenait mon ami, j'aurais trouvé des gens sérieux pour me remettre sur pied, des rebouteux rustiques mais savants. Vos grands secrets scientifiques, j'en ai fait le tour aussi bien que vous tous. Rien à en tirer.

De blagues aigres-douces en plaisanteries de médecin de garde, le mal s'est étendu. Les dernières semaines, Delafosse ne quittait plus son lit. J'accomplissais mes tâches, les tâches que je m'étais assignées, je remboursais mes vieilles dettes : je chassais les aides-soignantes, je faisais au malade un semblant de toilette, je l'aidais à manger, je vidais son bassin, je m'occupais de son linge souillé, je me lavais de toutes mes souffrances passées. Je veillais sur son petit appartement du 18e arrondissement, mettais en ordre son cabinet, relevais son courrier, réglais ses factures. Une vie d'homme à plein temps.

— Tu seras bientôt prêt à prendre ma place, disait Delafosse, tu vis déjà à ma place.

Des semaines entières, nous avons parlé, surtout lui, je me suis imprégné de sa voix d'oracle désabusé :

— J'ai toujours pensé que je ne ferais pas de vieux os : finalement, j'ai presque atteint la cinquantaine. Tout juste. Enfant, je croyais, j'espérais avoir le sort du Christ. Tous les gosses à qui on a bourré le crâne en rêvent ! Le sacrifice de la jeunesse ! La Rédemption par le fils ! Et puis, tu sais la suite. Pas tout ? Bien sûr. À vingt, vingt-cinq ans, la trentaine même, 1968, les années soixante-dix, je me voyais bien tomber sous les balles de toutes les polices contre-révolutionnaires. Une fin de martyr encore ! J'ai cru à tous ces enfantillages ! Et j'ai commencé à vieillir : toujours vivant. Je commençais à me demander si je n'avais pas raté ma vie. Vivant à presque cinquante ans ! Une honte pour l'enfant et le jeune homme que j'ai été !

Oui, des journées entières avec la voix de Delafosse dans l'oreille, à la tête de son lit, à droite (comme autrefois, à la table de mes parents)... avec les modulations de sa voix... l'évolution de sa voix, au fil des jours... qui s'amenuisait... au rythme du dépérissement... effilochée... amollie après les piqûres... une voix sous morphine... alentie... voilée... avec des sursauts, toutefois, à certaines heures, dans l'aigu... les phrases qui se bousculent... se désordonnent... trébuchent... se relèvent. Et l'apaisement ; de plus en plus difficile à trouver l'apaisement :

— Sûrement un os qui m'est resté dans le gosier !

disait-il parfois, pour me faire croire à sa gaieté intacte.
 Je tapotais sa main gauche, qui avait été épaisse, il s'endormait enfin. Je regagnais mon septième étage, sous les toits, sans songer à faire réchauffer sur ma plaque électrique, à côté de mon lavabo, les restes de la veille et de l'avant-veille. Sa voix, sa voix effritée, me tenait encore, tour à tour irritante et pacifiante, jusqu'à ce qu'un sommeil vibrionnant et fatigant me prenne enfin.
 Ce qu'il a pu m'en dire! Des mots et des mots, des mille et des cents. Peu de gens, avant lui, m'ont parlé; ou pas longtemps. Mes parents... les millions de mots qu'ils n'ont pas eu le temps de me dire... Delafosse m'a abreuvé pour dix ans; le monde pourrait devenir muet (si le monde pouvait devenir muet!), je m'en moquerais, j'ai fait des réserves: sucre, pâtes, riz, du solide, denrées non périssables. Des recommandations, des formules à graver: à mesure que l'échéance approchait, quand la douleur se laissait oublier, mon ami remplissait mes placards de mots. Ce que je devais savoir, comprendre, *pour après*. Les anecdotes du début, les souvenirs communs ou non, trop tard. Il fallait du sérieux, qui me reste *après*. Depuis, j'éprouve souvent le sentiment qu'il parle par ma bouche; ce phrasé qui est à présent le mien, est-ce que je le dois au travail qu'il m'a poussé à faire? Ces tournures? Cette façon de voir? Je suis imprégné de lui. Troublant. Une voix qui continue à parler dans ma tête. Et c'est bien moi, pourtant. Je ne cherche pas à le singer. Non. Naturel. Depuis sa mort. J'occupe sa place.

 Il n'était pas sûr que je me débrouille si bien que ça dans la vie. Tout grand que j'étais, tout calme que j'étais devenu:
 — Je sais bien, moi, que c'est un calme abusif. Un calme qui abuse les autres. Pas moi. Tu t'agites encore pour des riens. Tu n'as jamais cessé de te ronger les

sangs, je le sais bien. À moi les os, à toi les sangs! Mon vieux, on est pareils, tous les deux, on est bouffés de l'intérieur, depuis toujours (je me souviens ici de sa voix de gorge, rauque). Pour moi, la gamelle est bientôt vide. Mais toi, je te promets des festins. Si tu m'écoutes. Si tu te débarrasses de toutes tes saletés. De ton « intranquillité ». Tout ça, c'est du vent et de la fumée (maintenant, ça monte, ça tremble). Ta mère t'a farci de vieilles idées. Elle a pas eu beaucoup de temps, mais ça a suffi pour te remplir; et puis, c'était son rôle; je l'ai aimée ta mère, vraiment aimée, tu sais? Passons. Je te parle de toi, de tout ce qui traîne en toi, de toutes ces idées cadavres qu'on nous fait ingurgiter, tous ces mots décédés (c'est de ce jour-là que je traque les mots décédés, j'en trouve tous les jours). Tout ça te travaille, je le vois bien. Des années que je le vois! Je t'ai fait sortir de partout, j'ai convaincu des confrères, un juge, mais je sais bien que tu n'es pas encore guéri (vibrato fragile). Tu as fait des efforts, je t'ai aidé, mais tu te sens poursuivi, je me trompe? Tu sais que j'ai raison. Tu te crois « en proie à ton esprit »! L'âme? L'âme immortelle, comme on disait? Tu n'emploies pas ces mots-là, mais c'est pareil. Ta « conscience », peut-être? Tu veux rire? Toutes ces vieilles lunes qui nous rendent la vie impossible, ta vie impossible. Mots cadavres, je te dis, réservés aux médecins légistes: mettons-leur des guillemets à tour de bras, des guillemets pincettes, pour l'autopsie, attention: mots empoisonnés! C'est plein de germes vicieux, de bactéries maléfiques! Gare! Écarte-toi et sois tranquille, enfin tranquille, à tout jamais tranquille. Crois-en un médecin dans ma situation: l'âme n'existe pas. Tu ne vas tout de même pas te laisser tourmenter par des inventions pareilles, une âme à sauver et les péchés qui vont avec, pas vrai? Tu croules sous les péchés, le poids de fautes imaginaires, ça, tu ne peux pas le nier: la chute de ton père, je me trompe? Le chagrin de ta mère? Mille fois raison? Tu vois. Il faut t'alléger du passé. Ce que les barbons appelaient l'âme, c'est de la chimie, de la pure chimie, des histoires de molécules. Tu penses ? Tu parles ? Et alors ? Il y a des molécules pour ça, comme il y en a pour faire de la chlorophylle. Sauf que la chlorophylle, elle, n'emmerde personne. Vis comme si tu étais fait de chlorophylle, trouve la paix une fois pour toutes et maintenant. N'attends pas d'être quinquagénaire, comme ton vieux Delafosse ! J'ai trop tardé, j'ai cru à trop de blagues. Ma foi de scout ! Et la révolution ! L'esprit du monde en marche ! À reculons, oui ! TOUS à reculons ! (À l'aigu, tenu.) L'*homo erectus*, belle trouvaille ! Il a inventé la marche sur deux jambes et il est parti dans le mauvais sens ! Des millénaires que tout le monde suit ! On s'en aperçoit toujours trop tard. Écoute-moi bien, dans quelques semaines, quelques jours peut-être, je ne serai plus là, il se trouvera des gens pour dire : Paix à son âme ! Empêche ça ! Paix à mes os, à la rigueur, paix à mes molécules. Et fais brûler tout ça, qu'il n'en reste rien que de la fumée. Pas une molécule sur pied. Et pas de gestes symboliques, mes cendres dans la mer, dans la Seine ou dans le Berry ! Que je n'aille pas fertiliser la terre ! Moi qui n'ai même pas été foutu de féconder une femme ! Et pas d'urne non plus ! Pas sur ta cheminée, si tu as une cheminée un jour ! Pas de columbarium ! Rien. Ravage. Éradication totale. Rappelle-toi ton vieux Delafosse, ça me suffira (voix érodée, soudain atone, venue de plus loin, un effort surhumain). À ma place, enterre tous les vieux mots, les vieilles idées, les croyances qui empestent. Tout ce qui sent le roussi. Pense à tous ceux qu'on a brûlés partout pour de vieilles histoires pareilles. Et toi qui continues de brûler à l'intérieur ! Je te connais ! Tu t'en rends pas compte toi-même, mais tu peux pas nier ! Fais-moi confiance, dans mon état, défais-toi de tous ces poids. Ne t'occupe que de ton présent, de ton avenir. Pas d'état d'âme ! Partir dans la vie sans âme, c'est ce qui m'a manqué ; c'est le début du bonheur. Il faut anéantir la poche à chagrins, à mensonges : une bulle de savon ; tu souffles et tu es libéré ; à toi de voler où tu veux, de profiter de tes molécules. De ton jeune corps sans âme encombrante. Tes bras qui t'encombrent ? Embrasse l'univers, enlace tout ce que tu peux. Pas d'état d'âme ! Embrasser, pas s'embarrasser, c'est tout ce que je peux te dire, sur le lit où tu me vois.

Voilà, c'était fini pour la partition de ce jour-là. Il m'en a joué plusieurs du même style. Il avait ses obsessions. Ça m'avait surpris, au départ, et puis il avait une telle force de conviction que j'étais entré dans son jeu ; il me tenait. À la toute fin, c'est vrai, il se répétait, je n'en pouvais plus de ses guillemets et de ses mots cadavres. Je le sentais trop proche de ces mots-là. Mais ses phrases étaient entrées en moi, elles circulent depuis avec mon sang, elles irriguent mon cerveau, ça fait une drôle de chimie. Qui me chiffonne un peu tout de même. J'ai été privé de beaucoup de choses dans la vie ; avec Delafosse, je me retrouve, en plus, privé d'âme (« Donne-toi corps sans âme », a-t-il dit un autre jour). Et il fallait que je réussisse ma vie ! Rien de plus simple ? Il en avait de bonnes. Je reconnais que j'avais déjà perdu pas mal d'esprit, depuis mes premières années : mes facultés exceptionnelles, mon prétendu génie mathématique ? Disparus un beau jour. Il me restait un semblant d'esprit, des échanges chimiques réduits à leur plus simple expression, ça ne devait pas être bien difficile de jeter ce reliquat par-dessus bord. (« Dis-toi bien que tu vis dans un monde lui-même sans âme, c'est rassurant !… » Voix exaltée d'un matin, la semaine juste *avant*.)

Il m'a annoncé vers le même moment qu'il avait rédigé la lettre pour son ami Victor, son vieux frère d'armes (« D'armes à gauche », a dit Delafosse, avec un rire forcé). Le passé avait fini par les éloigner l'un de l'autre, mais il ne doutait pas que la fraternité demeure, renforcée par une dette, cette dette entre eux, dont il n'aurait plus l'occasion de me parler, cette dette qui me reviendrait en héritage, le jour où j'aurais besoin d'aide. Cette lettre, il l'avait écrite dès le début de sa maladie (« Peur de manquer de temps », disait-il), elle était conservée dans le tiroir de sa table de chevet ; il la complétait de temps en temps ; un testament avait été déposé chez le notaire, ai-je appris dans la même conversation :

— Les deux documents te concernent : deux bouts de papier pour te laisser de quoi vivre.

Les trois derniers jours, la parole ne s'est pas arrêtée, je garde dans l'oreille cette voix désormais privée de son timbre (de son âme ? Non, non, pas d'âme !), comme un bouchon de cire rebelle ; le bruit du monde en est atténué, mais les formules du docteur Delafosse sont bien là, inscrites au stylet dans ma mémoire quelquefois défaillante. Pourtant, le monologue des trois derniers jours ne m'était plus guère destiné : à peine si mon ami, par instants, me reconnaissait. Il répétait :

— Le père Mitron, lui, m'aurait sauvé... le père Mitron... sorti de là... Mitron... Le boulanger, la boulangère et le petit mitron... Sauvé... Le père Mitron...

Qui était ce Mitron ? Personne ne pourrait le dire ? Ce Victor que je vais rencontrer dans quelques instants ?

En tout cas, aucun membre de sa famille : nous n'étions pas nombreux pour son incinération. Quelques patients, qui m'ont serré la main comme si j'étais son fils (j'avais le privilège peu fréquent de devenir orphelin pour la troisième fois), et mes propriétaires, ses amis d'autrefois, les Clotaire qui s'étonnaient de l'absence de tout office religieux. Ils avaient gardé l'image du bon garçon, du Fidèle, ils ne voulaient pas croire à cet abandon total de ce qui les avait unis... Je n'osais pas les détromper; je voyais bien qu'ils étaient prêts à me faire porter la responsabilité d'une telle négligence; mes jours chez eux étaient comptés; ils ont fait dire, la semaine suivante, une messe à sa mémoire, à Notre-Dame: j'ai retrouvé le pilier auprès duquel un poète avait eu la révélation de sa foi, selon Delafosse; c'était une drôle de conversion qu'il m'avait proposée avant de mourir. Le prêtre qui parlait et lisait avait une voix atone, mi-fervente, mi-détachée; pas de quoi attraper la foi; pas de quoi la perdre.

J'ai connu une nouvelle période où prostration et excitation se mêlaient comme dans mes années malheureuses. Je ne trouvais pas le repos chimique que Delafosse m'avait promis: je ressassais ses discours, qui devaient, selon lui, orienter ma nouvelle vie. Le doute subsistait, je me laissais aller sans réfléchir.

J'avais pris LA lettre, j'avais commencé à LA soupeser, à LA pétrir. Le notaire m'avait convoqué. J'étais l'héritier unique du docteur Delafosse, je découvrais qu'il avait été tout aussi orphelin que moi. Bel héritier! Mon ami n'avait amassé aucune fortune, son cabinet ne lui avait pas apporté beaucoup de bénéfices, son petit appartement dans un immeuble vétuste du 18e arrondissement s'est vendu médiocrement. Les droits de succession ont mangé l'essentiel de ce qui me revenait. Quelques dizaines de milliers de francs sont venus grossir mon capital bien entamé. Je constatais, une nouvelle fois, que j'avais vécu sur le gras des morts. J'ai décidé de faire cesser le plus vite possible cette situation. Me montrer à la hauteur de mon ami disparu. De l'ambition! Le monde t'appartient! (Un bout de phrase dans mon oreille...) Privé de tout? Tout conquérir. Une vie à moi. Corps sans âme! Trouver la paix, la paix impossible depuis des années!

Et trouver à m'employer. Évidemment, on ne m'a rien proposé. LA lettre! Trois mois! Je me suis lancé... Je me suis levé de mon banc : des patients, des passants se précipitent tous dans la même direction, je sors avec eux... Oui, tous vers la gare, pas de course, petit galop... j'avais bien entendu de drôles de bruits, discordants, mêlés au ronronnement intérieur, à la voix cassée du docteur Delafosse, crissement de pneus, verre cassé, tôle froissée, une lame sonore dans le roulis de mes divagations, vers la gare, oui, tout droit... On crie, on s'ameute ; les alentours se sont vidés en un instant ; envolée la petite foule devenue familière, amassée tout au bout... Des sirènes toutes proches, maintenant, police, ambulance, suivre le mouvement? Non, plutôt affecter le détachement ; surtout, éviter la peur panique que me procurent les sirènes de la rue ; trop de hurlements me sont restés dans les oreilles depuis toutes ces années, l'arrivée fracassante des pompiers, après la chute de mon père ; le départ de ma mère pour l'hôpital ; la police, pleins gaz, pour un voleur de poupées! Ma pauvre tête farcie de trop de bruit, de trop de mots!

Je me tiens à distance, je n'ai plus peur, premier effet des paroles du docteur Delafosse, peut-être? Vous avez devant vous un homme neuf, débarrassé d'une âme trop pesante. La foule se disloque et reflue. C'est fini. J'interroge les premiers arrivants :

— Oh! Un type qui roulait comme un fou... Un de ces chauffards... Perte de contrôle en pleine ligne droite... Mal en point... De toute façon, les panneaux du quartier sont mal fichus... On se demande ce qu'ils attendent...

— Je crois bien qu'il est mort, a ajouté un nouveau venu. Ça devait arriver, depuis le temps qu'il s'amuse à rouler comme ça dans le quartier!

Je me rappelle ma douleur de tout à l'heure, mon coude gauche encore sensible, légèrement enflé. Un bleu déjà ? Ce ne sera rien. Si c'est le type qui m'a accroché tout à l'heure, ça ne lui aura pas porté chance. Je franchis une nouvelle fois la grille, pendant que mes interlocuteurs s'excitent sur le trottoir. Bel accident.

— Vous êtes en retard !

Ce ton d'infirmière-chef dans la bouche d'un ami de Delafosse m'a tout de suite déplu. En retard ! Moi qui avais une heure d'avance ! Moi l'homme toujours en avance ! Toujours devant ! Pour un misérable accident de la circulation ! J'allais m'expliquer : une catastrophe peut-être mortelle dans l'avenue... le raffut des voitures de pompiers, de police... les badauds qui encombrent les rues dans de telles circonstances... Pas le temps, asseyez-vous.

Je m'attendais à des bras ouverts, peut-être pas à des démonstrations d'amitié, au moins à une petite minute d'émotion... Un ami commun, et disparu, ça devrait être quelque chose. Je dérangeais. Tout de même, ce docteur Victor avait accepté de me recevoir ; je m'étais justifié au téléphone, auprès de sa secrétaire ; après une petite négociation, je veux bien l'admettre ; j'avais insisté un peu, oui, sans doute, mais je n'avais rien caché des raisons de ma venue : disparition de Delafosse, lettre confidentielle, pas de surprise. Je découvrais un type maussade et sûr de lui. Accablant. Accablant, parce que, sans l'avoir jamais vu, je croyais le connaître. Naïf ! Qu'est-ce que j'imaginais ? Un double de mon ami ? La chaleur humaine de mon ami ? J'allais reprendre une conversation amicale interrompue par la mort ? Comme si les amis devaient ressembler aux amis !

Le surnom du docteur Victor, souvenir d'une conversation avec Delafosse, m'est revenu à cet instant, le surnom de sa jeunesse : « le chevalier à la Triste Figure ». Pas vraiment triste aujourd'hui, de mauvaise humeur certainement. Et puis chevalier... un homme replet plutôt, sous mes yeux, dans son fauteuil vert... un masque mafflu : rien à voir avec un Don Quichotte émacié... une lippe légèrement tombante, des bajoues naissantes... Loin, loin de mon imagination, loin des allusions toujours hâtives de mon ami... Pourtant j'avais envie de transporter cet homme, ce drôle de chevalier assis, sous mes yeux, sur le bord de son fauteuil vert, dans la sphère du passé, de le rattacher à mon passé. Il avait connu Delafosse du vivant de mes parents. À son insu. À leur insu. Approché l'ombre de mes parents. J'imagine des attaches secrètes ; nous sommes unis, ai-je pensé, à un moment donné, de proche en proche, à toutes sortes d'inconnus. Un réseau de parentés se tisse autour de nous et nous n'en mesurons pas l'importance : l'épicière qui tranchait sa motte de beurre d'un geste large, sous nos yeux ; l'homme qu'elle a aimé, à notre insu, et qui s'est pendu, un jour, à Colombes ; tout le quartier alors en a parlé. J'étais là, moi aussi, dans le grand réseau mystérieux. De telles parentés devraient nous empêcher d'être orphelin. Elles vous laissent orphelin tout de même, quand le grand réseau se défait : où a disparu l'épicière avec son grand couteau enfoncé dans la motte de beurre ? Resurgissent quelquefois, de ce temps détruit, des rescapés, là les Clotaire, ici le docteur Victor. Le tapis de mon enfance ne se recomposera pas, mais des fils de couleur, parvenus jusqu'à moi, peut-être pas les plus beaux, m'en rappellent le motif. Couleur sombre, ce Victor. Assis sous mes yeux, costume anthracite, dans son fauteuil vert. Tout sombre chez lui : son bureau, pas de fenêtre, vétuste ; l'hôpital tout entier, pas repeint de frais, travaux en cours, s'est justifié

Victor en suivant mon regard. Il ne lâchait pas mon regard. Que faire de mes yeux ? Je ne savais plus où les poser. Lui, œil rond, œil lourd, dans son visage empâté, exhibait son autorité. Il me toisait par-dessus son bureau prétentieux – griffes de lion dorées, bois foncé encadrant un dessus vert râpé. Premier Empire, a-t-il jeté : il avait encore suivi mon regard, interprété mon regard – il lisait en moi ? Type dangereux, psychiatre, pas de doute, j'en ai connu d'autres ; une demi-heure de conversation, il saurait tout de moi ; une heure, il me fait interner ; une tête à faire hurler les sirènes.

Je me décide, je me lance : Delafosse, le sujet qui devait nous réunir ce matin. Très vite, je vois ce qui intéresse Victor. La fin de Delafosse, ses souffrances. Il y revient sans cesse – a-t-il vraiment beaucoup souffert ; longtemps ? – les manifestations de la souffrance – les traces de la souffrance sur le visage, les mains. Il me faisait répéter les détails... les doses de morphine de plus en plus fortes, de plus en plus rapprochées... ça me coûtait beaucoup... revoir ces images de notre ami. Je crois bien que Victor se délectait de me voir empêtré dans mes souvenirs. Être venu le rencontrer, une bonne idée ? Je commençais à regretter ma décision. Il m'a demandé si je n'avais pas pris une photo de Delafosse sur son lit de mort. Pourquoi sur son lit de mort ? Romantisme pompeux, désuet ? Il avait besoin de preuves ? Pour quelle raison ? Toujours mes questions sans réponse. Je me suis contenté de décrire encore une fois mon ami, sa maigreur. Lui qui avait si longtemps possédé une constitution de paysan... Victor s'exclamait, il ne reconnaissait pas, dans mes paroles, le compagnon d'autrefois. J'ai expliqué à mon tour que j'avais quelque mal à rassembler le Charles Victor dépeint par Delafosse et le Victor Charles assis, sous mes yeux, dans son fauteuil vert : mouche ! Je ne sais pas d'où me venait ce culot soudain.

— Pas mal, a dit Victor, Delafosse savait aussi manier l'insolence. Finalement, personne ne parvient à ressembler à ce qu'il devrait être.

Il s'est engagé dans une enquête sans fin : la dernière fois qu'ils s'étaient rencontrés ? Toute une affaire ; plusieurs versions possibles ; il hésitait. Était-ce avant ? Plus tard ? Dix ans après la dissolution de leur groupuscule ? Ils avaient continué à se voir par petits bouts, à se jeter au visage remarques acerbes, gentillesses, confidences, renseignements : leurs déménagements, leurs cabinets, leur ascension dans la société bourgeoise. Plus rarement leur passé commun.

— Jamais entendu parler de vous, m'a dit Victor.

Une fois – était-ce bien la dernière ? – dans un café, en compagnie nombreuse – impossible de se dire grand-chose – ils se sont promis de renouer plus durablement, et puis vous savez ce que c'est... Il tenait à retrouver une date exacte, des certitudes, mais non, ça lui échappait encore. Il se grattait sans arrêt, comme avec peine, de haut en bas, la nuque. Ses bras, ai-je pensé, sont ridiculement courts. J'ai été surpris de m'entendre lui dire, au milieu de ses recherches :

— Il y avait cette dette entre vous... cette petite dette... en suspens ?

Du culot, toujours du culot, mais cette fois de la maladresse, mon incorrigible maladresse. Victor s'est assombri, levé d'un coup, pas du tout comme un médecin ventripotent.

— Delafosse vous a dit quelque chose de particulier ?

— Je ne sais pas ce que vous appelez « quelque chose ». Il m'a beaucoup parlé, sur la fin. Toutes sortes de questions...

J'ai jugé plus prudent de passer à d'autres souvenirs, d'autres évocations moins dérangeantes. Il n'a pas insisté, mais son regard rond, lourd dans mon regard, cherchait une réponse. J'ai senti que l'ambiguïté pouvait me servir. Éviter d'avoir l'air trop sûr de soi ; trop innocent aussi. La fameuse petite dette prenait une saveur imprévue. À creuser.

— Beaucoup de temps a passé, a dit Victor, sans me lâcher des yeux.

— Et tout le monde a beaucoup changé, n'est-ce pas ? Tout le monde méconnaissable...

Je prenais l'air entendu : je voyais bien qu'il doutait. Un imbécile ou un calculateur ? Les deux. Je ne savais plus où j'allais. J'ai sorti l'enveloppe de ma poche droite. Épaisse, bien cachetée. La lui tendre ? La poser sur le bureau avec respect ? La jeter avec désinvolture ? Quel rôle jouer ? Jouer un rôle ? Affres du calculateur. Je restais l'enveloppe à la main.

— Eh bien ? Donnez !

Faux pas. Comme un imbécile.

Ses doigts courent sur l'enveloppe, en font le tour, la soupèsent, c'est lourd, la tournent, comme je l'ai fait moi-même des semaines entières, la retournent ; la posent sur le côté droit du bureau. Il ne veut pas l'ouvrir en ma présence ? De quoi a-t-il peur ? Il se relance dans son enquête... la dernière fois qu'ils se sont parlé... il n'en démord pas. Il se gratte la nuque, surprend mon regard fixé sur l'enveloppe : il la saisit, la déchire, en sort une liasse. L'encre bleu roi. Les yeux filent le long de l'écriture bleu roi, les pages tournent, crissent, pliées, dépliées, vite, vite... Je saisis des mots à l'envers, à la volée. Pas le temps pour une phrase complète. Des mots tout seuls, ça ne dit rien, des mots orphelins.

J'aurais aimé une lecture à voix haute. Entendre encore la voix de Delafosse par la bouche de Victor. Ses yeux pirouettaient au bout des lignes, traversaient les pages au petit trot, attaquaient les versos abrupts, butaient parfois sur un obstacle. Retour, relance, la main courtaude sur la nuque. Tiens, un passage écrit en noir? Écrit à un autre moment? L'encre bleu roi reprend son cours. Delafosse avait une grosse écriture: peu de mots par page, mais ça finissait par faire un paquet de feuilles... Un mourant bavard, je l'avais dit.

Victor s'est arrêté en chemin: les yeux se lèvent sur moi, me parcourent de la taille au visage. Regard apitoyé? Delafosse a fait des allusions à ma condition d'orphelin? Il va lui tirer des larmes sur mon sort? Pas le genre à pleurer sur un orphelin. Je ne réclame pas qu'on pleure sur moi. Surtout pas. Nouvelle page, nouveau regard levé: quoi encore? La lippe se contracte en une moue incertaine, la tête dodeline. Amusé? Étonné? Admiratif? Un passage sur mon prétendu génie enfantin? Il replonge, revient à moi, trois, quatre fois. Jamais la même expression, je découvrais un visage changeant, difficile à interpréter; toute ma biographie doit y passer. Cette fois, il est question de mes bras. Il regarde mes bras. Delafosse lui a parlé de mes bras, c'est sûr. Il les soupèse. Impressionné. Vite, la suite. Pas longtemps. Il relève le nez: éclat de rire, un grand rire, un peu gras; ses bajoues s'agitent; il n'en peut plus. À mes dépens? Qu'il se méfie, je suis chatouilleux sur le sujet. Victor devine mon inquiétude et me fait des signes de la main. M'expliquera-t-il? Il passe de son gros rire en A et en O à un rire d'incisive, un rire en I, plus propre, plus sec. Plus méchant peut-être. Un rire qui vous écorche la peau. S'il ne se moque pas de moi, il se fiche de Delafosse? Il se reprend: geste d'excuse, suivi d'un long moment de silence et de lecture. Les dernières pages... le visage est plus grave... le ton a changé?... Dernières pages, derniers instants?... Je devine un pli à la bouche, la lèvre inférieure relâchée. Ce visage arrogant s'affaisse. Presque laid. Il se contracte de nouveau; je le vois contrarié. Même tête que tout à l'heure, quand je lui ai parlé de sa dette.

Oui, Delafosse doit conclure sur leur vieille affaire : *au nom de notre dette, je te demande... Si tu veux bien honorer ta dette, je te confie...*

Dernière page. Victor va-t-il me proposer de lire l'ensemble ? Ou même deux ou trois passages ? Il me regarde par en dessous, il hésite. Il replie les feuilles. Grossièrement. L'enveloppe matelassée bâille sous mon nez : il la bourre. Les derniers mots de Delafosse enfournés sans ménagement dans une enveloppe mal déchirée ; elle résiste ; Victor force le passage ; la déchirure s'agrandit, dans un cri. C'est fini : il pose l'enveloppe pleine devant lui, la repousse sur le côté droit de son bureau, la tapote du bout des doigts, pour l'aplatir, chasser l'air ou dire : j'ai lu, rien de bien important là-dedans ; ou bien : c'est réglé, j'en fais mon affaire. Que peut dire un tapotement de doigts sur une enveloppe déchirée ? Je vais le savoir : Victor s'est levé.

— Delafosse s'abusait sur l'étendue de mes relations. Et sur leur influence. Il s'imaginait, me dit sa lettre, que je trouverais facilement à vous placer. Deux ou trois coups de téléphone. Pas si simple : qu'est-ce que vous savez faire ? (Pas le temps de répondre.) Naturellement pas grand-chose. Il fut un temps où personne n'avait rien appris, mais où tout le monde savait tout faire. Aujourd'hui, on sait tout, et personne n'est capable de faire quoi que ce soit.

Étonnante grandiloquence réactionnaire dans la bouche d'un ex-maoïste : je ne me souvenais pas que Delafosse ait jamais pris ce ton de repenti, ait poussé si loin le reniement. Nouvelle différence entre les deux anciens compagnons.

— Non, je ne vois pas qui pourrait vous aider... J'ai beau chercher... ou peut-être... non... après tout... pourquoi pas ?... Levez-vous un instant... Montrez-moi vos grandes ailes... comme dit Delafosse...

Mon ami avait bien parlé de mes bras, dans sa lettre, je m'en doutais ; pour s'en moquer gentiment, selon son habitude ?

— Vos grandes ailes, oui... drôle de volatile... drôle d'ange... J'aurais bien une petite idée... si vous vouliez accepter... en y réfléchissant un peu... oui, oui... une petite idée... Attendez...

Ma nouvelle carrière, je l'avoue, repose sur une déception. Son échec était-il inévitable ? Quand le docteur Victor s'apprêtait à me soumettre son idée, j'ai rêvé un instant, oui, dans mon innocence, j'ai entrevu un avenir grandiose, rien de précis, un avenir hors du temps – une de ces vignettes religieuses que ma mère conservait dans un missel relié cuir. Vieilleries, ai-je pensé, et aussitôt j'ai déchanté : Victor me proposait d'utiliser ma force physique manifeste, l'amplitude de mes membres supérieurs. Mes ailes d'ange, comme il venait de les définir ? D'ange, donc de messager, a-t-il précisé. Il avait besoin de quelqu'un pour transporter des meubles ; il me prenait à son service ; il me paierait à la pièce ; de la main à la main. Que pouvais-je espérer de mieux ? Mes bras sont retombés bien bas, manifestant un découragement hyperbolique dont peu d'hommes sont capables. Voilà : ces bras qui m'ont empoisonné la vie, ces bras qu'il m'est arrivé de trouver monstrueux, même si des autorités patentées les ont déclarés à peu près conformes, ces bras qui m'ont fait soupçonner de je ne sais quelle lubie, mise sur le compte de malheurs familiaux, ces bras dont j'aurais aimé me libérer me reviennent en pleine figure, comme deux boomerangs trop bien lancés. Un homme, chargé de me procurer un travail adapté, m'observe une demi-heure, et ne trouve pas de meilleure idée que de me charger les bras d'objets encombrants.

— C'est donc si voyant ? ai-je demandé.

— Pas tant que ça, mais Delafosse attire mon attention sur ce détail et j'y trouve mon compte. Je ne vous demande rien d'extravagant. Pas la peine de marcher sur les mains. Juste transporter du mobilier. Si cela vous déplaît, je me passerai de vous...

Je me voyais repartir les mains vides, je devais accepter, faute de mieux, j'ai dit oui, un petit oui étouffé, mais un oui. Quand j'y songe... J'ai repensé plus tard à tout ce que m'avait dit Delafosse... mes dons exceptionnels... les dons de l'enfance... perdus... Et me retrouver manœuvre... payé à la pièce... au noir... Quand j'y songe... Mais je me suis rappelé aussitôt certains autres propos de mon ami. Ses encouragements. L'ambition qu'il me fallait dans un monde sans âme. Tout est bon. Où peuvent me mener des meubles ? Qui sait ? D'abord se rendre indispensable, ai-je pensé, faire de nouvelles rencontres, grâce aux relations de Victor, enfin lui fausser compagnie, accomplir les promesses faites au docteur Delafosse. Sans état d'âme.

C'est seulement après avoir susurré mon oui que je me suis demandé pourquoi un psychiatre, installé à la tête d'un établissement de soins, avait besoin de faire transporter, de manière régulière, des meubles. Quand j'y songe... J'ai compris à ce moment-là que j'avais affaire à un type pas ordinaire. Pas le genre de Delafosse, mais tout aussi étonnant. Un genre qui pourrait me mener loin. Plus loin que je ne peux l'imaginer. Plus loin que l'extrémité de mes longs bras. Lui au début de mon nouveau destin. Moi, peut-être, au bout du sien ? Destin : mot crevé, n'oublie pas. Vieilles blagues.

Les explications de Victor sont venues plus tard ; l'homme pressé avait maintenant tout son temps ; le médecin farouche qui m'avait houspillé à mon arrivée parlait bas ; l'œil lourd s'était avachi, perdu dans le vague ; il avait renvoyé une secrétaire accompagnée d'un patient muni d'une feuille où figurait l'heure exacte d'un rendez-vous – plus tard, plus tard – mais c'est bien l'heure ? – pas maintenant !

J'écoutais. Un tyran, de la manière la plus inattendue, m'accordait ses confidences. Une nouvelle période de ma vie, ai-je pensé ; on ne m'a rien dit des années durant et en quelques mois je dois recueillir les confidences d'un mourant et d'un vivant. Cette fois, je découvrais la lassitude d'un homme en bonne santé. Son métier, sa fonction (« J'exerce la fiction de directeur », a-t-il corrigé), sa réussite l'exaspéraient depuis longtemps. Deux ans qu'il avait envie de tout lâcher, sans s'y résoudre. L'administration de son établissement lui prenait trop de temps. Les malades ? Oui, c'était autrefois sa raison d'être. Sa petite spécialité : les cervelles de tout acabit. Il s'occupait toujours bien de ses patients, suivait les dossiers, consultait, traitait les cas difficiles. Mais l'ennui, en psychiatrie, c'est qu'il n'y a que des cas difficiles. S'il fallait dire la vérité, tout cela lui sortait par les yeux. Les défaillances de la psyché ne l'amusaient plus. Je me suis fait expliquer cette affaire de psyché. J'ai beaucoup à apprendre... les études et moi... Victor faisait donc partie, lui aussi, de ces gens qui ne croient pas à la vieille âme, aux forces dépassées de l'esprit ? Ce point commun avec Delafosse me rassurait un peu. Il a repris :

— En tout cas, je ne crois plus aux spécialistes de la psyché. Je peux dire que j'ai tout traversé avant d'en arriver là : freudien, jungien, lacanien, plus rien.

Pour lutter contre son aversion naissante, il avait cherché une distraction : les ventes aux enchères, l'après-midi. Il avait retrouvé le plaisir enfantin d'être un bon élève (brillant sujet, lui !) : lever le doigt au milieu d'une foule. Enfant, parce qu'on sait. Adulte, parce qu'on a de l'argent. Il levait le doigt sans réfléchir – pour le plaisir de ne pas réfléchir – dès qu'un objet lui plaisait. Parfois le bonheur était différent :

juste empêcher les autres amateurs de remporter l'enchère. Il s'était bientôt retrouvé à la tête d'une collection singulière : des meubles délabrés. Il s'était aperçu qu'il ne levait pas la main tout à fait au hasard. Il finissait toujours par rapporter une table bancale, une armoire éventrée. Rarement des pièces de valeur. Mais son œil s'exerçait, il devenait un connaisseur. Que faire de ce début de collection déglinguée ? Il avait commencé à retoucher quelques pièces. L'amusement devenait sérieux ; il lisait des livres ; questionnait des spécialistes ; se découvrait des talents de restaurateur. Des amateurs éclairés lui avaient proposé de lui racheter ses meubles rénovés. Le passe-temps du début tournait au petit négoce. Par blague, il avait proclamé, devant ses connaissances ou ses confrères, que son vrai domaine c'était l'artisanat, l'ébénisterie, et son activité secondaire la maladie mentale. On avait bien ri. Pourtant, ce n'était déjà plus tout à fait une blague. Des acquéreurs de plus en plus nombreux le sollicitaient (et il prétend ne pas avoir beaucoup de relations, ai-je pensé). Depuis peu, il avait loué une sorte d'atelier d'artiste, en plein Paris, quai de la Tournelle. Il y entreposait les meubles en attente, y avait installé des machines d'occasion, des outils anciens achetés chez un brocanteur. L'affaire prenait de l'ampleur. C'est là que mon apparition devenait lumineuse. Ce vieux Delafosse se laisse aller à mourir et adresse comme par testament son protégé au docteur Victor : restaurer des meubles, c'est bien joli, mais les acheteurs exigent d'être livrés. S'il faut, tout seul, administrer, soigner, réparer, transporter du mobilier, les journées ne suffisent plus. Pas le temps ! Sa phrase à lui : pas le temps ! Un gaillard bon marché et plein de bras se chargerait du transport, du montage des pièces… Comment cette idée ne lui était-elle pas venue plus tôt ? Il s'en voulait. J'étais l'homme. Il m'a promis une somme d'argent pour sceller notre collaboration. Il savait humilier son monde : je comprenais que ma visite, à ses yeux, avait ressemblé à une demande d'aumône. Je m'étais abaissé moi-même, sans y prendre garde. Tant pis, je prendrais son argent, et même plus, si l'occasion se présentait. Et l'occasion se présente toujours, comme disait Delafosse.

Victor m'a proposé de me mettre à l'ouvrage dès l'après-midi : deux fauteuils Louis XVI recollés, tapissés de neuf, à livrer à leur nouveau propriétaire... pas loin de l'atelier... rue des Saints-Pères... une promenade... une mise à l'épreuve... Le début d'une nouvelle vie.

À quatre heures, j'avais mon deuxième rendez-vous de la journée avec le docteur Victor. Trois mois sans voir personne et deux rendez-vous le même jour avec la même personne – je suis du genre extrémiste. Tous les experts, policiers, hommes de loi, médecins, que j'ai rencontrés, l'ont dit : dangereux ! Tous ! Sauf Delafosse ! Le seul qui m'ait jamais fait confiance ! Sauf Victor maintenant ! Qui me voit avec des ailes d'ange ! Moi, un ange ! Après tout ce que j'ai fait !

L'ange s'est posé à l'heure dite – pas de retard cette fois – pas un carambolage, pas une calamité ne m'auraient retenu – quai de la Tournelle. Tout près d'un musée, le musée de l'Assistance Publique. Ça commence bien, me suis-je dit. Qui peut visiter des musées pareils ? La porte de l'immeuble était grande ouverte : un immeuble en pierre blanche, ravalé de frais ; un escalier pas bien large ; inquiétant, si je pensais au travail qui m'attendait. Ne jamais s'inquiéter : nocif ! J'ai pris les marches d'assaut, sans faiblir, jusqu'à l'endroit convenu, tout en haut, cinquième étage : une porte vierge. Pas un nom, aucune raison sociale, pas la moindre sonnette, le moindre judas. Je martèle dix fois le bois muet. Victor pas encore arrivé ? Je me suis trompé d'immeuble ? Fausse adresse pour se débarrasser de moi ? Attends, mon ange ! Derrière cette porte, peut-être, ce qui reste de ton avenir ? Le sanctuaire de ton avenir. Le paradis de Victor, sûrement, sa seconde vie, sa vraie vie, selon lui. Un homme qui s'offre une seconde vie (ou une troisième ? Je connais un peu son passé...) – pourquoi pas moi ? Une vraie vie – pourquoi pas moi ?

Un pas lourd et discontinu (comme celui d'un boiteux, ai-je pensé) attaque le bas de l'escalier et enfle à mesure – ce serait lui ? Rouge, flasque, essoufflé, une grosse clé à la main, il sourit dans les dernières marches. Pour la première fois, un sourire presque amical.

— Vous vous dites : drôle d'idée d'installer un atelier de menuiserie au dernier étage d'un immeuble... ou je me trompe ?

Il lisait toujours en moi.

— Un ami quittait l'endroit, a-t-il continué. Une aubaine. Et puis je n'avais pas prévu que mon affaire prendrait une telle ampleur. Vous comprenez maintenant pourquoi vous pourriez m'être précieux. Un homme jeune comme vous, fort comme vous. Et cinq étages !

La porte s'ouvre ; en même temps que la porte : un nouveau monde, une illumination. Si mon avenir est là, il baigne dans la lumière. La pièce, vaste, sans cloison, est comme nimbée, écrasée de clarté, sous la verrière qui l'enveloppe. J'avance à l'aveuglette, derrière mon guide. Nous nous protégeons le visage ; des rayons, réverbérés dans des miroirs aux cadres dorés, traversent l'atelier, au gré de nos déplacements, et nous éblouissent. Brutal, écrasant : on patauge dans la lumière. Victor fait de grands gestes circulaires pour me montrer son domaine : l'établi, au beau milieu, couvert d'outils et de machines, cerclé d'étaux – la sainte table qu'il caresse en passant. Tout autour, tables, chaises, fauteuils ruinés ou seulement décatis attendent leur tour, dit-il. Dans des coins, il me montre des crédences, une comtoise : mots nouveaux à mon oreille. Mots vivants ? En tout cas, objets moribonds, à sauver de toute urgence.

Je me suis étonné du nombre de sièges répandus ou empilés dans son atelier : des colonnes de chaises dépareillées, en équilibre douteux.

— Vous n'imaginez pas la quantité de chaises qui se vendent, s'achètent, s'abîment, se jettent chaque jour. L'objet le plus courant dans les ventes aux enchères et chez les particuliers. L'objet le plus dégradé aussi. Les hommes les partagent à bon compte. Ce matin, nous nous sommes rencontrés, je vous ai dit tout de suite : « Prenez donc une chaise ! » C'est facile, ça n'engage à rien. Vous et moi nous ne partagerons probablement rien d'autre que des chaises. Comme la plupart des hommes.

J'ai entendu résonner son grand rire en A, puis en O. Je ne savais pas s'il riait de se trouver drôle ou pour me dire : je pontifie, ne prenez pas mes discours au sérieux. Je me voyais condamné à ne jamais pouvoir trancher. Il s'est apaisé :

— Ajoutez à cela que ceux à qui on offre un siège n'ont rien de plus pressé, le plus souvent, que de le détruire consciencieusement : ils se balancent sur deux pieds ; ils se jettent d'un coup sec sur le dossier ; leur talon nerveux ou rageur tarabuste sans fin le bois ; les plus lourds défoncent les chaises paillées ou les fauteuils ; d'autres reculent ou avancent leur siège, sans le soulever, dans des craquements dont la répétition sera fatale. Venez me parler d'amitié ou d'entente après cela ! Nous nous acharnons en douce sur les chaises d'autrui. Voilà le résultat. Et voilà pourquoi vous les voyez si nombreuses chez moi. Je dois reconnaître aussi qu'elles s'accumulent parce que des chaises dépareillées sont plus difficiles à revendre qu'une commode ou une table Louis-Philippe, mais enfin, je ne résiste pas, aux enchères, devant ces sièges qui inspirent la pitié. Personne n'en veut, j'arrive, je les sauve ; au fond, je n'ai pas complètement changé de métier ; psychiatrie, restauration, c'est du pareil au même. Je vous expliquerai ça un jour. Si vous avez encore envie de partager mes chaises.

Il exultait, il s'enchantait de lui-même – un vrai dieu auréolé de lumière, et en sueur, au milieu de son atelier d'artiste. Je sentais que j'allais l'admirer. Malgré moi.

— Tenez, la paire de fauteuils Louis XVI, pour la rue des Saints-Pères. Embarquez-moi ça sur-le-champ. J'ai du travail.

Je me suis retrouvé, sans avoir bien compris ce qui m'arrivait, à déambuler, entre le quai de la Tournelle et le quai Malaquais, un fauteuil dans chaque bras. Le fauteuil Louis XVI est léger, fin, tout en formes arrondies, de transport aisé. C'était un beau début. Beau. J'étais beau. Un beau livreur, comme je ne m'étais jamais imaginé moi-même. Drôle de beauté tout de même : le client de la rue des Saints-Pères, mon premier client en somme – je dois donner à chacun son titre, sa fonction – s'est chargé de m'indiquer ma place. Pas du tout accueilli comme un ange. Le client ordinaire n'a pas le sens de l'image, il attend son colis, première leçon. Celui-là, un chauve, des yeux de chattemite, m'a ouvert sa porte avec prudence. M'a-t-il seulement regardé ? Ses fauteuils, ses fauteuils seulement, une émotion véritable : le nez dessus – il n'y voyait pas grand-chose – l'œil perdu... l'arrondi du dossier sous sa patte caressante le ravissait... il parcourait de l'index un liséré rose... le grain du tissu le faisait frémir... une jouissance d'aveugle... Sans doute ce qui s'appelle un amateur. Je devais m'y habituer : j'apportais deux fauteuils, il les recevait comme des invités de marque ; le livreur n'existait pas : il s'efface derrière les objets qu'il transporte – le contraire d'une belle femme que ses parures mettent en valeur. J'en ai arraché des colliers qui mettaient en valeur des petites filles : des bouffées de colère me reviennent devant ce chauve. Non : pense à Delafosse. Mort au passé. Se faire à sa condition provisoire de porteur invisible, c'est tout. Je me répète le mot : provisoire. La petite pièce, à la fin, glissée dans le creux de la main, ne rachète rien.

Des clients passionnés, j'en ai rencontré des dizaines. Des plus bavards, des plus francs ; qui savaient se tenir ; attendre mon départ avant de se jeter sur leur dernière acquisition ; les femmes, en particulier, élevées peut-être à feindre l'indifférence : dès que j'amorçais ma descente dans l'escalier ou l'ascenseur, j'entendais les hauts cris.

Tous ne m'ignoraient pas : ils continuaient à travers moi leur dialogue avec l'artiste. « Vous direz à monsieur Victor... Vous lui rappellerez... La prochaine fois, je souhaiterais... » Je rapportais leurs demandes, conseils, encouragements, félicitations, reproches.

Ma présence n'était pas totalement dépourvue d'effets – premier plaisir. Mon activité de livreur, ma rapidité, mes sollicitations incitaient le docteur Victor à travailler plus, plus vite.

— Vous êtes intéressé, me disait-il parfois avec un de ses sourires carnassiers.

Payé à la pièce, naturellement. Plus de livraisons, plus d'argent. Je préférais ne pas me morfondre dans ma chambre sans bonne, septième étage ignoble – vaquer au loin, naviguer à travers les étages des autres. Paris était devenu pour moi une chaîne de montagnes, avec ses crêtes, ses dévers, ses adrets, ses refuges : une vie de chasseur alpin. La réputation du restaurateur grandissait, mes expéditions me menaient de plus en plus loin ; Victor m'a payé des cours de conduite, fait passer mon permis, et, un peu plus tard, le permis poids lourd, les seuls examens que j'aie jamais réussis ! Avec bien du mal : les inspecteurs, comme tous les examinateurs qu'il m'a été donné d'affronter, me terrorisaient ; j'ai eu envie d'en étouffer deux ou trois ; Victor m'encourageait. (« Ils sont à côté de vous, pas en face, ne les regardez jamais, ignorez-les : le grand secret, l'ignorance ! » Il m'étonnait toujours ; il avait raison.)

Je me suis retrouvé au volant d'un véhicule utilitaire... Je me sentais moi-même utilitaire, je devais m'y faire. Compensation : mon projet de me rendre indispensable était en bonne voie. Je préparais la prochaine étape, un nouveau sommet à atteindre.

En attendant ces grands moments toujours repoussés, je me montrais plus zélé que jamais, au point de provoquer, sans l'avoir cherché, des situations pittoresques dans l'atelier de Victor.

De mois en mois, les commandes affluaient, il m'arrivait de les accepter pour lui. Je l'incitais au travail, je ne le lâchais plus ; il s'emportait ; il s'en flattait. Il finissait toujours par respecter le délai que je lui proposais. Nos relations mécaniques du début – prendre des ordres – enlever une pièce – mission accomplie – toucher ma rétribution – avaient changé de tournure. Victor m'acceptait de plus en plus souvent, longtemps, dans son atelier ; il tenait parfois compte de mes remarques. Son travail s'en trouvait modifié, sa vie aussi : il n'avait plus guère de temps à consacrer à son établissement de soins. Le personnel commençait à récriminer. Et si, a-t-il pensé, pour satisfaire chacun, je faisais venir à moi ceux que je ne veux plus aller voir ?

— L'hôpital me sort par les yeux. Que les patients quittent leur banlieue... traversent Paris !... ça les promènera... ça leur changera les idées... J'ai toujours été partisan d'une institution ouverte. Pas d'enfermement ! C'est tout ce que j'ai retenu des années soixante-dix. Rien de mieux pour les soins. Et ça m'arrange. Les théories les plus générales ont toujours été inventées pour servir les intérêts les plus particuliers. Tant que vous n'aurez pas compris ça, Gibbon, le monde des idées vous échappera.

Cette fois, le rire en I achevait la démonstration. Est-il drôle ? Est-il sérieux ? L'idéalisme de sa jeunesse ? À ce point disparu ? Il s'enchante de ses provocations, ai-je pensé à ce moment-là. Il a au moins gardé ce goût de l'agitation à l'ancienne mode.

Durant cette période, son atelier s'est transformé, pour moi, en une salle de music-hall permanent. Difficile à imaginer, mais authentique : des patients en goguette investissaient le cinquième étage à toute heure de l'après-midi ; il avait fallu régler leurs horaires ; les amateurs d'antiquités, au début, les côtoyaient sans comprendre : Victor s'était bien gardé d'expliquer la situation aux uns et aux autres. Les premiers jours, les plus étonnants de cette époque, la confusion était complète. Cela paraît à peine croyable, je le répète, mais, j'en témoigne, ce miracle a eu lieu, pour la plus grande joie du docteur, à mon grand étonnement – devenu plaisir. Victor trouvait la présence de ses malades moins détestable, depuis qu'il ne les voyait plus dans leur « prison médicale ».

— J'en oublierais presque qu'ils sont malades, me disait-il, le soir, quand le calme était revenu. Je me demande même si je ne suis pas en droit d'attendre de ces petits voyages réguliers un effet thérapeutique. Si c'est le cas, je rédigerai un mémoire : *Méthode du docteur Victor*. Évidemment, pour les agoraphobes, c'est sans espoir.

Il a poussé la plaisanterie jusqu'à disposer ses chaises bancales comme dans une salle d'attente médicale : elles attendaient des soins au même titre que leurs occupants occasionnels.

J'ai dit que le docteur Victor n'était pas un être ordinaire et j'ai presque honte d'avoir été mêlé à ses loufoqueries. Un original... il avait ses raisons... j'en reparlerai... je dois aller jusqu'au bout.

— C'est ex-pé-ri-men-tal, répétait-il, quand j'osais émettre des doutes. Si vous étudiez la vraie vie en laboratoire, ça n'a pas l'air de tenir debout... ça ne ressemble à rien de connu, sous un microscope. Il n'empêche que c'est la vérité. Je vous montre la vie sous microscope !

Je venais prendre livraison d'une commode rustique ou d'un buffet Louis XIII, j'attendais – longtemps – les explications sur le chevillage. Tout chevillé ! Reconstitution d'époque ! Technique d'époque ! Je promenais les planches démontées à travers Paris pour reconstituer, arrivé à destination, le bel objet. Victor avait peur que je reconstruise ses meubles de travers – sûr que je peux vous faire confiance ? Le haut en bas ? Qu'est-ce qu'il allait imaginer ? Delafosse m'avait probablement décrit, dans sa lettre (et cela me chiffonnait, si j'y pensais), comme un incapable notoire. J'arrivais de bonne heure, pour ne rien manquer des conversations. Les visiteurs arrivaient petit à petit, comme pour un cocktail. Je me souviens de deux messieurs d'un certain âge. Ils bavardaient à mi-voix : usure de l'âge, délabrement progressif, remise en état, traitements plus ou moins efficaces. Deux patients aux prises avec leur décrépitude ? Ils poursuivaient : pieds, chevilles, fissures, rafistolages.

Une autre fois, Victor polissait le ventre d'une commode galbée, tout en écoutant une énumération de symptômes, vernissait une chaise, sans jamais manquer d'apaiser les inquiétudes : « Soyez tranquille, cet infirmier ne vous veut aucun mal. » Ou bien : « Rassurez-vous, c'est de l'authentique Louis XV. »

Quand antiquités et intimités se partageaient ainsi les conversations, nous échangions, pour une fois, des regards complices.

Notre bonheur était achevé, si des chineurs, sous l'influence de dialogues entendus, se laissaient entraîner à leur tour à parler d'eux-mêmes, de leurs douleurs, de leurs malheurs ; ou si de vrais malades entreprenaient de s'intéresser, puisque c'était manifestement l'usage, à la qualité des fauteuils où ils avaient pris place. Le laboratoire du docteur Victor explosait alors, sous l'effet de ces précipités chimiques, de notre allégresse muette.

L'heure avançant, les amateurs d'art cessaient de discourir sur leurs maux particuliers pour acheter ou passer commande ; les patients interrompaient leurs commentaires artistiques pour reprendre la liste de leurs trente-six misères. Certains jours, le petit groupe des visiteurs donnait l'impression de salonnards un peu pouilleux. Avec un autre regard, on aurait pensé à un dispensaire curieusement distingué, selon qu'on s'attardait à ce chandail gris et grossier ou à ce costume bleu moiré ; à ces godillots plutôt qu'à ces mocassins italiens.

— Pas mal, non ? disait Victor. Avec les mêmes yeux et les mêmes oreilles, nous apercevons le monde et son envers. Nous croyons voir et entendre quelqu'un, avec les mêmes yeux et les mêmes oreilles, et c'est quelqu'un d'autre. Vous comprenez ça ? La vie sous mon microscope ?

J'essayais de comprendre, j'apprenais mes leçons. Je me mettais en mémoire l'ordre du chevillage, l'ordonnancement des planches et de la vie des hommes. Je me chargeais enfin, à pleins bras, de montants de chêne ou de façades en bois de rose, pour ma livraison du soir.

Il a fallu assez vite limiter ces rencontres périlleuses. Quelques esclandres sous la verrière surchauffée ont semé le trouble parmi les acheteurs nouveaux venus. Des patients, agités et usés par une attente de plus en plus longue, s'emportaient parfois. Janos, un Tchèque exilé depuis près de trente ans, à l'accent roulant intact, vivait les affaires du monde comme une souffrance personnelle. Ses plaintes sur l'indifférence de ses contemporains enflaient de quart d'heure en quart d'heure. Il déplaçait un rabot... soulevait un marteau... Les dirigeants des grandes nations le décevaient... parlez-moi des gendarmes de la planète... Il soupesait un ciseau à bois bien aiguisé... Et Jacky!... de la chambre 16... garçon particulièrement odieux, insoucieux de la misère de ses voisins... Janos faisait tomber une queue-de-rat... qu'est-ce qu'on a fait pour les peuples de l'Est?... Les clous de tapissier tintaient dans leur boîte... la voix montait... et la grosse Dominique qui m'accuse de lui voler ses gâteaux secs... la scie... la gouge... ça roule dans sa gorge... on saura qui est responsable de ma mort... il allait se suicider... la gouge... la scie... Tout le monde a pris peur: il allait se trancher la gorge sous nos yeux? Nous massacrer comme de vulgaires chefs d'État? Le docteur Victor l'a apaisé, m'a demandé de le raccompagner avec doigté. Un honneur qu'il me faisait.

Une autre fois, nous avons assisté à une crise d'épilepsie. La grande Marie-Jeanne, si douce, si impavide, absente et silencieuse le plus souvent, bousculée derrière une table de monastère en chêne massif, s'est-elle crue menacée? Violentée? Ses membres, pris de tremblement, disloqués, la bouche tordue – cousue de fils blancs – les yeux révulsés – la frénésie de sa lourde charpente – un jouet mécanique qui s'emballe et s'écroule: à faire peur. Les spectateurs faisaient autour d'elle un cercle de plus en plus large; on s'écartait, on se regardait. Victor m'a fait signe, nous avons immobilisé et couché Marie-Jeanne sur le plateau de la table en souffrance: la calmer, trouver son médicament... Le docteur s'agitait, maintenait la bouche ouverte, pour empêcher qu'elle ne se morde la langue. Je pesais de tout mon poids, de toute la force de mes bras, sur ses cuisses dénudées dans la bataille, grasses et blanches, frémissantes de la crise qui ne finissait pas... La chair s'est détendue, le roulis des jambes sous ma patte, depuis l'aine jusqu'au mollet, s'est ralenti, petit à petit, jusqu'à l'immobilité. Je me suis relevé. Une nouvelle lutte commençait, d'autres cris, des protestations, gestes de menace, c'est une honte. La clientèle en bonne santé se rebiffait. Qu'est-ce que c'était que cette maison de fous? Fallait-il subir une telle promiscuité? Ces amateurs se pâmaient devant du mobilier en ruine, des êtres humains en mauvais état les écœuraient. Trois ou quatre clients de perdus. Victor a ricané, avant de réfléchir: le jeu des malentendus avait fait son temps; une séparation plus nette des deux clientèles s'imposait.

Je me suis moins amusé : le travail ne manquait pas. J'accompagnais désormais Victor dans les ventes aux enchères. Il préférait les « hôtels de vente » de province. Moins chers ; des pièces plus vermoulues ; des armoires normandes éventrées ; des têtes de lit sans pied... Les placages décollés d'objets en marqueterie le faisaient rêver d'incrustations nouvelles. Je découvrais un homme multiple, et un joueur. Imaginatif à l'aller, quand je le conduisais, il bâtissait des stratégies d'achat ; il avait de bonnes sources ; il s'était renseigné auprès des commissaires-priseurs : aujourd'hui, nous sommes sur un gros coup. Nous étions toujours sur un gros coup. Pendant la vente, il était pris d'une agitation dont, la première fois, j'avais été effrayé. Si des places restaient libres, il en changeait plusieurs fois ; sinon, il se dandinait sur sa chaise. Au fur et à mesure que les enchères montaient, un rictus de plus en plus prononcé lui déformait le visage. Ses traits étaient mouvants, raides ou flasques, selon l'issue de la vente ; haineux, si un concurrent résistait trop longtemps. Rarement battu ; ces jours-là, les retours étaient épouvantables : il revivait les moments où il avait failli, les analysait :

— J'aurais dû monter plus haut d'entrée, pour dégoûter ce parvenu arrogant. Vous l'avez vu avec sa chevalière en toc ? S'incliner devant des tocards pareils !

Dans tous les cas, j'enlevais le produit de la chasse, le chargeais dans notre camionnette :

— Vous m'êtes vraiment précieux, disait Victor, les bons jours.

D'autres fois, nous courions les puces. À Saint-Ouen, j'évoquais invariablement le docteur Delafosse, la statuette à la tête décollée. Victor aurait pu me la réparer ?

— C'est bon pour les raccommodeurs de faïence !

Il détestait les petits objets : des horreurs, le plus souvent. Son idée fixe : les meubles. Delafosse m'avait offert une horreur ! Je m'étonnais de cette attitude condescendante envers mon ami à présent disparu. Depuis le début, je la devinais, en ombre, derrière chacune des conversations qui nous ramenaient à lui. Entre vieux compagnons ? Justement. Leur vieille dette, j'y revenais toujours, s'il se montrait blessant, par mesure de rétorsion, pour le plaisir de voir Victor se rembrunir. Il ne me parlait plus des horreurs de Delafosse pendant un certain temps. J'espérais bien, par la même occasion, obtenir une fois pour toutes, des explications sur cette dette. Un jour, peut-être, où ce rappel l'exaspérerait plus que de coutume ? J'en étais pour mes frais : il tenait bon. À l'arrivée, il prenait un ton de commandement : la bonnetière sans corniche, au fond à droite ; le vaisselier désossé, près de l'entrée. Nous étions en froid pour quelques jours. Plus un mot, il travaillait du matin au soir. Les malades ? Son établissement de soins ? Il se rappelait à peine son titre de docteur. Il sciait, ponçait, lustrait... mesurait, ajustait, rectifiait... chutes, sciures, copeaux... trous, clous et vis... la vie avançait à coups de marteau. Le rythme des livraisons s'accroissait, les clients s'exclamaient de me voir arriver si vite, Victor me surchargeait les épaules.

Il m'arrivait de plus en plus souvent de prendre mes aises avec lui : il me remettait à ma place. Si je sentais que j'étais allé trop loin, je m'empressais de l'amadouer. Il me suffisait d'admirer la courbe d'un accotoir de fauteuil, la teinte claire, retrouvée sous la crasse, d'un guéridon Restauration – loupe d'orme, s'il vous plaît. Je hochais la tête, comme un connaisseur. Sa faiblesse : se sentir admiré. D'où tenait-il son savoir ? Des livres, des encyclopédies techniques. Les tours de main ? Même les tours de main sont dans les livres. Entre les lignes. Il pouvait me raconter ce qu'il voulait, je n'en demandais pas tant, seulement un peu de considération, de chaleur, comme Delafosse autrefois. La chaleur, il fallait la lui arracher. Il n'avait qu'elle à la bouche, uniquement à la bouche, quand il parlait de son travail. La chaleur du bois ! Son poncif favori ! Le chêne ! Le palissandre ! L'acajou ! Les bois exotiques, si chauds ! J'en aurais fait du feu ! Parfois, tout de même, il consentait à me prêter un peu d'attention...

Un matin, une douleur au coude, fulgurante – impossible de soulever un tabouret de piano... une inflammation... efforts excessifs... les articulations trop sollicitées... une séquelle du choc avec le chauffard, à Plaisir, le premier jour ? Cette blessure anodine, mais jamais soignée ?... Le généraliste consulté m'a fourni un certificat. Me revoilà en messager devant Victor, porteur d'un papier à en-tête, comme la première fois. Il s'est emporté :

— Au moment où j'avais le plus besoin de vous ! J'allais terminer le semainier de Beauvais ! Une pièce exceptionnelle ! Qui m'a donné le plus grand mal ! Et monsieur Martini – *le chauve hypocrite* – qui m'en offre une belle somme ! Et vous savez comme monsieur Martini est exigeant sur les délais ! Vous mettez mes affaires par terre. Par pure paresse ! Vous pensez qu'un certificat médical a la moindre valeur à mes yeux ? Un médecin ne croit pas aux certificats médicaux de ses confrères.

J'ai fini par me révolter : je pouvais me passer de ses piécettes, de mes pourboires... le petit capital de mes parents... ce qu'il en restait... J'aurais l'occasion de trouver une place, mieux rémunérée. J'agitais mon bras valide; je devais avoir l'air menaçant; il s'est radouci. Je connaissais son art d'enchanteur de music-hall à l'ancienne: ses tours, ses transformations à vue. Glorieux ou décomposé, traqueur ou frimeur, capable de vous humilier, de vous cajoler, dans la même minute. Devant ses malades, ses clients, les hommes, les femmes, moi, les mêmes pirouettes, changements de masques, bouille replète, plissée, ou mâchoire raide et tendue, démarche alourdie ou bondissante: dès le premier jour il m'avait étonné; depuis, il se multipliait à volonté, mandarin sévère ou plaisantin de café: histrion grand pontife, ai-je pensé une fois – des mots qui me viennent comme ça, des mots du passé, des mots d'*avant*, des mots de Delafosse sans doute, qui me reviennent à la bouche, souvent, de très loin.

Victor m'a encore estomaqué le jour de notre dispute: je laissais monter en moi la colère... les rancœurs enfouies... ces relents de l'époque où j'arrachais, déchirais, cassais à tour de bras... tout remonte à certains moments... les cris entrecoupés... les plaintes hargneuses... Assez – j'en avais assez – mes bras – j'étais réduit – réduit à ma paire de bras – surexploités – mieux, je valais mieux – mieux que mes pauvres bras... Ce que j'avais déjà subi à cause d'eux!

— Mais, mon cher Gibbon, ne vous mettez pas dans cet état. Vous êtes mon ami. Au diable Martini et son semainier. Il attendra. Je ne vous force pas. Pas d'efforts inutiles. S'il vous faut des infiltrations, je les paierai de ma poche, vous n'êtes pas bien remboursé, n'est-ce pas? Pas de mutuelle? Et vos bras? Bien sûr, vos bras! N'en faites pas une affaire. À vous les bras, à moi les pieds!

Il a été très content de son effet. Un effet purgatif: hoquets, colère, maux de ventre, le vide s'est fait en moi. Juste ces mots lumineux et incompréhensibles: à vous les bras, à moi les pieds!

C'était le matin, pas de visiteur prévu, il m'a offert un fauteuil profond, Second Empire, cossu à l'excès, avec de larges accoudoirs (« Pour reposer votre bras malade »), une bête énorme qui m'avait donné bien du mal... étage après étage... ce fichu atelier perché au cinquième. Je m'apprêtais à récriminer une nouvelle fois, il m'a arrêté... Me parler sérieusement :

— Vous souffrez de vos bras, de leur prétendue longueur excessive, comme si vous portiez des stigmates ? Oui, bien sûr, je vous comprends, mieux que vous ne le pensez : depuis mon plus jeune âge, mes deux pieds sont de taille différente. Vous voulez voir ?

Le docteur Victor déchaussé devant moi ! alignant les talons ! J'écarquillais les yeux : une petite différence entre les orteils, c'est vrai. Infime, mais en regardant bien...

— Ce que nous faisons a l'air ridicule, n'est-ce pas ? Rien de plus grave, au contraire.

— Mais vos pieds... personne ne peut le savoir...

— C'est encore pire ! Imaginez, c'est tout simplement métaphysique. Ma vie entière guidée par mes pieds, comme la vôtre par vos bras ! Réfléchissez un instant. Le dilemme de toute ma jeunesse, quand j'achetais des chaussures : prendre une taille au-dessus ou une taille au-dessous. (Vous, ce sont les chemises ? Vous voyez ? Bien entendu, les manches trop longues ou trop courtes.) Au-dessus, je risquais à tout moment d'en perdre une, de jouer les boiteux ; au-dessous, j'étais condamné à souffrir et à boiter encore. Il fallait ajouter ou ôter des semelles, qui n'allaient jamais. Aujourd'hui, je me fais faire des chaussures sur mesure. Hors de prix. Ça n'a l'air de rien, d'une blague, cette histoire de pieds et de chaussures, mais ça nous emmène loin. D'abord, j'en ai gardé une démarche particulière que vous avez sûrement remarquée.

C'était vrai, je m'étais souvent étonné de son allure primesautière sous son corps alourdi.

— Une démarche à laquelle je me suis fait, qui m'a fait : un certain charme, non ? Ensuite, cet état de fait a pesé sur mes choix : le sport m'était interdit, alors que je rêvais d'être un grand international ; j'ai haï le sport et les sportifs. Je me voyais combattant, l'armée n'a pas voulu de moi, me voilà antimilitariste. Pourquoi, selon vous, suis-je devenu un militant, un combattant révolutionnaire, dans les années soixante et soixante-dix ? À cause de mes pieds, à cause d'une toute petite disproportion de mon corps ! Métaphysique, je vous dis ! Rappelez-vous Pascal : « Le nez de Cléopâtre s'il eut été plus court toute la face de la terre aurait changé. » Vous et moi, nous sommes plus modestes : notre vie seule aurait changé, avec des bras plus courts ou des pieds plus harmonieux. Notre vie seulement, mais c'est quelque chose, notre vie. Par exemple, j'ai quitté le monde révolutionnaire et ses manifestations à répétition. Pourquoi ? Mes pieds ne suivaient plus. À quoi tient la foi politique ? À des pieds fatigués. J'ai l'air cynique ? Pas du tout. Tout le monde à la même enseigne. Une bedaine, un œil torve, le poil roux et nous ferions d'autres choix. Tenez, Cendrillon, comment parvient-elle à épouser un prince ? Grâce à un pied excessivement fin. Pas normal. Un gros peton, bien dodu, comme tout le monde, adieu la gloire. Et je vous épargne le petit Poucet et les bottes de sept lieues. Les contes nous éclairent assez bien là-dessus : qu'est-ce qui fait ce que nous sommes dans ce monde ? Un morceau monstrueux de nous-mêmes, un rien visible ou invisible, peu importe, une petite monstruosité ordinaire. Et chacun s'efforce de dissimuler ce petit truc qui cloche. Nous nous imaginons qu'on nous respectera davantage, si ce petit truc reste ignoré. Pourtant, notre vérité à tous, insoutenable, c'est que nos corps, chacun à leur manière, sont mal foutus, mal proportionnés, hypertrophiés, dissymétriques, ravagés, malades. C'est le fil de notre existence. Sans cela, pas de vie du tout. Vous connaissez le film de Tod Browning, *Freaks* ? Cette galerie de nains, d'hommes vers, d'hydrocéphales... ? Le film le plus humain de l'histoire du cinéma. Le plus monstrueusement humain. Si vous comprenez ça, vous nous bassinerez un peu moins avec votre paire de bras télescopiques !

Et il est parti de son rire le plus tonitruant, bourré de A et de O jusqu'à la gueule ; ça débordait de partout, assourdissant. De quoi riait-il donc ? Savait-il le mal qu'il me faisait ? Je l'avais écouté comme un oracle, comme Delafosse. Un homme me révélait la part la plus secrète de moi-même, tout allait devenir lumineux, et c'était pour lui un simple sujet d'amusement ? Un moyen de briller ? J'avais assisté à un de ses numéros de chien savant ? Ce n'est pas Delafosse qui se serait fichu de moi de cette façon, ai-je pensé. J'espère toujours des vérités révélées, sérieuses, un de mes défauts, indécrottable. Sérieux comme ma mère. Victor est trop joueur, impossible à suivre, un de ces hommes dissimulés sous plusieurs masques. À arracher les uns après les autres ? Il devra bien en sortir une vérité ? Il rit, mais tout n'est peut-être pas farfelu dans ses histoires ?... Ses pieds, je les ai vus, comme mes bras. Il en a vraiment souffert, comme moi, comme d'autres. Un frère pour moi. Un frère, ou un menteur ?

Après trois jours de repos et une série de piqûres octroyée par le Maître, qui prenait de mes nouvelles soir et matin, guéri, j'ai repris mes livraisons.

Guéri et meurtri.

Le docteur Victor ! Je n'en avais pas fini avec lui ! Le plus étonnant chez lui, c'était son allure de tambour-major : à la tête de plusieurs défilés en même temps. Chef de troupes un peu goguenard, il organisait la cacophonie : la fanfare en débandade de ses malades mentaux, avec ses couinements, canards, explosions ; l'orchestre plus feutré, pianissimo, des amateurs de pièces anciennes, frétillants d'aise, avec délicatesse, un raffinement un peu nerveux : ces connaisseurs déversaient en sourdine, et sans fin, leurs commentaires les plus éclairés, un murmure étouffant. Et le troisième ensemble... il est temps que j'en parle... peut-être le plus important dans la vie de Victor, le plus pétaradant, et bientôt, à sa suite, dans la mienne... Le genre symphonique : les femmes.

Un sujet de perplexité pour moi, au début : sa relative laideur, ses traits pesants, son corps empâté, je n'imaginais pas un séducteur. Bien sûr, il avait cette démarche singulière, toute de légèreté, en contradiction avec la balourdise de son corps au repos. Devant des femmes, il avait besoin, pour plaire, d'être en mouvement perpétuel. Mais une démarche suffit-elle à faire d'un homme commun un charmeur ? Les pieds de Victor ? Sa petite tare devenue du grand art ? Méfions-nous, mystère, pas de réponse à cette interrogation qui nous fait ouvrir de grands yeux devant des conquérants sans armes : par quel miracle obtiennent-ils si facilement ce qui nous échappe presque toujours ? Le prestige ? Victor, à moitié psychiatre, à moitié antiquaire, évidemment, à côté de moi, porteur de colis… Mais Delafosse, tout médecin qu'il était, et plus agréable que Victor, solide sans être gras, bonne tournure, avait le plus grand mal avec les femmes. Je l'ai toujours connu ascète, si j'excepte ses deux aventures calamiteuses et sa vie avant moi, dont je sais peu de chose. Sans doute, c'est ma mère qu'il aurait voulu avoir, depuis le début ! Je le vois de mieux en mieux, maintenant qu'ils ont tous les deux disparu : elle lui avait préféré mon père, employé au gaz. Parlez-lui du prestige. La séduction par l'esprit alors ? Être spirituel, vieux cliché, bien mort aussi. Du vent et de la fumée, comme disait Delafosse ; ça ne tient pas le coup longtemps. Briller par la conversation, c'est-à-dire par le bavardage, oui sûrement. Quand l'esprit a disparu, il reste le bavardage, la traînée de feu après le passage de la comète. Un bavard en mouvement : c'était Victor en présence d'une femme.

J'ai admiré plus d'une fois sa désinvolture dans la conquête. Et dans l'abandon. Un même regard, son regard rond et lourd, qui lit en vous, pouvait dire : je ne vous lâcherai pas, jusqu'à ce que vous cédiez ; ou bien : tu ne m'intéresses plus, inutile d'insister. J'ai surpris ces coups d'œil dans l'atelier (je dis coups d'œil, je pourrais dire aussi bien coups de bâton ou coups de grâce), à une époque où Victor ne se gênait plus avec moi. Avant, je ne m'étais aperçu de rien, puis j'avais pris des habitudes, passé plus de temps sous la verrière : bien des fois, à l'heure tardive de la fermeture, une femme l'attendait – rarement la même, je m'effaçais. Leur conversation m'indiquait un lieu de destination, un restaurant, un cinéma, l'appartement personnel du docteur. Je n'ai jamais eu l'occasion de pénétrer dans cet appartement ; Victor me signifiait ainsi, j'imagine, et malgré sa déclaration d'un jour : vous ne serez jamais mon ami. Tout ce que j'avais appris, à travers des bribes de dialogue – Métro Sèvres-Babylone (Babylone !) – c'est qu'il occupait un troisième étage spacieux dans le 7ᵉ arrondissement. À lui le 7ᵉ arrondissement, avais-je pensé, à moi le septième étage.

Je grimpais toujours sous mon toit, en évitant les propriétaires. Les Clotaire glissaient sous ma porte des notules, consignes, avis, mises en garde, rédigés dans le style noble ; ils aimaient les formules ronflantes : Vous êtes prié de bien clore la porte de service ; vos feux ont brûlé toute la nuit de mardi à mercredi, veuillez y prendre garde ; veillez à effectuer vos déplacements diurnes aussi bien que nocturnes dans le plus grand silence.

J'avoue avoir aimé errer une partie de mes nuits dans tous les quartiers de Paris, sans but avoué, juste pour échapper à la chaleur sous le zinc, l'été ; je me gelais dans mon réduit l'hiver ; parfois, atteint d'une bronchite ou d'une angine, je remontais à grands pas, à peine couvert, les quais de la Seine, j'espérais une double pneumonie fatale – ou la guérison ; toujours guéri ! Et je rentrais tôt, le matin, en négligeant quelques règles élémentaires. Je sentais bien que les Clotaire, depuis l'incinération de Delafosse, mon protecteur, attendaient mon départ, sans oser me chasser. Je savais qu'ils entraient quelquefois dans ma pièce : des traces de doigts dégoûtés avaient souligné la poussière ; la couverture avait été pudiquement tirée sur mon lit ouvert ; un seul tour de clé, quand j'en avais donné deux. Ils faisaient tout pour me signaler leur passage, au cas où je me serais senti un peu trop chez moi. Quelques heures de sommeil, un plat de nouilles sur le réchaud, voilà à quoi se résumait mon chez-moi. Le reste du temps, en fuite, sur les boulevards, dans les rues, les escaliers, les ascenseurs de partout. Et, ce qui était devenu ma vraie patrie, dans l'atelier du quai de la Tournelle. Où défilaient les femmes.

Victor m'a avoué plus tard que ses activités n'avaient pas d'autre but que d'attirer des clientes de bon goût. Une autre de ses pirouettes, j'imagine. J'ai pris l'habitude de mettre en doute toute parole de Victor. Il n'en reste pas moins qu'elles se pressaient chez lui. Contrairement aux hommes, elles venaient assez rarement acheter des pièces refaites et proposées à bon prix par l'artiste. Elles apportaient plutôt leurs propres meubles, récupérés dans un grenier familial, hérités ou chinés ailleurs, pour les faire remettre en état. Des connaissances leur indiquaient l'adresse de Victor dont la réputation croissait. Un réseau s'organisait : rabatteurs, piqueurs... le chasseur enlevait le gibier. Travail bien fait, bon marché ; précision du geste, souplesse, goût des formes, de la patine... Les femmes mûres étaient les plus nombreuses. Forcément, la jeunesse et les vieux meubles... pas fréquent... à moins d'un héritage subit.

— À seize ou dix-sept ans, m'a-t-il dit un jour, je préférais les femmes plus âgées que moi, la trentaine, la quarantaine. J'aurais pu être leur fils. J'aurai bientôt l'âge d'être leur père. Entre les deux, j'aurai à peine eu le temps d'avoir leur âge. Du moins, je leur serai resté fidèle.

Il s'accommodait de la situation : il n'était pas de ceux qui veulent s'afficher avec des gamines, prétendait-il. Pas s'afficher du tout. Quelques jours avec chacune lui suffisaient. Du mouvement, toujours du mouvement. En marche. Chef de troupes : un soldat tombe, un autre le remplace. Pas regardant. Il ne cherchait pas les plus belles. Toutes lui convenaient pourvu qu'elles aient du goût. Son goût. Le goût du beau. Il aimait tous les styles : Louis XIII, Louis XV, Empire, Louis-Philippe, Art nouveau. Du moment que la pièce était bien travaillée, d'un bois de qualité. Une petite aux fesses rebondies, sous une brosse noire et drue, succédait à une svelte quinquagénaire aux mèches blondes fraîchement teintes. J'apportais un buffet années trente, je remportais une console XVe. Certaines femmes s'exclamaient devant le travail de Victor, alignaient les compliments comme des chaises. Les plus faciles à obtenir, selon lui. D'autres, pas les moins intéressantes, furetaient en silence entre les meubles en attente. Une timide, rousse, pas plus de trente ans, mariée depuis peu, lui avait donné le plus grand mal. Des semaines de travail. Elle ne se décidait pas. Il la faisait patienter lui aussi, revenir chaque jour : ce sera bientôt fini, revenez demain. Elle revenait pour un dressoir qu'elle tenait de sa grand-mère, récemment disparue, un dressoir à consolider, à nettoyer – opérations longues et délicates ! – un dressoir du XVIe siècle avait-elle prétendu ; simple copie du XIXe, selon Victor, et pas des meilleures ; il se gardait bien de lui révéler la vérité, avant de l'avoir eue. Il s'est offert cette goujaterie, après, quand elle s'est déclarée prête à quitter son mari. Surtout pas ! Les abandons de famille au bout de huit jours, hurlait-il, effrayant ! À fuir ! Gage d'immoralité ! Victor avait des principes moraux. La morale la plus conventionnelle n'est jamais si bien défendue que par ceux qui la ravagent à longueur de vie. La fréquentation de Victor m'a enseigné ce principe élémentaire. Moi qui suis sans morale, depuis les leçons de Delafosse, m'arrivait de lui faire des remontrances. Des remontrances d'ordre économique. L'ordre économique, c'est l'achèvement de la morale. À force d'évincer les femmes conquises, expliquais-je, on courait des risques... La clientèle allait se restreindre... quelques vieillards passionnés d'antiquités... le genre chauve... Martini... exposés à l'infarctus... Un peu de sagesse et de fidélité ne favorisent-ils pas le petit commerce ?

— Pharisien ! criait Victor. Vous vous trompez sur toute la ligne : plus je les balance, plus elles reviennent. Elles se découvrent des meubles nouveaux, avec des petits défauts à rectifier, imaginaires le plus souvent. Elles espèrent toujours. Ne craignez rien. Parfois, j'en fais des amies. Elles m'envoient leurs copines, en toute innocence. Je me les envoie. La chaîne sans fin. La chaîne des femmes. Je vous écœure ? Vous y viendrez !

De fait, elles revenaient. J'essayais de lutter encore un peu :

— Ces femmes vous paient, en échange de vos services. Ça fausse un peu les rapports, non ?

— Et moi, je vous paie bien aussi, Gibbon, vous n'en faites pas une affaire !

— Pas la même chose ! Tout de même !

— Pas la même chose, mais incontestable : je vous paie. Aussi bien qu'elles me paient. C'est ce qui rend nos rapports si délectables.

Je le comparais encore à Delafosse, sans fortune – et sans femme. Victor, lui, ne manquait jamais d'argent – ni de femmes.

— C'est vrai, disait Victor, je me suis toujours débrouillé pour en avoir. Je ne me souviens pas d'une époque où j'en aurais manqué. Les sources les plus inattendues. Intarissables.

— Même quand vous étiez un pur ? Votre époque révolutionnaire ? maoïste ?...

— Plus que jamais, à cette époque-là ! Les militantes ! Jamais connu mieux !

— Je parlais de l'argent...

— Ah ! l'argent... c'est autre chose... à ce moment-là...

Et il se rembrunissait, comme parfois.

Jusque dans les ventes aux enchères, il embobinait la première acheteuse venue. Il n'aimait pas lutter contre une femme. L'occasion ne se présentait guère, de toute façon : les femmes seules préféraient faire monter une enchère sur de menus objets, l'horreur pour Victor, mais il commentait les transactions avec elles, faisait le connaisseur, puis arrachait la vente suivante, à l'épate, quelquefois pour des pièces qui ne l'intéressaient même pas!

Il s'agissait de plaire, plus que d'acquérir une copie médiocre qu'il ne revendrait jamais. Le véritable enjeu, certains jours. Il repartait avec des meubles sans intérêt et des promesses de rendez-vous. Promesses tenues, le plus souvent. La dame surgissait, quai de la Tournelle, un après-midi. Le reste s'effaçait pour quelques jours, quelques semaines au plus. Le mobilier acheté le jour de la première rencontre allait rejoindre d'autres pièces, acquises dans les mêmes circonstances, dans le coin droit de l'atelier :

— Mon cimetière ! Mon petit enfer personnel ! répétait Victor... Des erreurs mineures... conscientes... calculées... pour la bonne cause... des pièces enlevées avec légèreté, condamnées d'avance à n'être jamais réhabilitées ; bancales jusqu'au dernier jour, sacrifiées à des jouissances éphémères, mais indispensables !

De temps à autre, tout de même, une bonnetière sortait du lot. Plus étonnante que prévu. Ou une relation plus suivie s'installait. J'allais croire Victor amoureux. Je me trompais toujours : il découvrait une nouvelle rareté, suivie d'une autre. Le cycle reprenait.

— Je chine les femmes et je caresse les meubles, disait Victor, dans la camionnette qui nous ramenait de nos expéditions.

— Vous appréciez les meubles anciens, les femmes modernes... Et les hommes d'avenir ?

Nous rivalisions ainsi, dans nos traversées de conquistadors repus de brocante et de brushings, comme il disait encore. Du Mans à Reims, du Havre à Orléans, l'aire la plus large pour nos incursions de pirates plus ou moins fortunés... je me souviens de ces retours comme de moments de paix entre Victor et moi.

Rivaux, nous ne l'étions pas qu'en paroles. Je prenais toujours plus d'assurance. Avec ce rien d'humilité qui me mettait à l'abri des offensives moqueuses de Victor. Je profitais de ma position auprès de lui. Mon idée : partager le festin. À ma mesure. Le docteur délaissait ses conquêtes à peine possédées, je conservais leurs traces. J'avais leurs adresses pour mes livraisons ; je prenais mon temps pour remonter leurs gros meubles, prétextais l'oubli d'un outil ; je revenais deux, trois jours de suite, à l'insu de Victor, gratis. Les belles étaient affaiblies souvent... la rupture plus ou moins brutale... le dépit... Je m'offrais. Je leur permettais une petite revanche. Pour les unes, j'étais le reflet du maître, le prolongement d'une relation – ou d'un espoir déçu. Assez humiliant pour moi ; je me faisais une raison. La suivante me regarderait d'un autre œil, ne me confondrait pas avec Victor, apprécierait à sa valeur ma stature, ma vigueur. Je passais aux yeux de quelques-unes pour un bon géant plein de promesses. J'osais avec elles ce que je n'aurais osé avec aucune, si elles n'avaient pas fait l'amour avec Victor, si elles ne s'étaient pas déjà livrées elles-mêmes. Je les savais d'avance capables de s'abandonner à moi. Certaines jouissaient sans amertume, sans espérance ; des dévoreuses. Celles-là me plaisaient bien : Victor n'avait été pour elles qu'une victime de plus. Des conquises conquérantes – elles me mettaient à égalité avec Victor : elles avaient aussi peu de considération pour moi que pour lui.

Séduire tant de monde en si peu de temps, j'étais ébahi ! Et pas trace de sentiment de l'une pour moi ! De moi pour une autre ! Pas de forfanterie toutefois... confession honnête : mes succès étaient plus rares que ceux de Victor. Combien de gifles ai-je évité ? D'excuses à présenter ? Un vrai plaisir pour moi, ces dames qui faisaient les offusquées, rougissantes – qu'est-ce que vous allez imaginer ? – qui hoquetaient d'indignation. Huit jours plus tôt, je le savais, elles avaient courbé l'échine devant Victor. (Il se vantait de mener les femmes « à la baguette », à l'ancienne toujours, au mépris.)

Naturellement, ces abouchements sont restés fugitifs. Pas question d'inviter une de ces femmes au restaurant, encore moins dans ma chambre sous les toits. Je me contentais d'une jouissance brusque, chez elles, après frottement, étrillage, roulements. Un bonheur de livreur. J'obtenais des restes, un pourboire, un peu de douceur, deux ou trois fois, si l'employé de Victor, pour un instant, parvenait à passer pour Victor. Cas rarissime.

Le docteur a tout ignoré, un temps, du rôle de doublure que je m'étais octroyé. Deux ou trois indignées offusquées ont vendu la mèche, après m'avoir menacé d'obtenir mon renvoi. Dénoncé! Convoqué! Et félicité! Victor appréciait en connaisseur ma technique de conquête. Mon côté matador qui porte l'estocade, après le travail des picadors et des banderilleros. Je crois qu'il aimait surtout, dans mes quelques réussites, les nombreux échecs qui les accompagnaient. De plus en plus fréquents les échecs, à partir de ce moment-là : je soupçonne Victor d'avoir mis en garde contre moi ses nouvelles victimes. Les voleurs sont les premiers à dénoncer les voleurs, autre ravage, pas le moins surprenant, de la morale courante.

Je garde de toutes ces tentatives, avant que ne surgisse Tatiana, une sensation singulière... comment la définir? Mes liens avec ces femmes n'étaient guère différents de ceux qu'on peut établir avec une foule qui défile sous nos yeux. Les visages se fondent les uns dans les autres, pas le temps de saisir un regard particulier, le groupe est déjà loin. Le dire autrement? Je ne suis sûr de rien : en musique, on reconnaît une mélodie, le profane ne songe pas à nommer chaque note singulière qui la compose. J'ai connu un ensemble de femmes, je n'ai pas connu une femme. Je suis allé au bout de la chanson, je n'ai pas retenu une seule note. Le concert continuait pour Victor. Vingt ou quatre-vingts ? Peu importe. Comme les soirs de grande manifestation : cent mille personnes selon les organisateurs, vingt mille selon la police. Depuis longtemps, j'avais cessé de briller en calcul mental. Je n'étais pas sûr d'être fait pour embrasser, dans un grand défilé, toutes les femmes de la création.

C'est le moment de faire donner le tambour. Sur une seule note, le roulement de tambour. Elle monte, je descends. Elle monte, je ne le sais pas; je descends, elle le voit trop bien; elle ne me voit pas pour autant: masqué par une coiffeuse en vieux noyer! Je la tiens à pleins bras, le plat sur l'épaule gauche, les pieds, deux à deux, de chaque côté du corps, le pan vertical, avec son miroir moucheté, tourné vers l'avant! En vrai chevalier de tournoi, bardé, plein d'allégresse, je quittais l'atelier pour une nouvelle livraison. Chez une divorcée de fraîche date... du cousu main, avait dit Victor... j'allais tenter ma chance... Sans assurance excessive: je la sentais un peu bégueule, la gifle facile avec les malotrus, il faudrait du tact.

J'avais dévalé trois étages, les narines emplies par avance de parfums d'aisselles, de lèvres et de sexe, avec cette vivacité que plusieurs mois de montées et de descentes m'ont donnée. Les pièces les plus encombrantes ne m'effraient plus, je virevolte dans les virages, sur les paliers... plus besoin de calculer les angles... ça passe ou non, je le vois tout de suite, en virtuose accompli du déménagement. Je possède un jeu de sangles, pour assurer mes prises; n'importe quelle planche, la plus longue, la plus large, mise dans une position savante, franchira, du premier coup, les étages, les portes. Je connais mes marches par cœur, cinq fois vingt-quatre, leur rétrécissement du début et de la fin... pas besoin de regarder où je pose les pieds... je glisse, je vole... je connais ma cage dans les moindres détails : les éclats de bois ici, de peinture là, la rampe branlante au quatrième, le barreau manquant au cinquième... mon cher escalier... où je fais claquer mes talons. Les quelques éraflures sur le mur datent de mes débuts ; aujourd'hui, j'effleure sans griffer, je caresse les arrondis d'une main experte. Je serais presque fier de moi... pourrait-on croire... Je n'oublie pas que je me contente, pour l'instant, de trimballer des bouts de bois... bouts de bois XVIIIe parfois, bouts de bois marquetés... plus tout à fait ignare : je me cultive, j'aime me cultiver, depuis Delafosse... mais bouts de bois tout de même.

Pourquoi n'ai-je pas prêté attention à cette menue cavalcade ascendante ? À cette imperceptible bourrasque provoquée par un corps en déplacement ? Un corps léger... trop léger sans doute pour ma grossièreté de déménageur... pourtant je ne suis pas grossier, je ne veux pas l'être... Je ne me suis pas arrêté, pas écarté. J'occupe toute la largeur des marches, je frôle la rampe, je frôle le mur, si vif, si agile... et si brutal : je percute un corps, en même temps qu'un cri. Un premier cri a précédé la collision, un cri d'alarme, une voix de femme qui ne peut pas croire que le monstre devant elle va l'ignorer, lui passer dessus, en machine aveugle ; trop tard, trop tard ; le deuxième cri bascule à la renverse ; il a fallu se rendre à l'évidence, je passais. Je n'ose plus bouger derrière le miroir de ma coiffeuse, j'entends seulement une masse invisible dévaler l'étage, le tintamarre rebondissant de marche en marche, comme un écho de montagne, jusqu'au palier inférieur. La chute, comme ralentie, dure plus longtemps qu'elle ne devrait, me semble-t-il. J'ai le temps de revoir, de réentendre mon père hurler mon nom dans son envol, d'éprouver ce malaise criminel dans la région du ventre, cette contraction musculaire qui vous étrangle la taille... Le nœud se défait, l'image de mon père s'efface du miroir. Il ne reste que mon regard de brute involontaire, qui me dit : qu'est-ce que tu es encore allé faire ? Rien, je le jure, rien vu, rien entendu. Réparons ce qui peut l'être, sauvons, aidons. D'un bond, en bas. L'arme du crime, posons-la, en douceur, sur ses quatre pieds. Ce corps inerte, replié sur le palier, la tête reposant sur la dernière marche, mort ? Le pantalon rouge se détend, serpente un instant dans le vide, comme deux rubans au vent, cherche un point d'appui ; deux bras blancs, fins, si fins, font levier. Une svelte carcasse se redresse, s'adosse au mur, secouée, mais vivante, bien vivante – juste groggy. Elle porte les mains à son visage ; défiguré, ce visage : il enfle en diagonale, depuis le front jusqu'à la joue en suivant l'arête du nez. J'abîme tout ce que je touche, ai-je pensé, qu'est-ce que cette fille va penser de moi ? Elle interprète à sa façon mon effarement :

— Je suis si affreuse que ça ?

Je ne vais tout de même pas la planter devant le grand miroir de la coiffeuse, me suis-je dit, lui montrer mon œuvre de destruction... pas tout de suite...

Marche-t-elle ? Les membres, le torse ? Rien de douloureux ? Seul le visage... ce visage marqué par l'angle aigu de la dernière marche... tuméfié par mes soins... Presque pas de sang ? Des plaies internes ? Les plus dangereuses. Je la relève, pour me rassurer, la convaincre qu'elle peut se tenir debout sans éprouver de malaise. Ma vision de la médecine, loin des préceptes du secourisme primaire : si elle a une hémorragie cérébrale, elle ne descendra pas l'escalier ; sinon, l'affaire est sans gravité. Elle va, tremble, penche, hésite. Elle tient bon, mon bras droit sous son bras gauche, la coiffeuse calée de l'autre côté. Il est beau, le chevalier, avec son écu, et sa dame. La scène doit être répertoriée dans des manuels sous le nom de rencontre. Je la mène à la première pharmacie que m'indique un bouquiniste du quai. On nous conseille, après diverses pommades ou embrocations, l'hôpital, les urgences, des radios – sait-on jamais ? Le nez, la mâchoire ? Je lui propose plutôt un café – ma vision de la médecine toujours – pour me racheter. Nous sommes revenus vers les quais... un endroit où je bois un verre, de temps en temps... tout près de l'atelier... le Montebello... Elle a hésité un moment : elle avait mal quand même ! J'ai insisté : un petit remontant ! Il sera toujours temps de se faire soigner... Le pire a été évité... Elle demande enfin à se voir dans la glace de ma coiffeuse... commode un garçon qui se déplace avec un miroir pareil... Évidemment : pas beau à voir... un petit choc... Il vaut mieux reprendre des forces...

Je l'ai installée, avec beaucoup de prévenances, sur une chaise, tout près de moi.

— Nous ne partagerons peut-être que ces chaises... ai-je commencé. J'ai bien vu qu'elle n'était pas familière des discours du docteur Victor. Son œil intact avait esquissé un rire d'incompréhension. J'ai bredouillé une suite ; sur les chaises, ma spécialité ; avec les fauteuils et le reste. J'avais déposé ma coiffeuse au milieu du café. Je me moquais bien de la livrer à l'heure dite, la divorcée du 13e arrondissement attendrait le temps qu'il faudrait.

— Vous descendiez de l'atelier de restauration ?

Elle y montait. Notre collision chevaleresque était inévitable. J'ai esquissé un geste vers la coiffeuse, la cause de l'accident, en même temps que ma justification : comment pouvais-je la voir derrière une telle barrière, épaisse, opaque... Elle me prenait pour un client venu chercher son bien ; j'ai hésité à la détromper ; j'ai avoué mon rôle.

— Vous vous êtes donc occupé du lit bateau de grand-mère ?

Avant que je ne la terrasse dans l'escalier, elle était chargée d'une mission familiale.

Tatiana ! Elle allait m'en dire ! J'allais lui en raconter ! Elle tournait son café sans le boire. Si une douleur lui traversait le visage, elle poussait un petit cri, un petit *i* perdu au milieu des *a* de Tatiana ; elle riait en *a* le plus souvent, elle riait beaucoup, elle finissait par oublier son mal. J'aimais déjà cette irrésistible faculté d'oublier le mal. Tout le contraire de moi. Notre bousculade l'amusait :

— Rendez-vous compte, vous descendiez si vite… J'avais bien entendu des pas dans l'escalier… mais si vite et si lourdement chargé… je ne pouvais pas l'imaginer… C'est trop drôle. Comme si vous arriviez du ciel sur la tête des passants ! J'ai à peine eu le temps de vous apercevoir, vous étiez sur moi. Quelle histoire !

Quelle histoire, Tatiana. Elle l'a répété dix fois, en riant, en se cachant – me regardez pas comme ça, je suis pas belle à voir – avec des gestes de petite fille. Son visage, plutôt son demi-visage, privé d'âge, et plein de vie, je l'aimais déjà. J'étais un peu responsable de son apparence ; j'aimais enfin ma brutalité, la cause de ce carnage ! de ce carnage joyeux !

Elle n'avait plus d'âge ? Son corps, son corps, lui, était jeune, le corps de Tatiana, frêle, étroit dans son pantalon rouge. À peine si ses hanches esquissaient une courbe, ses fesses un rebond. Et ses bras… les bras de Tatiana, intacts, dégagés, nus déjà… de longs abattis, ai-je pensé… Comme moi ? Pas si longs ? Plus minces, plus blancs. Des bras fraternels. Je nous trouvais cette ressemblance, j'avais besoin de cette ressemblance. Le mauvais pli de Victor m'avait gagné : je considérais toute femme comme une prise possible. Mais non, je ne voulais pas que Tatiana se glisse, comme toutes les autres, dans mon mauvais pli ; elle devait échapper à la règle. Elle, je l'avais renversée avant de la connaître, petite différence ! Je n'étais pas, devant elle, comme devant toutes les autres. Elle m'avait changé autant que je l'avais défigurée. Le plus frappé des deux, c'était moi. Je me sentais capable de tout pour ma victime, doué de toutes les qualités qui me manquaient jusqu'ici. Elle riait, je virevoltais. Je brillais, comme dans mon plus jeune âge, avant toutes mes misères, avant tous les abandons, Tatiana. Prêt à tout... je l'accablais de paroles... mes histoires s'écoulaient de moi sans effort, sans recherche... Le garçon taciturne, emprunté, ajoutait son rire, tout neuf, au rire de Tatiana... Mes petites drôleries : les amateurs d'antiquités les plus maniaques, les fous les plus déroutants, les singularités de ma vie, des hommes... Je me gardais bien de parler des femmes, sauf des folles... Marie-Jeanne... Pour une fois, je sentais le bonheur présent... pour une fois, sans inquiétude, sans questions en poche... pour une fois s'approcher d'une femme avec un plaisir plein d'innocence... prendre son temps avant de la toucher... Enfin... je l'avais déjà touchée... vraiment touchée... sauvagement touchée... comme je ne la toucherais sans doute jamais plus, même si je devais la caresser un jour, l'éventrer. Mais je vais trop vite : pour l'instant, chacun sur sa chaise, côte à côte, prolongeons notre rencontre, en compagnie d'une coiffeuse curieusement posée au beau milieu d'un café. Nous revenions souvent à elle, des consommateurs, les serveurs pestaient contre sa présence encombrante.

— C'est curieux, ai-je fait remarquer à Tatiana, je suis en train de prendre conscience que nos vies tout entières se déroulent dans la compagnie des meubles...

— Parlez pour vous : c'est de la déformation professionnelle !

— Non, non, ai-je repris (je me sentais en verve, comme si les facilités oratoires de Delafosse et de Victor s'additionnaient en moi), c'est une étrangeté dont personne ne semble se soucier, dont je ne m'étais jamais étonné jusqu'ici, mais cette coiffeuse dans ce café me suggère ceci : nous vivons – même les moines, même les prisonniers – plus longtemps avec des meubles qu'avec des personnes. C'est effrayant, non ? cette présence auprès de nous du mobilier, posé sur ses pattes et qui attend. Et moi qui le trimballe toute la journée ! Ma seule compagnie durable ces derniers temps! Des meubles! En promenade avec des meubles! Sur ce point, c'est vrai, je ne suis pas comme tout le monde. Si je me contentais de les posséder, de les contempler chez moi! Je sors avec eux! Comme avec des vivants!

Je posais un peu, je le reconnais, je me sentais vraiment des ailes, devant Tatiana. À mon aise. À l'excès. Toujours extrémiste : plongé sous terre, au trente-sixième dessous – ou dans les hautes sphères ; toujours en train d'étouffer, de malheur ou de bonheur (surtout de malheur ; je vivais, cette fois-là, un moment d'exception) ; jamais à l'altitude ordinaire, où il suffirait de respirer sans y penser.

— Vous alors, vous êtes un peu dingue, non? m'a-t-elle dit. Et vous assommez beaucoup de passants, comme ça, dans vos promenades?

— Ce n'est pas l'envie qui me manque, ai-je répondu, mais je me suis arrêté là : je sentais bien que c'était une phrase de malheur, une phrase du passé. À effacer. Sans valeur. À l'aide, docteur Delafosse! À l'aide, Tatiana! Comment être à neuf? Léger, avec tout le poids du mobilier humain sur les épaules?

Combien de temps avons-nous passé, attablés, à oublier de boire ? Son café était froid, ma bière était chaude : pas de meilleures preuves pour un amour naissant. De temps en temps, elle disait qu'elle ferait mieux de partir... la douleur revenait... une inquiétude : son visage défiguré... Je n'avais pas envie de la voir disparaître comme ça... Égoïste ? Oui, ça fait du bien. Je la rassurais sur son apparence... son état... confiance... elle laissait passer le mal. J'avais gagné quelques minutes.

Nouveau coup de tambour : nous avons découvert que notre rencontre d'aujourd'hui était inéluctable. Illusion de tous les amoureux ? Peut-être. Des liens invisibles, à notre insu, depuis quelques semaines, nous unissaient : nous faisions partie du même réseau. Comme l'épicière de Colombes appartenait à la sphère de mon passé, Tatiana tournait déjà dans mon petit système solaire, nos orbites se croisaient et se recroisaient. Pas de début à l'amour ; vous montez et descendez le même escalier depuis longtemps, un jour, vous êtes sur le même palier. Ce n'est pas un début, c'est une fin. Pourquoi Tatiana avait-elle grimpé les marches que je dévalais chaque jour ? Facile à expliquer : le réseau. Le réseau de Victor. Pas facile à démêler, un réseau.

Tirons le premier fil, avec précaution : monsieur Retz, un des premiers clients de Victor, désœuvré et envahissant. Même s'il n'avait aucune affaire à traiter, il surgissait vers cinq heures, pour passer l'ennui de la journée. Il circulait, en silence d'abord, entre les meubles, inspectait les nouveautés, s'il avait manqué quelques jours, grattait les placages, ouvrait, fermait des portes, des tiroirs. Un air fouineur que je n'aimais pas, au début, mielleux : comme un cardinal, disait Victor – je ne comprenais pas pourquoi. Il ne tolérait qu'un interlocuteur : Victor en personne. Dès que le docteur était disponible, Retz l'alpaguait, selon le mot de Victor lui-même, et ne le lâchait plus. De tous les amateurs d'art et d'antiquités que j'ai côtoyés à ce moment-là, c'était le plus passionné : devant une belle pièce, il se mettait à bégayer ; et le plus connaisseur : il avait l'art de faire surgir devant vous, dans la conversation, des fauteuils Régence à dossier demi-creux acquis avec son premier salaire de fonctionnaire des Finances ; il vous jetait à la figure des coussins galettes, des dos gondoles, les variétés de velours de lin, de reps ou de jacquards. Pas besoin de comprendre, je le voyais comme un nouvel enchanteur qui m'aurait accueilli dans le cercle de ses auditeurs. À ceci près que j'étais un de ses rares auditeurs à m'enchanter de sa science. Je voyais bien qu'il irritait le docteur Victor : il se permettait des commentaires ou des conseils techniques dont la pertinence, malgré le bégaiement, sautait aux yeux du profane. Il allait jusqu'à proférer des critiques, sans cesser de se montrer mielleux. Victor détestait être pris en défaut par un rival. Retz accompagnait ses leçons d'un long jet de fumée satisfait. Ses Upmann duraient le temps de sa visite. Il n'en secouait jamais la cendre volontairement ; elle tombait, sans qu'il s'en aperçoive, après une lente accumulation, tantôt dans l'entrebâillement de son veston croisé sur sa bedaine, tantôt sur le parquet où elle faisait de petits tas gris qui balisaient son parcours. Victor aurait bien mis dehors ce trop bon conseiller, retraité des Finances (comme il ne manquait jamais de le rappeler lui-même, chaque fois qu'il en avait l'occasion), qui pérorait sans fin. Monsieur Retz ne devait pas ignorer complètement l'agacement universel qu'il provoquait autour de lui ; il se sentait à l'abri dans l'atelier : le sentiment de sa supériorité était manifeste ; ses manières hypocrites décourageaient les affrontements possibles ; surtout, Victor lui était redevable de quelques bonnes affaires : une chambre Louis-Philippe complète, de nombreux meubles cédés à des tiers. Le vieux célibataire avait gardé des relations dans les milieux des ministères et de la finance, la clientèle de Victor se renouvelait et s'amplifiait grâce à lui. Il fallait faire bonne figure devant un casse-pieds si indispensable.

C'est ici que je tire le fil suivant. Monsieur Retz avait une cousine à Montfort-l'Amaury, dont la mère nonagénaire – mon troisième fil – avait perdu la tête depuis quelques années : il avait fallu, après bien des difficultés, la mettre sous tutelle et obtenir son placement dans un établissement spécialisé. La vieille dame, toute folle qu'elle paraissait être, avait lutté des mois entiers pour rester chez elle. Elle mettait à profit ses moments de lucidité – la folie parfaite n'existe pas, disait Victor – pour retarder l'échéance. Elle avait fini par céder, selon monsieur Retz. Mais, ajoutait-il, des établissements pareils, ça se paye. La malheureuse avait eu de l'aisance autrefois, mais elle avait épuisé depuis longtemps ses liquidités : il lui restait un appartement de quatre pièces boulevard Pasteur, meublé de joyaux, pour reprendre les termes toujours grandiloquents de monsieur Retz, mais de joyaux défraîchis, en ruine pour certains.

— Pensez, héritage après héritage, chez une dame de plus de quatre-vingt-dix ans ! Et dans une famille d'amateurs depuis le XIXe siècle ! Avant la grande déconfiture du XXe ! Vous trouvez chez elle de l'authentique XVIIIe ! Des bahuts, des maies, des tables !

Malheureusement, la veuve Olianov (elle avait épousé un Russe blanc), née Petit, avait fait des économies sur le chauffage depuis près de vingt ans. Voilà quelqu'un qui ne chauffait pas son appartement, au plus fort de l'hiver : pas les moyens ! Au milieu de raretés ! Pas sous l'effet du délire, non, à l'époque où elle était en possession de toutes ses facultés (Retz se délectait de ces tournures officielles et onctueuses), elle avait décidé une fois pour toutes de couper le chauffage... Des riches qui vivent comme des pauvres... Des riches qui n'ont plus les moyens d'être riches... Le froid est bon pour la santé, disait-elle autrefois aux visiteurs frigorifiés. Sa fille, madame Callix, son neveu, bien d'autres, tous avaient tenté de la convaincre de vivre au chaud. Rien à faire... Bon pour la santé. Son mari avait bien vécu dans la froide Moscovie, avant la Révolution ! Veuve fidèle ! De fait, jamais malade, malgré son grand âge... Seuls ses meubles souffraient... l'humidité... les traces blanches de l'humidité, verdâtres, noirâtres... les changements de température... fissures, brisures... les négligences accumulées... Une tristesse !

Le séjour de la veuve Olianov dans son établissement spécialisé promettait d'être long, malgré son âge : un corps sans tête ; ce corps en bonne santé avec une tête perdue, menaçait de tenir encore des années : la vie végétative, brute, sur la terre, avant la première petite tête d'homme, a traversé des millions d'années. Increvable et gratuite la vie végétative autrefois. Aujourd'hui, végéter est hors de prix : frais d'entretien, hébergement, personnel. Le chauffage même ! On allait chauffer madame Olianov ! On s'était retourné vers sa fille unique. Madame Callix avait déjà la charge de sa fille Tatiana. Pas d'autre ressource que de manger l'héritage à venir. Tout le monde passe sa vie à réduire des héritages en poudre. Qu'il ne reste rien ! Seul but. Le petit capital de mes parents – l'assurance-vie de mes parents, placée sur ma tête, ma pauvre tête ! – je l'avais bien entamé... Mon salaire de la main à la main... mangé lui aussi... Madame Callix avait entrepris de vendre la collection de meubles du boulevard Pasteur. Seulement, les spécialistes consultés, antiquaires, commissaires-priseurs, devant l'état du mobilier, en offraient ou en promettaient une misère. S'il était en bon état, sa valeur grimperait immédiatement. Mais restaurer l'ensemble, c'était engager des sommes avant d'en gagner. Et le bénéfice était douteux.

Mon premier fil vient maintenant croiser le deuxième : monsieur Retz s'est fait fort d'obtenir de Victor (le quatrième fil du réseau qui s'organise) des prix sans concurrence, après tant de services rendus, de conseils gracieux. Le nombre des meubles à restaurer, arguait-il pour convaincre Victor, compenserait la faiblesse des prix. Le docteur avait commencé par refuser ; son affaire progressait ; il était en mesure d'augmenter ses prix déjà dérisoires ; il allait définitivement abandonner la médecine psychiatrique ; se consacrer de manière officielle à sa passion. Il craignait, devant l'ampleur nouvelle de ses activités, d'être dénoncé, un jour ou l'autre, pour travail au noir. Il avait découvert, parmi ses clients récents, un inspecteur des Impôts. Premier signe ?

Monsieur Retz n'insistait jamais longtemps, mais revenait, à chaque visite, sur la question. Formules enrubannées, éloge de l'artiste et de ses dons :

— Vous avez de l'or dans les doigts, concluait-il. Je vous propose du bois vermoulu. Entre vos mains, j'en suis sûr, il ressusciterait !

— De l'or, de l'or, marmonnait Victor, et vous voulez que je fasse des résurrections pour presque rien.

— Si une vente à Drouot dépasse nos espérances, je peux vous faire obtenir une petite compensation... un supplément...

Un soir, Victor a cédé... pas tout à fait... Il s'est débarrassé poliment de monsieur Retz... il m'a mon-

tré du doigt... dans le coin où je préparais une livraison, en écoutant la conversation :
— Voyez cela avec mon assistant.
Son assistant ! J'avais fait un bond dans la hiérarchie. Quelle hiérarchie ? Passons. Monsieur Retz m'a regardé d'un autre œil : je représentais d'un seul coup son salut. La résurrection des meubles de famille !
Le cinquième fil, c'est moi ; je me faufile entre les autres ; déjà attaché à Victor, je croise monsieur Retz, qui me propose un petit intéressement. Nous convenons de commencer par un lit bateau en acajou, fendu, terni, quelques éclats de bois, à titre d'essai. Si chacun est satisfait – argent, travail – nous (je parle au nom de Victor, plein d'assurance) pourrons envisager de poursuivre notre collaboration.
C'était trois semaines avant Tatiana. J'avais accompagné monsieur Retz chez madame Olianov. Il avait obtenu de sa cousine de Montfort-l'Amaury les clés de l'appartement, alors qu'elle était des plus méfiantes, inquiète. Pas toujours dans les meilleurs termes avec lui. Pendant des années, il lui avait reproché d'avoir laissé à l'abandon de telles pièces, il triomphait maintenant, elle reconnaissait ses torts, un peu tardivement, selon lui.

Le jour où je me suis rendu boulevard Pasteur, je n'allais pas chercher, comme je le pensais, un lit bateau : je marchais déjà, en réalité, sans le savoir, vers Tatiana. Je traversais des pièces où elle avait joué, parlé. Où elle s'était gelée.
Tatiana, sixième fil, comment la rejoindre ? Depuis trois semaines, la restauration des meubles de la grand-mère Olianov n'avait guère avancé. L'apôtre n'avait pas beaucoup brillé auprès du Maître de la Résurrection : le lit bateau moisissait au pied de l'établi où je l'avais posé. Victor m'avait promis d'y jeter un œil. J'avais promis à monsieur Retz une exécution

rapide. Rien ne venait. Le docteur Victor, durant cette période, je dois le dire à sa décharge, était réclamé par ses collaborateurs. Le désordre s'installait dans son établissement psychiatrique. Ses absences de plus en plus longues... le relâchement du personnel et des malades... une reprise en mains s'imposait... Son autorité naturelle menacée... Alors les meubles du père Retz ou de sa cousine... Victor ne me laissait pas me plaindre longtemps. Madame Callix, pressée de réaliser des gains, s'impatientait auprès de son cousin ; monsieur Retz harcelait Victor qui avait maintenant, s'il était présent, une parade toute trouvée :

— Voyez cela avec mon assistant.

La mère de Tatiana, semble-t-il, a été prise de doutes... d'inquiétudes... Dans quelle mauvaise affaire son cousin l'avait-il engagée ? Avec quel charlatan ? Bon à rien ? Escroc ? Pas de réponse satisfaisante. Elle ne quittait pas souvent sa lointaine banlieue huppée. Montfort-l'Amaury, pas Colombes ! Sa fille étudiait aux Beaux-Arts, pas loin de l'atelier... quelques quais à longer pour se rendre compte par elle-même du désastre en cours. *De visu*, avait-elle dit, selon Tatiana. À l'insu de monsieur Retz. Toute latitude pour envisager les mesures nécessaires ! avait-elle ajouté. Le même goût que son cousin pour les formules officielles, ai-je pensé. Les formules mortes.

Le dernier fil entre en lice, sous l'apparence, encore inconnue de moi, d'une fille en pantalon rouge, lancée dans un escalier, émissaire de la colère maternelle, disposée à exiger la restitution du bien familial, réparé ou non, et... collision. Tout est cassé et tout commence.

Tout commence ? Et pourquoi ? Il a suffi, ai-je pensé, d'un bonhomme tatillon, sirupeux et fumeur de cigares, d'une bonne dame riche, à court d'argent et avide, d'une grand-mère gâteuse, d'un artiste négligent, d'un livreur pressé, et voilà l'amour ? Les causes de l'amour ? Inacceptable. Et puis, je vais trop vite :

pour l'instant, je suis attablé dans un café avec une malheureuse amochée. Amochée, parce qu'elle a croisé mon chemin. Et voilà l'amour ? Encore et toujours aimer ses victimes ? Aider ses victimes ? Je me propose d'arranger au plus vite l'affaire du lit bateau. Tatiana pourra rassurer sa mère. Je m'offre pour la raccompagner chez elle. Inutile ; elle se sent mieux. Les lumières trop fortes la dérangent un peu, dit-elle, les lumières sur son œil touché. Elle se voile d'un petit mouchoir bordé de vert. J'obtiens son numéro de téléphone. Pour la livraison, ai-je précisé. Uniquement pour la livraison.

Me voici dehors, heureux, après avoir commis une sorte d'attentat. J'en ai commis des attentats, depuis mon enfance... Tous ces gamins traînés dans la boue, les graviers... Attentats volontaires à l'époque... coups et blessures... on était prêt à m'enfermer. Je continue aujourd'hui... des progrès: blessures involontaires. Et la fille en rit gentiment.

J'ai livré la coiffeuse – mon arme et mon témoin, beau chevalier! La divorcée du 13ᵉ arrondissement s'impatientait: plus de deux heures de retard. Moi l'homme toujours en avance! Ma vie avait nettement changé depuis des mois. Incontestable. Vie nouvelle, docteur Delafosse, comme prévu, comme promis. En bonne voie. J'ai à peine prêté attention à cette jeune femme en colère: des traits bien proportionnés, un corps intact – quelqu'un de vraiment ordinaire. Dire que je m'étais contenté jusqu'ici de femmes ordinaires. Comme vous, Victor. Vous allez me faire pitié. Vous accumulez les femmes comme des colis. Sans intérêt, une fois ouverts. Moi, j'ai reçu un petit cadeau fragile, emballé de rouge. Je ne l'ouvrirai pas n'importe comment. Prendre mon temps. Mais aussi gagner du temps: je remonte à l'atelier, quai de la Tournelle – personne dans l'escalier – personne au cinquième étage – Victor a dû inviter une malheureuse en bonne santé, qui m'ouvrira sa porte la semaine prochaine, l'œil vide, le cheveu plat, qui me glissera une piécette dans la main. J'ai un double de la clé depuis des mois, je n'avais jamais eu l'occasion de m'en servir. C'est presque la nuit sous la verrière; les meubles en désordre dressent des ombres presque humaines; des lattes du parquet bougent sous mes pas; près de l'établi, j'écrase des copeaux; je réveille les monstres: premiers craquements venus du fond des armoires… le bois travaille, se détend… les fissures se contractent… des geignements diffus – tête de lit? bonnetière? secrétaire? – des chuintements d'acajou ou de palissandre… Un charivari de forêt vierge en plein Paris et je suis le seul à l'entendre. J'allume, plus rien. Dans ma tête, le charivari? Avec les voix des morts? Avec les sirènes? Les cris des hôpitaux? Le fracas accumulé depuis toutes ces années? Tous ces sifflements, susurrements, hurlements qui me farcissent le cerveau? La chimie du cerveau, l'électricité du cerveau, parlons-en: chez moi, la chimie est musicale.

Au travail. Je ne suis pas venu ici en pèlerinage. J'ai une œuvre à accomplir. Le lit bateau de madame Olianov. Amarré à l'établi, à l'endroit même où je l'ai posé trois semaines plus tôt, démonté en quatre pièces. J'y passerai la nuit, s'il le faut. J'ai vu travailler Victor des après-midi entiers. Je rappelle mon génie enfantin à moi. Pour Tatiana. Tu devais avoir raison, Delafosse: mes capacités exceptionnelles… seulement entravées par la peur, quand il fallait les prouver… Ma terrible peur des examinateurs. Avec leurs grosses lunettes, leurs stéthoscopes, leurs calepins. Prêts à dévorer tout ce qui pouvait sortir de moi, à m'arracher ce qui restait de moi. Mais j'ai tout retenu. En moi. J'ai vu les gestes de Victor: gratter, coller, poncer; l'art de plaquer; vraiment un maître dans l'art de plaquer. Placage acajou à refaire par endroits. Redresser les montants du lit bateau. Serre-joints, aidez-moi. Je connais depuis longtemps tous les outils par leur nom. Je ne me sens pas inférieur à Victor; je le surprendrai.

À trois heures, le lit était remis sur pied, les traces d'humidité effacées ; une première couche de teinte acajou séchait. Demain la suivante. J'ai tiré mon ouvrage sur le parquet : un crissement, long et joyeux, comme s'il sortait de mon ventre. Je l'ai caché à droite de la porte en entrant, dans l'espace réservé aux rebuts, le cimetière, selon le mot de Victor. Jusqu'à la nuit prochaine, pour la deuxième couche.

Le docteur, me semble-t-il, n'a rien noté d'anormal dans son atelier. Du moins, il ne m'a fait aucune remarque. La nuit suivante, l'acajou brillait comme jamais. Et, comme jamais, je sentais une impatience à livrer à domicile le lit bateau de madame Olianov.

Je me suis annoncé pour l'après-midi auprès de madame Callix, à Montfort-l'Amaury. Victor s'est étonné de me voir, de loin, sortir de son cimetière, partir pour une livraison dont il n'avait pas le souvenir.

— Votre assistant s'occupe de tout, ai-je crié en fermant la porte, et j'ai entendu son rire moqueur, jusque dans l'escalier.

Comment interpréter l'accueil de la mère de Tatiana à Montfort-l'Amaury ? Chaleureux ? Oui, oui, son lit bateau rutilant, elle a voulu le voir monté… elle évaluait déjà le bénéfice possible – je l'ai vu à ses yeux. Ses soucis d'argent s'estompaient, j'étais le sauveur. Le sauveur, pas si sûr ;

— C'est donc vous le bourreau de ma fille ?

Sa première réflexion après examen du lit. Elle roulait les R à gros bouillons, détail qui m'a surpris : je ne l'avais pas noté au téléphone. Il était tout de même peu probable que nous ayons parlé cinq minutes sans qu'un seul R ne se présente dans sa bouche. Je n'avais pas le temps de réfléchir. Les bourreaux ne doivent pas réfléchir trop longtemps. J'ai balbutié des excuses, demandé des nouvelles. La voir ? Pourquoi pas ? Elle prenait du repos dans une pièce sombre. Son œil tuméfié ne supportait toujours pas la lumière. Elle s'est protégé le visage d'un voile léger à mon entrée : elle avait peur ou honte d'être vue. Qu'elle ne se gêne pas pour moi, ai-je affirmé. Puisque j'étais la cause du désastre, je pouvais en contempler les conséquences. Un enfant ne doit pas craindre de se montrer tout nu devant l'accoucheur. Pas de fausse pudeur.

Elle a abaissé la gaze sous mes yeux, dénudé des traits nouveaux. La pommette touchée était moins enflée que l'avant-veille, mais plus sombre ; la lèvre supérieure que j'avais cru intacte était rebondie ; l'œil enfoui sous une arcade saillante, et rosé ; ses cheveux châtain très clair, déjà courts, avaient été taillés de manière approximative, pour dégager et nettoyer les plaies. Une autre femme, sans son pantalon rouge. Seuls ses bras, longs et fins, me disaient que j'avais affaire à Tatiana. Et sa voix. Sa voix cuivrée, cette modulation nouvelle dans mon brouhaha intérieur.

Elle avait passé des radios à l'hôpital, la veille, contrainte par sa mère : rien de cassé, rien de fêlé ; des chairs meurtries, effet d'une brutalité incontestable, selon le radiologue. Le corps médical l'avait questionnée, la supposait battue ; la chute ne paraissait pas naturelle ; on l'avait incitée à déposer une plainte. Comme si une fille rieuse comme elle allait se plaindre !

J'ai promis de passer la revoir. Madame Callix m'a chargé de remercier Victor pour le travail accompli. J'avais *toute latitude* pour enlever de l'appartement du boulevard Pasteur et faire restaurer une nouvelle pièce, puis l'ensemble du mobilier, au prix convenu. Monsieur Retz serait prévenu et veillerait au bon déroulement des opérations.

J'omets les R bien serrés qui grouillaient dans la bouche de madame Callix. Autant la voix de Tatiana claironnait vive et souple, autant madame Callix vous tambourinait aux oreilles avec ses R remâchés et rugissants. Elle vous attaquait avec le nom de son cousin Retz et vous achevait avec le R de monsieur Victor... RRRRetz... Victorrrr... sous la voûte du hall où elle me donnait congé.

— Surrrrtout, rrrrappelez cela à monsieur Victorrrr : un trrrravail rrrrapide, je veux un trrrravail rrrrapide.

Il lui fallait au plus tôt cet appartement vide, pour le rénover, sans nostalgie. La nostalgie vient après la mort. La grand-mère persistait à vivre, menaçait de finir centenaire ; le plus sage, le moins douloureux, était de régler ses affaires de son vivant ; le regret ne viendrait pas perturber la marche des affaires ; l'important serait de vendre au meilleur prix l'appartement comme les meubles. Le juge de tutelle se montrait compréhensif, tout se ferait dans les règles.

— J'espèrrrre que vous en prrrrendrrrrez le plus grrrrand soin, n'est-ce pas ? m'a-t-elle dit en riant. Pas de casse, n'est-ce pas ?

Elle continuait à voir en moi le bourreau de sa fille, un maladroit au service d'un artiste, alors que l'artiste, c'était moi. Je venais de faire mon entrée dans la famille Callix. Personne ne le savait encore.

Ici, tout s'accélère. Je grimpe, je saute, je cours, je roule. Je déménage l'appartement du boulevard Pasteur, jour après jour; monsieur Retz, lassé de me suivre et de jouer le portier, selon son mot, m'a confié le trousseau de clés:

— Ne le dites surtout pas à ma cousine, elle en ferait toute une histoire. Songez: elle n'a jamais fait d'inventaire sérieux du mobilier de ma tante. Une négligence sans nom. Un abandon. Je l'ai toujours dit: un abandon.

Et la cendre de son Upmann se déversait à nos pieds.

— Elle ne jurait, elle ne jure encore que par son père, l'Olianov... alors sa mère... une Petit, même avec ses appartements, ses meubles... une négligence sans nom! L'Olianov était désargenté, il n'a pas craché sur la fortune des Petit, je peux vous l'assurer, il l'a mangée. Ma cousine ne crache pas non plus sur ce qui en reste, surtout maintenant, avec les obligations envers ma pauvre tante. J'en ai pleuré, pendant des lustres, je peux vous l'assurer. Mais je n'avais pas mon mot à dire. Même pour des meubles de famille: c'est ma tante, c'est sa mère. Enfin, ma cousine se rend à la raison, par intérêt naturellement, et, au bout du compte, elle va dilapider l'héritage des Petit et des autres. L'œuvre d'Olianov sera parachevée. Si je pouvais en racheter quelques-uns... ce serait toujours ça de sauvé... Mais je la connais, ma cousine, elle va demander des prix exorbitants. Elle se sert de moi, pour l'instant, mes relations, monsieur Victor... Attendez la fin, je ne me fais pas d'illusion. Alors, si elle apprend que je vous confie les clés... Méfiance.

Son cigare en tremblait dans sa bouche et saupoudrait une pluie de cendres. Je le trouvais moins mielleux avec moi que dans l'atelier du quai, devant Victor, moins poseur. Pas encore amical. Il commençait juste à ouvrir son sac à misères ; je le laissais venir. Il me donnait des idées, en même temps que les clés de sa cousine.

J'aurai bientôt toutes les clés de la ville en poche. C'est bon de sentir tous ces trousseaux s'entrechoquer. D'être le maître partout, tandis que les Clotaire continuent leur va-et-vient chez moi, coupent le courant de temps en temps, me glissent un nouveau bristol chargé de reproches ou de menaces.

Les verrous de sûreté de madame Olianov cèdent devant moi, le fauteuil Voltaire ou la commode Louis XVI m'accompagnent. J'aime ces noms de personnes accolés à des pièces de musée : je me sens soudain en bonne compagnie dans mes courses solitaires. La serrure de Victor claque à son tour dans le noir, annonce mon travail de la soirée, ce plaisir nocturne dédié à Tatiana. Je me suis habitué aux bavardages du bois autour de moi, à ses plaintes, aux ombres de statues debout ou allongées. J'ajoute mon désordre au capharnaüm de Victor.

Je l'ai convaincu, après la période des troubles à Plaisir, de s'occuper un peu du mobilier Olianov. Il s'est laissé faire. Je le voyais déboussolé ; la remise en ordre de son établissement de soins lui avait coûté bien des efforts. Je me montrais auprès de lui un assistant accompli. Il en convenait avec un sourire fatigué. Nous étions deux à travailler pour madame Callix. Il l'ignorait. Je travaillais, soir après soir, dans le plus grand secret. J'assurais des livraisons régulières. Victor, de confiance, me versait des sommes de plus en plus élevées. La mère de Tatiana me disait sa satisfaction, s'étonnait de ce qu'elle appelait les prodiges de Victor. Un artiste à la fois si prompt et si bon marché… il avait fallu le remuer au début, comme tous les autres… mais depuis… pardon ! Monsieur Retz, pour une fois, avait été de bon conseil.

Elle ne soupçonnait aucune intention dans mon zèle. Le seul attrait de ses meubles : ils me conduisaient auprès de Tatiana. Une mère n'est pas capable d'imaginer de tels détours. Tous les autres détours, pas celui-là, c'était ma force. Tatiana restait cachée pour les autres, elle se montrait à moi. Privilège du bourreau. J'assistais au spectacle de ses métamorphoses. De jour en jour, son visage se remodelait, prenait des teintes nouvelles. Je l'ai vue noire, violacée, bleue, rouge, rose, ocre, jaune paille. Qui peut se vanter de découvrir une femme à travers tant de couleurs ? Les proportions de son visage même changeaient petit à petit. Je reconnais qu'il m'arrivait de redouter le moment où plus rien en elle ne changerait, où je me dirais peut-être : ce n'était donc que cela. Comme un tableau restauré dont on s'aperçoit trop tard qu'il tenait son charme de sa patine, de la crasse accumulée. Le brillant final (et original) a l'air faux. J'étais amoureux de ce que devenait Tatiana, faute de savoir qui elle était. Je n'aimais pas son visage – il m'était inconnu – mais la multiplicité de ses visages. Je crois bien aussi (plus difficile à avouer) que j'aimais les blessures que je lui avais faites. L'intégrité recouvrée éliminerait ma trace et peut-être le plaisir qu'elle manifestait à chacune de mes visites. Elle retournerait aux Beaux-Arts… sa vie d'étudiante… ses habitudes… je m'effacerais de son corps… au mieux une cicatrice infime… un mauvais souvenir. Après tout, si nous n'étions pas entrés en collision, si nous nous étions croisés, comme des millions de personnes au monde… bien polies, bonjour, pardon… chacun sa ligne tracée… elle aurait poursuivi son ascension jusqu'au cinquième étage, j'aurais achevé ma descente, Victor aurait écouté ses récriminations, se serait incliné (un beau minois peut-être ?), ou l'aurait renvoyée à sa mère : pas le temps ! J'aurais tenté ma chance auprès de la divorcée du 13e : une nouvelle gifle ? L'ordre du monde. Pour l'instant, il nous restait la complicité des accidentés, du bourreau et de la victime. Seulement, nous en étions à ce point de la conversation où les généralités ne suffisent plus et où les questions trop intimes paraissent encore déplacées. Le plongeur a quitté la planche, l'eau est encore loin : ce moment de silence entre nous, cette attente, c'était ça. Je n'avais pas avec elle l'audace que j'avais avec toutes les autres. Je me perdais dans mes explications... dans mes gestes... mes grands bras m'encombraient de nouveau... me faisaient honte... alors que plus personne ne m'en parlait depuis longtemps... alors qu'il m'aurait suffi d'en allonger un... un seul... d'envelopper ce corps menu, d'agripper l'un de ses bras, si blancs, si longs, si fraternels...

Enfin, j'ai vu. J'ai découvert son profil, plus allongé que je ne l'avais imaginé. Contemple, Gibbon, ce découpage des traits, ces angles légèrement arrondis, minces, avec des pommettes saillantes libérées de la gangue des hématomes, ce doit être la vraie Tatiana. La couperose qui sillonne sa joue rappelle encore les blessures des semaines passées. J'ai posé mes lèvres sur ces filaments rosissant ; elle attrape ma bouche d'un coup sec, et l'aspire et la mord. La vraie brute, c'est elle. Surtout qu'elle me repousse bientôt, des deux mains appuyées sur le poitrail, avec des mots de petite fille :

— Mon père est à côté.

Je n'ai pas encore vu son père. Toujours sa mère à la réception ! C'est étrange une fille de mon âge avec un père, une mère, une grand-mère, un cousin de sa mère, et peut-être bien d'autres.

— Fabrique-toi une famille, m'avait dit Delafosse, pauvre orphelin !

Je ne demande pas mieux, encore faudrait-il que les père et mère n'entravent pas ma route. Nous convenons de nous retrouver. Où ? Dans ma chambre de bonne ? Sous le toit des Clotaire ? Je suis à la rue demain. Boulevard Pasteur ? Une fille pourvue d'une mère comme la sienne : il n'est pas bon qu'elle sache trop vite que j'ai mes entrées chez sa grand-mère. Il me reste l'atelier, un soir, après le départ du maître, de ses visiteurs, de ses femmes.

Elle a eu la même idée : nous reprendrons l'ascension où elle s'était arrêtée. Moment d'émotion devant la marche fatale, montée hâtive ; la porte toujours vierge d'inscription... je l'ouvre, je tremble, elle me frôle... elle se faufile entre les meubles. Le soir est encore clair ; nous nous sentons minuscules dans l'atelier trop vaste, offerts à tous les regards sous la verrière chaude de la journée. Tous les regards... façon de parler... Trois fenêtres donnent sur la Seine, l'arrière-train de Notre-Dame ! La verrière s'ouvre sur le ciel : personne ne nous regarde depuis le ciel ! Vraiment personne. Ce devrait être l'intimité complète entre nous... Mais non, pas si vite, l'intimité ne se laisse pas partager comme ça. Alors, cette sensation de distance infranchissable, quand plus rien ne devait nous séparer... nous la partageons ? Au moins partager cela... Pas facile de la rejoindre dans le dédale des meubles... Elle m'interroge... sérieuse, rieuse... les variétés de bois... le nom des outils... monsieur Victor... volte, virevolte... elle s'amuse... m'échappe... revient, me croise, et vire... Ces pieds cambrés, quelle époque ? Quel style ? Jouer le savant ? J'en ai bien envie... l'étreindre, l'étreindre...

Elle apparaît un instant derrière une armoire à glace, et file ; moi dans le miroir, l'air déconfit, puis féroce ; je marche sur elle, elle se sauve ; rieuse ; peureuse ? Une envie, mon envie, l'envie d'entrer en elle, de l'écraser de tout mon poids, me pousse en avant ; une sorte de paralysie me retient... Le sang, mon sang, j'éprouve mon sang, aux tempes, au cou, comme une crue dans le corps, mon corps tout entier, comme s'il allait jaillir de ma peau... un sentiment de trop-plein : en finir. La course de Tatiana fléchit, tourne court – plus de questions, plus de remarques. Elle glisse vers moi en silence, comme si elle répondait à un appel, mon appel... les muscles de son visage se sont tendus... Les collisions, entre nous, semblent inévitables... Me voici, la voici, des attouchements d'étoffes pour commencer, des picotements magnétiques sur les mains, au moment du contact, le reste du corps grignoté... Les ventres, les aines se contractent au toucher ; sous mes doigts, sous ses doigts ; de petits effets de recul, de retour, nous éloignent, nous attirent. Nous pesons l'un sur l'autre, elle, si légère, me déséquilibre. Nos pieds désaxés dansent une valse à contretemps, comme en dehors de nous, font craquer les lattes du parquet : en finir. Par terre. Le soyeux de son slip rouge, le long de ma jambe, me convulse un instant... maladroits d'un seul coup, empêtrés dans des jambes de pantalons, des bras de chemises, à hue, à dia, tire, tire... nus, enfin. Le bois du parquet paraît glacial. (C'est si chaud, le bois, dit Victor, parlons-en.) Nous nous perdons, nous nous cherchons, difficile, à l'aide, Tatiana. Apaisons cette respiration trop vive, ce sang qui galope, ces bouches trop humides... Prenons un temps, face à face, assurons notre pas sur cette passerelle, loin de la terre ferme déjà, pas encore sur le bateau largué. Palpons nos chairs tuméfiées... les grandes lèvres boursouflées me happent, tendu comme je suis, se referment sur moi, me tiennent bien serré... je n'en ressortirai peut-être jamais ?... En avant... étreints... souffle, souffle... le dos de Tatiana sur le bois dur... J'amortis les heurts, main sous les épaules, phalanges griffées... souffle, souffle... creux et piques... Nous roulons à droite, à gauche, comme des bagarreurs, nous nous excitons, repoussés par des meubles aux angles pointus, nous rencontrons des planches râpeuses, nous nous soumettons à des caresses de bois. Nous soignerons plus tard les écorchures : en finir. Par saccades. De plus en plus lointaines. Elle me relâche enfin. Nous restons un moment l'un contre l'autre, à chercher notre souffle, nos repères. Où sommes-nous déjà ? Dans la désolation de l'atelier.

J'ai perdu le compte des jours où nous n'avons pensé qu'à nos corps, à nos plaisirs, à nos meurtrissures. C'est plein de sang, la joie physique, si vous vous frottez jusqu'à l'usure ; c'est plein de coupures, de filaments, de coups de dents malheureux...
J'avais osé la conduire jusqu'à mon septième étage avec lavabo ; je défiais les Clotaire. Elle se glissait dans mon lit toujours défait. Ou bien nous nous retrouvions une fois de plus dans l'atelier. J'avais arrangé un petit coin à l'abri... Le petit confort s'installe vite... il ne s'agissait pas de nous démolir éternellement les reins sur des planches fendues ou biseautées...
Ma plus grande souffrance, à cette époque, une époque de bonheur, une souffrance dérisoire sûrement... ça n'a pas l'air sérieux... plutôt un regret, un point de côté... les vraies douleurs font mal partout, j'en sais quelque chose, au point qu'on ne sait plus où on a mal et même si on a mal... là, juste un point... le point de côté du bonheur, persistant, irritant : elle ne passait pas ses nuits... pas une nuit complète... avec moi... Jamais une nuit ensemble ! C'est idiot, mais ses départs me blessaient. Elle m'abandonnait ? Elle écoutait ma plainte, me rassurait, partait. Elle préférait rentrer, même tard, à Montfort-l'Amaury.

Ses obligations. Libre, mais encore obéissante. À ce moment-là. Elle se laissait bien entraîner parfois... le cinéma... elle aimait bien le cinéma... Au Saint-André-des-Arts, un soir, *Freaks*... le film favori de Victor, le plus monstrueusement humain de l'histoire du cinéma, comme il disait... Je voulais le voir avec elle... Effrayant... J'en suis sorti malade... Tatiana ne comprenait pas pourquoi... Elle se moquait gentiment... son grand sensible...

Passer trop de temps avec moi lui faisait peur, semblait-il. La peur d'un tête-à-tête trop intense ? Elle n'était pas prête à une vie limitée à deux, disait-elle souvent. Une phrase qui m'inquiétait. Elle avait une vie loin de moi ? Dont elle ne parlait pas beaucoup. Des repas de famille, ses cours aux Beaux-Arts, des amis à voir, qu'elle devait me présenter un jour ou l'autre ; que je n'ai jamais rencontrés. J'étais une distraction parmi d'autres ? Elle m'assurait du contraire... Elle m'accordait peu de temps... pas assez, selon moi... mais dense, vif... Une fille généreuse dans l'instant... Surgissant quand je l'attendais le moins... une envie de me voir, brutale... elle lâchait tout pour me retrouver... disait-elle... J'aimais ces arrivées imprévues, ces moments d'urgence... d'urgence sexuelle ? Pas seulement... Elle filait aussi vite... Me laissait une nouvelle fois... Orphelin et heureux. Je n'en revenais pas ! Un plaisir pareil... incomplet sans doute... mais si neuf. Ce devait être ce qu'on appelle plus ou moins confusément l'amour. Je ne l'aurais pas juré. Encore un mot dont je me méfie, depuis Delafosse. Peut-être pas un mot mort, pas complètement, un mot comateux, sûrement, avec des réactions vitales, des soubresauts. Tatiana et moi, nous partagions ces soubresauts.

Je continuais, sur un rythme plus paisible – j'avais tout mon temps maintenant – à faire circuler les meubles de madame Olianov entre le boulevard Pasteur, le quai de la Tournelle et Montfort-l'Amaury. Je laissais travailler Victor à son allure ; j'avais presque renoncé à mes réparations parallèles : un chiffonnier dont le chevillage à l'ancienne dépassait mes capacités et mes connaissances m'avait donné le plus grand mal ; j'avais dû l'extraire du cimetière où je l'abritais pour obtenir le secours du maître :

— Qui est-ce qui m'a fichu un sabotage pareil ? D'où sortez-vous cette horreur ?

J'avais de la peine à m'expliquer – un sale moment. D'autres sales moments ont suivi. Mon attitude, mes horaires, mes façons de parler (selon Victor), tout en moi avait changé. Un expert comme lui, tout indifférent qu'il paraissait être, ne laissait rien échapper. Comme toujours, depuis le début, il me devinait d'un regard. Ses paupières avaient l'air de peser sur ses yeux, incontestable, de l'isoler du monde extérieur, mais, s'il les relevait, il vous agrippait d'un coup – surprise ! – c'était fini, allez vous dégager d'un harpon pareil ! Il avait trop trituré de matière cérébrale, comme il le disait lui-même, pour se laisser prendre à des cachotteries ou à des prétextes. Il m'a gardé un soir où il finissait de polir le chiffonnier et que je jouais l'homme pressé :

— J'ai comme l'impression que monsieur Gibbon secoue l'arbre où je l'ai assis. Il faudrait voir à ne pas casser les branches. Vous êtes un homme majeur et libre. Vous me devez certains comptes, toutefois, ne l'oubliez pas. Je vous cède une partie de l'argent que je gagne...

— Vous m'avez habitué à plus de finesse dans la conversation.

Un effet de ma rencontre avec Tatiana : je m'apprêtais à résister plus que jamais à Victor. Mon hostilité ne faisait aucun doute. Il a manœuvré dans son atelier pour m'amener au milieu, dans un des rares espaces vacants (il était question, depuis quelques semaines, de trouver un entrepôt ou une usine désaffectée, pour mettre fin à l'encombrement croissant), près de l'établi. Il m'a demandé de ne pas bouger : il faisait semblant de ranger les outils, d'ordinaire laissés à leur anarchie, les scies, avec les scies, les râpes avec les râpes, classées selon leur grain, un travail soigneux, inattendu. Signe de sa perturbation ou technique éprouvée, destinée à déstabiliser l'adversaire ? Entre nous, plus un mot, seulement le cliquetis des outils. Et puis, le ronronnement a repris, venu de la gorge, à peine audible au début (nouveau signe de malaise ou second moyen de s'imposer à moi?), la voix montait, marche après marche, avec des aspirations profondes :

— Je reconnais que vous m'avez rendu pas mal de services... je dirais même secondé au-delà de toute espérance... Je ne croyais pas en vous, au début, inutile de vous le cacher. Je vous voyais bien abandonner la partie après deux ou trois tournées. Et vous avez tenu bon. Plus tenace que prévu. Je me demande pourquoi, parfois.

— Vous vous interrogez sur moi ? Je n'aurais pas cru...

— Je m'interroge sur tout le monde : les malades, les bien-portants, vous.

— Je suis une catégorie à moi tout seul ?
— Vous en seriez trop fier. Non, les malades et les bien portants sont deux catégories minoritaires ; vous, vous êtes dans la masse, dans la masse écrasante de ceux qui ne sont ni tout à fait malades, ni tout à fait bien portants...
— Ou les malades en bonne santé ?
— C'est bien ce que je pense : vous changez ; ça vous ennuierait maintenant de ne pas avoir le dernier mot. Il faudra quand même, avant d'y parvenir, me donner quelques explications. Monsieur Gibbon fanfaronne, j'en ai vu d'autres. Trop d'énigmes, trop de comportements suspects chez vous. Vous me devez au moins la transparence. La part de mystère à préserver chez chacun, c'est bien gentil... tout le monde veut garder sa coquille... moi le premier... mais je ne supporte pas la coquille des autres...

La voix était montée très haut, elle allait me dégringoler dessus. Je me sentais moins courageux avant le déluge. Grande respiration, il a plongé d'un seul coup :

— Vous vous croyez plus libre avec des petits mensonges de rien... Une relation que vous croyez me dissimuler... Erreur, Gibbon, ce qui rend libre, ce sont les très gros mensonges, pas les petits... Un très gros mensonge, ça demande un art supérieur. Quand vous avez atteint ce degré, vous êtes libre devant tout le monde.

— Naturellement, vous, vous êtes libre ?
— Peut-être. Pas vous : je sais que vous venez ici même, dans mon atelier, faire vos petites affaires. Certains matins, j'ai senti un parfum inédit chez moi. Plus fort que l'odeur du bois, de la térébenthine, du brou de noix... ça flottait par là, tout frais, de l'animal, je m'y connais...

— La chair fraîche, c'est ça ? Toujours le petit Poucet ? Les bottes de sept lieues ? Vous allez encore me rire au nez après un beau numéro ?

— Cette fois, je n'ai pas envie de rire, parce que, s'il ne s'agissait que d'une histoire de femme, mon Dieu... Je sais bien que vous vous amusez derrière mon dos... Vous rattrapez au vol celles que je balance... De toute façon, la fidélité me dégoûte... toutes les formes de fidélité... Je veux être libre, Gibbon, avec tout le monde...

Il a hésité – grande respiration – comme s'il se perdait, au moment d'affirmer ses certitudes ; il devait sentir sur lui mon regard désormais affranchi... Le grand homme s'agite encore, les domestiques n'obéissent plus. Il s'est dressé sur la pointe des pieds pour m'impressionner un peu plus. Ses pieds de longueur différente, ai-je pensé, pour tenir bon.

— Ce qui me gêne le plus dans cette histoire, c'est que vous avez cherché à me manipuler... Je connais trop bien ces manœuvres.

— Votre époque révolutionnaire avec Delafosse, comme toujours ?

D'habitude, je l'ébranlais sur cette question... l'air trouble qu'il avait soudain. Cette fois, j'ai échoué.

— Vous m'avez poussé à travailler pour Retz. Vous m'avez fait négliger des travaux en cours au profit exclusif de Retz et de sa cousine.

— C'est vous-même qui m'avez demandé de négocier l'affaire avec Retz.

— Pure invention...

— Mauvaise foi...

— Au début, je me suis laissé faire, c'est ce qui me met en colère. J'avais autre chose en tête. Plaisir, et le reste. J'ai pensé que vous songiez seulement à m'aider, dans un moment difficile. J'allais vous en être reconnaissant. Et puis, j'ai compris que vous aviez des visées personnelles, que vous serviez vos propres intérêts. Au point de refuser, la semaine dernière, de m'accompagner à cette vente aux enchères, à Reims. Profit sur mon dos. Que vous a promis Retz ? Et sa cousine ? Comment s'appelle-t-elle déjà ?

— Callix.
— Elle est déjà venue ici ?
— Elle, jamais : sa fille.

Je cédais, mes petits mensonges commençaient à s'effondrer. J'ai tout raconté, l'accident dans l'escalier, les meubles de madame Olianov, le boulevard Pasteur, mes visites à Montfort-l'Amaury, Tatiana dans l'atelier, Tatiana chez moi, Tatiana dans ma vie. Je me soulageais. En même temps, je sentais en moi comme une fierté naissante, un sentiment de puissance que la colère de Victor ne pourrait pas rabaisser. Tous mes petits mensonges défilaient... presque tous... Je n'ai pas évoqué mes travaux parallèles... comment j'avais doublé Victor dans son propre domaine, la restauration... Le plus grave ?... mon plus gros mensonge ?... Celui qu'il fallait à tout prix préserver ? Le commencement de ma liberté ? L'omission pour l'avenir ? Je me vantais presque du reste, je gardais ce seul détail pour moi. De même, j'avais tout dit de moi à Tatiana, sauf que je possédais les clés de sa grand-mère. Les deux faces d'un même mensonge, ai-je pensé. L'omission. Pourquoi était-ce si important ? Pourtant, je n'avais pas l'impression de me conduire en calculateur. Je n'avouais pas à l'une que j'avais accès aux biens de sa famille, à l'autre que j'étais capable de rivaliser en art avec lui. Pas de raison claire à mes yeux ; deux faits complémentaires et inexplicables.

Le docteur Victor s'est mis dans une rage... jamais vue... Aussi inexplicable à mes yeux que mes propres mensonges :

— Le plus grave, le plus grave pour moi, maintenant : vous me les soufflez ! Et chez moi, en plus ! Finalement, vous m'amusiez à essayer de ramasser les dépouilles de femmes derrière moi. C'était touchant... Mais que vous inversiez les rôles...

Je le reconnais : j'avais acquis de l'expérience avec les femmes de Victor, et, pour une fois, j'étais arrivé le premier auprès de Tatiana. J'éprouvais un sentiment de triomphe légitime : Tatiana, la seule que je n'avais pas obtenue APRÈS lui. Mais je ne comprenais pas, même si je m'en délectais, qu'il puisse en faire une telle histoire. Sa manie des femmes, plutôt des séries de femmes ! J'avais interrompu la série en cours ! Prélevé ma part dans la collection possible ! Une affaire de malade, ai-je encore pensé, de malade bien portant. Je l'ai pensé, je l'ai dit : Victor ne riait vraiment pas, sa fureur commençait à m'effrayer.

— C'est une gamine, ai-je ajouté, pour le calmer. Un âge qui ne vous intéresse pas, vous me l'avez toujours dit. Vous, c'est les mères !

Il s'étranglait ; je découvrais un nouveau Victor, faible devant moi, avec de gros mensonges qui voûtaient ses épaules. Je ne savais rien de lui jusqu'ici, il avait paradé depuis des mois sous mes yeux. Il m'avait tenu à distance, à l'esbroufe. Un artiste, mais un artiste de foire, ai-je une nouvelle fois pensé.

Notre conversation avait pris un tour aberrant. Je n'avais pas affaire au type éculé du psychiatre fou, mais, tout de même, ses réactions me semblaient disproportionnées. Il en a enfin convenu, après un dernier éclat.

Ce qui lui déplaisait tant, ce n'était pas que je lui vole une femme qu'il n'aurait peut-être jamais désirée ni obtenue. Non : c'était que je me conduise à ma guise, selon mon plaisir. Je comprenais son obsession, son seul bonheur, dominer tout le monde.

Je rassemblais des impressions éparses : sa manière de parler à ses malades comme à de petits enfants qu'il protégeait, brusquait, dont il dirigeait le traitement et la vie ; son comportement avec les femmes : il ne les lâchait pas avant qu'elles ne lui cèdent, il les humiliait sitôt qu'elles l'acceptaient ; sa frénésie à remporter une enchère ; sa tristesse disproportionnée en cas d'échec ; son goût d'en imposer aux connaisseurs en antiquités ; son irritation devant monsieur Retz, trop difficile à impressionner ou aussi désireux que lui de dominer ses interlocuteurs ; son amitié teintée de rivalité avec Delafosse : le sujet l'agaçait inévitablement ; sa façon de m'aborder le premier jour, de me faire l'aumône d'un travail, de me traiter comme son porteur personnel ou même comme son assistant : je lui appartenais alors, comme ses malades, ses clients, ses meubles, ses femmes, son établissement de soins, son personnel, son atelier ; le cérémonial qu'il m'imposait les jours où il me versait mon salaire, ma petite rétribution, comme il disait : il comptait et recomptait les billets sous mes yeux, avant de me les remettre avec une raideur dédaigneuse, comme un contremaître des mines à l'époque du salaire hebdomadaire – un de ses menus plaisirs que je comprenais maintenant à la lumière de tous les autres. Fulgurant : je ne m'expliquais pas les raisons de sa conduite, je me contentais de découvrir qu'il avait une conduite. Je n'avais pas, jusqu'ici, saisi une pareille évidence, je m'en voulais. Si criante. Pour le premier imbécile. Nous nous toisions mutuellement. Il avait repris de l'assurance, j'en avais gagné. Je sentais, devant lui, que je commençais à rejoindre mon avenir. Il le devinait peut-être aussi.

— Delafosse m'avait bien écrit que vous étiez plus malin que vous en aviez l'air…

Cette fameuse lettre…

Nous n'en avions pas parlé depuis longtemps. Cette lettre… je n'en savais pas grand-chose… un détail supplémentaire… bon à prendre…

— Oui, cette lettre, je devrais la relire, maintenant que je vous vois sous un nouveau jour… Delafosse m'avait prévenu… Il pensait faire votre éloge : vous valiez mieux que votre passé ne le laissait supposer. Delafosse exagérait toujours un peu, mais il avait le coup d'œil médical. Incontestable.

— Vous l'avez gardée ?

— Je crois, oui, à Plaisir, dans mon bureau. Au fond, je suis assez conservateur.

— Pas fidèle, mais conservateur…

Pour une fois, il a ri de bon cœur :
— Ce qui m'a toujours valu les pires ennuis...
— D'être conservateur ?
— De ne pas être fidèle aussi !

C'était reparti comme avant ; apaisé ; presque amical.

— Cette lettre... je n'avais jamais osé vous demander une chose pareille jusqu'à maintenant...
— Vous osez de plus en plus, il me semble...
— Cette lettre, j'aurais aimé la lire une fois... du moins les parties qui me concernent... Je sais bien qu'elle vous était adressée...

Il a ri encore.

— Je ne sais pas si c'est une lettre à laisser entre les mains des enfants...

Un rire plus méchant que tout à l'heure. Je m'en moquais, j'étais prêt à rire avec lui, pourvu qu'il m'accorde ce que je voulais. Nous nous sommes fait des politesses pour sortir, comme réconciliés :

— Rien de changé entre nous, n'est-ce pas ?

Rien de changé, non : chacun ses gros mensonges, bien gardés, maintenant que nous sommes libérés des petits.

— Cette fille ? Tatiana ? Vous me la présenterez ?
— Cette lettre ? Vous me la montrerez ?

Nous avons échangé des promesses prudentes.

Cette fois, il a fallu déguerpir. Les Clotaire avaient leurs preuves, leurs témoins. Notre accord – pas de femme dans ma chambre de bonne – était rompu. Ceci n'explique pas tout, j'avais commis une autre erreur : une facture d'électricité impayée. La joie dans les yeux de monsieur Clotaire, quand il a brandi la lettre de rappel :

— Vous comprenez bien que je ne puis laisser passer cela !

Une facture insignifiante, une affaire d'État. Toute l'humanité dans le même moule : Victor pour une femme que je lui souffle ! Les Clotaire pour une facture d'électricité ! Et ils prennent des poses, tous, d'empereur romain bafoué ! Avec leurs prétextes mesquins ! Ils ont des raisons graves et ils choisissent toujours les plus anodines pour vous attaquer, tous ! Pas un qui ait la dimension d'un Delafosse, sa bienveillance. J'en reviens toujours à lui. Obligé. Lui seul ne me demandait pas de comptes ; le seul à qui j'accepterais d'en rendre. Des comptes pour un parfum trop marqué, des comptes pour du courant électrique, tout est bon, tout est bas. Alors que la vérité est bien différente : les Clotaire n'ont jamais avalé l'incinération de Delafosse, la cérémonie bâclée ; le responsable, c'était moi. Le diable en personne. Ils attendaient mon faux pas pour me jeter dehors. Facile et difficile en même temps. Je n'avais signé aucun bail avec eux. Si je n'avais aucun droit d'être là (ils me l'ont rappelé assez nettement à plusieurs reprises), ils n'avaient pas les moyens de m'expulser : méchants, mais sans brutalité. Ils espéraient me décourager. Que je me retire de mon plein gré, avec des remerciements. Hébergement gratuit, des années durant, qu'est-ce que je pouvais espérer de plus ? Je m'accrochais à leur meublé. J'ai essayé quelques promesses impossibles à tenir : plus de Tatiana chez moi ou chez eux ! Plus de retard de paiement ! J'ai utilisé une dernière fois les paroles magiques d'autrefois : un petit-fils Leblanc par sa mère !

— Vous n'honorez pas la réputation de votre famille.

Quelle réputation ? Plus de famille, ai-je pensé, plus de réputation.

Monsieur Clotaire m'a rattrapé dans la cour, deux soirs plus tard, pour l'estocade :

— Monsieur, je vais vous adresser une lettre recommandée. Je mets en vente votre chambre et toutes les dépendances. Je vous accorde six mois légaux, eu égard à la mémoire du docteur Delafosse. Pas un jour de plus. Je vends l'ensemble vide. Comprenez-moi bien : vide.

— Et si je vous l'achetais ? ai-je lancé en m'engageant dans l'escalier.

Pauvre monsieur Clotaire, j'ai failli le tuer.

Ma position n'était plus tenable ; j'ai ruiné mes dernières chances de profiter des six derniers mois ; j'ai insulté la famille Clotaire dans sa propre cour... ma voix enflait entre les murs... résonnait comme dans un tuyau... d'étage en étage... Tous les voisins en profitaient... Je m'offrais un plaisir d'adulte... avec toute l'assurance dont j'étais maintenant capable... Hypocrites ! Vieux bigots !... Le mépris de Delafosse pour tout ce qu'ils représentaient... Les vrais morts, empaillés, c'étaient eux !... des morts fouineurs, indiscrets... Les fenêtres s'ouvraient... on menaçait d'appeler la police... tapage... monsieur Clotaire tout pâle... sa femme lui criait de remonter... J'agitais les bras... les relents de l'enfance encore une fois... J'ai poussé mes hurlements, longtemps, dans le tuyau de la cour… un écho terrible jusqu'au dernier étage… et tout s'est apaisé.

Il a fallu déguerpir. J'ai fait mes bagages, entassé draps, linge et vêtements avec mes souvenirs. Je changeais de vie avec Tatiana, ai-je pensé, je me devais de changer aussi de domicile. Époque révolue. Le réseau du passé finissait de s'engloutir. Les Clotaire rejoignaient l'épicière de Colombes dans le gouffre de ceux qui avaient connu mes parents. Salutaire. J'allais me fondre, désormais, dans le réseau de Tatiana. Je me préparais la plus belle vie du monde.

Restait à trouver un nouveau logement. À force de ne pas être chez moi, rue de l'École de Médecine, j'avais pris l'habitude de ne pas souffrir de cette question : où est ta place ? Depuis Colombes, j'avais vécu dans le déménagement. Nous ne sommes jamais chez nous, ai-je pensé, en descendant pour la dernière fois ce que je ne pouvais pas nommer, comme beaucoup, et abusivement, *mes* sept étages. Maison inachevée, chambres provisoires, voilà ma vie, depuis le commencement. Si je mettais bout à bout, ou l'un sur l'autre, les différents lieux que j'ai occupés tout au long de mon existence, j'obtiendrais un fameux palais, ou un petit gratte-ciel personnel. Je me perdrais dans les couloirs, ou entre les étages. La vie heureuse ! Se perdre dans des couloirs ! Se tromper d'étage ! Mais non : on a quatre murs, pas question de se perdre… Une cellule après l'autre. Et provisoire ! Attention, ne pas salir, ne pas se laisser aller ! Pas chez vous ! On vous prête un toit, on vous consent un corps, vous êtes hébergé, à titre gracieux ! La belle affaire : des chambres froides, un corps mal foutu, comme dit Victor. Pas la peine de fanfaronner.

J'ai bien essayé de me persuader que mon départ était volontaire ; j'ai injurié les Clotaire ; pas besoin de lettre recommandée, économisez la taxe et le prétexte ; c'est moi qui ai décidé… Il n'en reste pas moins qu'ils m'ont bel et bien jeté dehors. Je ne suis pas dupe : devancer les désirs de l'ennemi pour lui enlever le plaisir de la victoire, ça ne relève pas de la plus haute stratégie.

Je ne voyais pas d'autre issue que de m'installer dans l'atelier du quai. Avec l'autorisation de Victor, cette fois. Son œil exercé, son flair... je ne pourrais pas lui cacher longtemps mon installation... Il m'en voudrait encore, notre rupture serait complète. Plutôt obtenir une faveur. Une faveur provisoire, comme toutes les faveurs.

Il a tout de suite posé ses conditions. J'ai senti les murs de l'atelier si vaste se rétrécir autour de moi. Pour le palais, prière d'attendre. Je ne devais pas faire de cuisine dans l'atelier. Pas de réchaud, pas de bouteille de gaz :

— Vous comprenez, avec tout ce bois, vous me feriez un bûcher phénoménal. Avec vous en martyr, par-dessus le marché ! En fumée !

Autre condition, la discrétion. Ma présence ne devait gêner en aucun cas les visiteurs. Je devais effacer, le jour, toute trace de mon existence nocturne. Pas de vêtements épars, pas de linge de toilette. L'atelier comportait un coin lavabo avec W-C, à la disposition du public : pas question que je me l'approprie.

— Les acheteurs doivent pénétrer dans *mon* atelier, pas dans *votre* chambre.

Victor appréciait mes nouvelles dispositions : je ne dissimulais rien de ma situation ni de mes intentions, j'avouais mon désarroi ; j'avais l'air d'un vaincu, il aimait ça, il avait soudain envie de m'aider. Seulement, il avait peur que je devienne de plus en plus encombrant. Un meuble parmi les meubles, mais un meuble incontrôlable.

— Et votre amie... Tatiana ? Je ne voudrais pas jouer les Clotaire, ni vous imposer la chasteté... Je vous demande toutefois de ne pas l'installer à demeure ici...

De temps à autre... si vous tenez l'endroit propre... je fermerai les yeux.

Surtout ne pas laisser de trace de mon passage : Victor exigeait cette politesse élémentaire de tout être humain. J'ai de nouveau multiplié les promesses : je n'allais pas m'éterniser dans un endroit si peu conçu pour mon confort... l'affaire de quelques semaines... le premier meublé bon marché et bien placé, je file.

— Bon marché et bien placé ? a-t-il ironisé. Vous avez décidé de vous installer à vie chez moi.

— Je vous verserai un petit loyer, si vous y tenez, ai-je encore promis.

— Refusé. Vous méritez votre chance. C'est moi qui vais augmenter votre petite rétribution. Depuis notre dernière conversation, j'ai réfléchi à la manière dont je vous traite. Si nous sommes francs l'un vis-à-vis de l'autre, notre collaboration peut se poursuivre sans heurt. D'ailleurs, je vais avoir grand besoin de vous dans les semaines à venir. Un ami commissaire-priseur m'annonce discrètement deux successions intéressantes au Havre. Autre chose que votre mère Callix ou je ne sais comment... ce nom russe... Deux gros coups en perspective, si tout se passe bien. Vos bras ne seront pas de trop.

Où mène la franchise ? J'ai vu à quoi tenait mon sursis. Toujours mes bras, mes bras indispensables. Un destin de bras. Ridicule.

J'ai pris mes fonctions de gardien. Gardien de l'atelier, gardien d'un musée éclopé. Une première nuit par terre m'a dégoûté de moi-même. À quelle condition étais-je réduit ? Squatter autorisé ? Clochard avec la bénédiction de Victor ?

Ma deuxième nuit a été plus laborieuse : j'ai dégoté dans notre cimetière les restes d'un lit dépourvu de style. Il avait dû faire partie d'un lot hétéroclite, dans une vente aux enchères, à Rouen, il me semble. J'avais l'expérience des lits : il ne restait de celui-là que la tête – une tête trop haute, avec une courbe exagérée, pour faire plus cossu, j'imagine – et le pied fendu. Quelques planches retaillées, rainurées, collées, des lattes de bric et de broc, un matelas de récupération, pas assez long, creusé par l'âge : un lit acceptable. Mon premier grand lit, ai-je pensé, qui figurera en bonne place dans mon palais en cours de construction. Un lit princier où Tatiana consentira peut-être à dormir près de moi. Cette table de chevet, même dépareillée, avec un petit coup de vernis, fera la meilleure impression ici... un peu à l'écart... à l'abri du cimetière... Je pousserai ma literie contre le mur, chaque matin, recouverte d'un tissu damassé ou d'une toile de Jouy, dont Victor retapisse certains meubles. Je lui présenterai cet emprunt comme un gage de discrétion. Mon petit chez-moi se fondra dans l'atelier. Qui sait ? un connaisseur se laissera abuser, proposera un prix ? Rêvons.

Enfin ma première vraie nuit dans l'atelier, calé dans mon grand lit: une nuit à ne pas dormir, ou sur le matin, à cause du bonheur. Le bonheur d'être là, simplement, sous la verrière de l'atelier, où le noir est rose... trop de lumières dehors... dans ma chambre démesurée où la chaleur du jour, conservée comme dans une serre, m'étouffe jusqu'à deux ou trois heures, où le froid du matin à venir va me gagner. Je me retrouve, sous ces plaques de verre, comme en plein air, comme un berger d'autrefois dans sa montagne, le même chaud, le même froid, la même solitude. Suspendu au cinquième étage, comme sur un sommet désert, planté au milieu d'une capitale surpeuplée. Et puis ces bruits, encore ces bruits, presque ces cris, cette agitation nocturne des forêts, transportée dans la ville. Le bois travaille, quand les hommes se reposent... J'écoute cette matière vivante autour de moi, plus grinçante, plus craquante que toutes les sonorités du passé réunies. Ça part du fond... non, un peu à gauche... pas si sûr... impossible de savoir... ça tourne dans l'air... ce claquement d'os brisé? Le buffet de cuisine rustique? Cette haute armoire? Victor l'a nommée un «homme debout». Dans la solitude de mon musée, fermé la nuit, c'est la foule... hommes debout, armoires à glace... Je prends ma veille au milieu d'une troupe de bavards. Il suffit de se tendre de toutes ses forces vers la rumeur, elle arrive, elle s'amplifie. Relâchez doucement l'attention, elle s'apaise... J'ai somnolé, peut-être?

Tatiana a accepté de partager une de mes nuits. Avec la promesse d'un concert de bois... À peine si un meuble a lâché un soupir!
— Je me demande des fois si tu ne dérailles pas un tout petit peu, m'a-t-elle dit, avec son rire descendant, après quelques heures d'attente.
Les meubles se taisaient, pas Tatiana. Elle a occupé la nuit de sa voix, de son rire, de ses cris. Elle jouait

dans mon oreille de ses longs gémissements ralentis, ralentis – et soudain courts; du bout des lèvres, de la gorge, et bientôt de l'abdomen tout entier, gonflé comme une poche, avant de se vider de plaisir. Pour la première fois, je l'ai gardée près de moi de longues heures. Un premier soulagement : j'en avais marre d'être l'homme qu'on ne montre pas. Elle avait honte de moi? J'étais devenu son mensonge par omission? Ignoré de ses parents, de ses connaissances? J'aspirais à obtenir un supplément d'existence. Vivre par omission, tout de même, ne remplit pas vos journées. Quand vous avez perdu votre famille, votre meilleur ami, qui pense à vous? Qui se remplit de vous et vous donne du poids sur cette terre? Seul au monde, même gaillard, même bien taillé, je me sens si léger, si volatil. Une enveloppe vide. Remplis-moi, Tatiana, remplis-toi de moi, pense à moi, parle de moi. Que mon nom retentisse dans ta bouche! Qu'il y soit caressant, comme ton souffle.

Le souffle de Tatiana... je l'ai aimé, je l'ai éprouvé comme jamais le souffle d'une femme. Elle dormait; pour la première fois, je la voyais dormir; pour la première fois, je voyais dormir une femme. Que reste-t-il d'une femme endormie? Son souffle. Son souffle sur mon bras, le bras gauche qui l'enlaçait. Pour la première fois, je recevais, à intervalles réguliers, sur ma peau, des bouffées d'air étranger, de petits instants d'air chaud sur un carré de peau. Je fixais mon attention sur cette brûlure si tendre... impossible de m'en détacher. Je me disais : être aimé, ce ne peut être rien d'autre... ces expirations recueillies l'une après l'autre, sans fin... sans fin. « Recueillir le dernier souffle », j'en ai fait un métier jusqu'à la mort de Delafosse. Aujourd'hui, je recueille la vie... la vie endormie... mais la vie, avec sa sueur, la sueur de Tatiana, quand nous nous démenons l'un sur l'autre, avec sa chaleur. Qu'est-ce que j'aime chez Tatiana? Son corps? Son rire? Son âme? Foutaises. Pas d'âme. Seulement sa respiration ample et tiède sur mon bras. Voilà tout ce que je peux aimer vraiment d'elle, ai-je pensé. Et sans qu'elle le sache. D'où vient cet air ? me suis-je demandé un peu plus tard dans la nuit. Je ne pourrais jamais rien obtenir de plus profond en elle. Cet air qu'elle expulse sur moi dans son sommeil a oxygéné ses poumons ! irrigué les moindres alvéoles de ses bronches ! Curieux plaisir de penser au circuit de l'air dans le torse d'une femme, ai-je pensé, dans le torse de la femme que j'aime. Plaisir inavouable. Je la ferais ricaner. Et pourtant, ai-je continué, comment posséder une femme plus à fond que par ses poumons. Tatiana dirait que je déraille. Non, non, sérieux, jamais un homme n'a été plus sérieux que moi, ni plus ébloui, tandis que la respiration mesurée de Tatiana bat sur mon pouls : nos deux vies se mêlent à cet instant, sueur et air fondus. Cette sensation, ce doit être ce que tous les autres appellent l'amour. Sinon, c'est incompréhensible. Ce que j'éprouve, je ne l'ai jamais senti avant Tatiana. Nous sommes imprégnés l'un de l'autre. La nuit peut durer, Tatiana dormir, je poursuis mon voyage à l'intérieur de son corps. Du plaisir à l'état pur, ai-je conclu, et elle s'est retournée d'un coup dans mon grand lit. Plus un souffle d'air sur mon bras. Est-elle toujours vivante à côté de moi ? Se soucie-t-elle de moi, comme je me soucie d'elle ? De mes poumons ? De mon sang ?

Des nuits pareilles, nous en avons connu de plus en plus ; mes espérances prenaient corps, le corps de Tatiana, longiligne et aérien.

Je l'ai enfin présentée à Victor – une poignée de main, un soir, dans l'atelier. Il allait sortir de *chez lui*, elle était entrée *chez moi*.

— Il a un air visqueux, m'a-t-elle glissé immédiatement après son départ.

— Elle ne respire pas la santé, votre Tatiana, m'a-t-il dit le lendemain. Pâlichonne et maigrelette.

Dans le même temps, Tatiana a avoué nos liens tout neufs à sa famille (« avoué », c'était son mot… avouer… c'était donc une faute? Ne te pose pas tant de questions, Gibbon. Et pourtant…). L'amoureux reconnu, c'était moi. Mon triomphe. Un triomphe modeste, je l'accorde. Du moins, j'obtenais ce supplément d'existence officielle que je cherche depuis mon enfance, comme un petit soldat promu caporal.

Les familles, c'est édifiant. À titre personnel, je dois bien le reconnaître, j'ai été assez peu édifié. Je reste ce garçon bancal, délabré avant l'âge. Un meuble moderne, selon la vision de Victor. Ce vieux révolutionnaire exprime le plus souvent les opinions les plus rétrogrades. Les meubles anciens sont abîmés, pense-t-il à juste titre, parce qu'ils ont parfois des siècles. Or, les meubles modernes se retrouvent, en quelques années seulement, dans un état bien plus triste. Bons à mettre au rancard. Il ne viendrait à personne l'idée de les restaurer. Irrémédiablement perdus. Et pourquoi ? Tout simplement parce qu'ils sont d'aujourd'hui. Voilà Victor. Et voilà pourquoi il est prêt à me ranger dans la catégorie des hommes modernes.

Je ne demanderais pas mieux que d'avoir un passé. Un passé solide, avouable... Quand madame Callix m'a questionné sur ma famille et que j'ai répondu : orphelin, elle s'est instantanément composé un visage apitoyé. Le pauvre enfant... tout ce qu'il a perdu... Pauvre enfant, c'est ça, orphelin. Les années peuvent passer, elles ne vous apportent pas l'ancienneté, vous pouvez finir centenaire, vous mourrez jeune de toute façon. Orphelin de dix ans... privé de tout, même de votre âge... vous êtes embaumé dans la pitié à vie... momifié avant d'avoir vécu... J'étais prêt à revivre : Tatiana m'ouvrait les portes de sa famille. J'allais prendre toute ma place dans le réseau. Indispensable auprès de Victor, indispensable auprès des Callix, je prenais du poids. Je connaissais déjà bien le cousin Retz : nous nous croisions toujours l'après-midi dans l'atelier. Il suivait, d'assez loin maintenant, la restauration des meubles du boulevard Pasteur. Un tiers d'entre eux était passé entre mes mains et sur l'établi de Victor. Notre activité fléchissait un peu : depuis que Tatiana faisait l'amour avec moi, je ne montrais plus auprès de Victor la même insistance. J'assurais des livraisons régulières, pour devancer les plaintes, mais sans zèle excessif. Victor avait réclamé une avance sur la somme prévue, pour montrer qu'il ne rampait pas devant les Callix. Il me reprochait encore d'avoir mal monnayé ses talents :

— Vous m'avez mis plus bas que terre, le jour où vous avez négocié cette affaire. Maintenant que vous êtes admis dans la famille, vous devriez en profiter pour faire réviser ce mauvais accord.

Je lui promettais de reprendre la discussion avec madame Callix, je me gardais bien de le faire : une première vente avait eu lieu ; les meubles restaurés avaient tous été dispersés, achetés par différents antiquaires – beau succès – toutefois les prix n'avaient pas atteint les sommets escomptés. Chacun découvrait un petit défaut, contestait l'authenticité ou l'ancienneté de certaines pièces.

— Le bénéfice, incontestable, reste modeste, déduction faite des réparations. Dites-le bien à monsieur Victor, répétait madame Callix.

Je n'allais pas, dans ces conditions, proposer d'augmenter nos prix. Je ne rapportais pas non plus de tels propos au docteur : il aurait refusé de poursuivre le travail.

— Votre mère Callix... disait-il quelquefois. Et c'était assez clair.

Je ne voulais froisser personne, surtout pas Tatiana. J'avais découvert l'art d'apaiser les uns et les autres, de faire durer les promesses, d'encourager les bonnes volontés, de faire entrevoir des bienfaits irréels. Je m'étonnais moi-même. Delafosse n'avait-il pas parlé de mes talents, dans sa lettre à Victor, que j'attendais toujours de lire (lui aussi, et plus que moi, maîtrisait l'art de faire durer les promesses)?

Mes talents... Des talents malhonnêtes? Je m'interroge quelquefois. J'aspire à une vie honnête, par des moyens malhonnêtes, me suis-je dit. Est-ce naturel? Comment le savoir? Ne suis-je pas ce qu'on appelle un parasite?

Comme je n'avais pas le droit de faire de la cuisine dans l'atelier, j'ai accepté, de plus en plus souvent, des invitations chez les Callix, en compagnie de Tatiana. Je regagnais l'atelier, après le dîner, sans Tatiana. Je devais choisir entre manger à ma faim et la dévorer. J'alternais. Il m'arrivait bien de tourner les interdits de Victor (toujours la vie honnête par des moyens malhonnêtes): je mangeais froid sur des tables chargées d'histoire; tantôt sur un coin de secrétaire Louis-Philippe, tantôt sur une table bouillotte, parfois sur une vraie table de salle à manger. Si je voulais manger chaud (les jours où je n'avais pas reçu d'invitation), j'allais au restaurant avec Tatiana – coûteux naturellement, je l'invitais... Mes besoins d'argent croissaient de semaine en semaine, je réclamais des avances au docteur Victor.

— Tatiana? demandait-il avec un bon sourire. Nourrissez-la bien! Maigrelette! Pâlichonne!

Et il me consentait une petite somme. Sa période la plus généreuse, la plus amicale. Si le restaurant dépassait mes moyens du jour, je m'efforçais de susciter, avec doigté, l'invitation des Callix, à Montfort-l'Amaury. Je m'installais à leur table ronde. Premier Empire. J'étais en colère contre moi: un parasite, vraiment!

Mon plus grand plaisir, quand je faisais crisser les pieds de ma chaise pour prendre ma place, c'était de revoir le docteur Delafosse dans la même situation, à la table de mes parents. Je te rejoins, vieil ami, me disais-je. Je me régale d'une bonne cuisine bourgeoise, comme toi, quinze ou vingt ans plus tôt. Je m'arrangeais même pour arriver enfin en retard, comme lui autrefois, moi, l'homme toujours en avance! Exprès en retard! Je prétextais une livraison imprévue. Vous faire attendre vous confère un poids supplémentaire, ai-je appris à ce moment-là. Entre Delafosse et moi, la ressemblance était presque complète.

Les Callix... J'ai fini par me croire l'un des leurs... petit à petit... J'entrais dans leur histoire familiale... Je m'apprêtais, mine de rien, à en changer le cours... Aucun d'entre nous ne le savait encore... Pour l'instant, je me contentais de figurer à leur table, à la droite de madame Callix, qui dirigeait les conversations, enveloppait ses interlocuteurs de ses R roulés.

Tatiana, la moqueuse Tatiana, prétendait que sa mère ne roulait pas les R – du moins pas naturellement. Elle avait, selon elle, emprunté cet accent à son père, le Russe blanc Olianov, arrivé à Paris en 1919. Durant cinquante années d'exil, il avait entretenu son R, tout en s'efforçant de parler une langue qu'il estimait pure. Il avait appris le français avec Chateaubriand, disait-il, selon sa fille, qui admirait son père au point de le singer en tout, d'imiter son phrasé, son accent, alors qu'elle était née bien plus tard à Paris, où elle avait fait ses études, née de mère française, élevée dans un milieu français. Son père, hormis cette coquetterie de langage, s'était fondu dans son pays d'accueil: peu de liens avec d'autres émigrés; une volonté de réussir. Deux domaines, selon lui, valaient la peine d'être explorés: l'art et la finance. Son deuxième modèle français après Chateaubriand: Balzac, le feuilletoniste et l'affairiste. Complètement désargenté à ses débuts, chauffeur de taxi quelques mois, joueur de balalaïka, le soir, dans les restaurants russes, il s'était acharné à peindre des toiles refusées par les galeries, puis à monter d'obscures affaires de presse et d'immobilier : échec sur échec, jusqu'à ce qu'il rencontre une demoiselle Petit dont la famille avait de l'aisance, à laquelle il a contribué par ses talents, selon madame Callix ; qu'il a achevé de ruiner, si je dois croire Tatiana (et le cousin Retz, dont la version me semblait devoir faire autorité) :

— Tu peux voir le résultat de son incompétence aujourd'hui, avec ce qu'il reste des meubles de la famille Petit.

Un artiste inventif, plein de ressources, un artiste des finances, amateur de coups en bourse, avec un flair surprenant, de l'audace à revendre... disait madame Callix. Tatiana, sans l'avoir connu, me le présentait comme un maladroit embarqué dans des affaires fumeuses auxquelles il croyait jusqu'au bout, engloutissant la dot de sa femme année après année, plaçant son argent sur la foi de tuyaux de première main... Des désastres, au bout du compte, à deux ou trois exceptions près, au moment de la Libération. Tatiana tenait sa version de la veuve Olianov elle-même, sa grand-mère, qui, à l'époque où elle avait toute sa tête, aimait raconter sans amertume les fantaisies de son mari.

J'entrais dans la famille : j'en pénétrais les rancœurs accumulées depuis plus de trente ans entre la mère et la fille, jusqu'à la petite-fille, gourmande de disputes, un des plus grands plaisirs de son enfance, disait-elle, quand la question du grand-père bouleversait les desserts. Le cousin Retz, s'il était présent, ajoutait à la pagaille en prononçant Oulianov le nom d'Oleg Olianov. Oulianov, le patronyme véritable de Lénine, m'a dit Tatiana.

— Votre Oulianov... répétait monsieur Retz et madame Callix entrait dans une rage de fin de banquet, tandis que son cousin faisait semblant de ne pas comprendre les raisons de cet emportement, pour la plus grande joie de la petite fille et, parfois, de la grand-mère.

— Je n'admets pas qu'on salisse mon père, criait madame Callix.

Callix, son nom d'épouse, pas son nom d'artiste. La mère de Tatiana était une artiste. Une danseuse. Pas une étoile, mais une danseuse honorable; danseuse classique: elle a rêvé toute sa vie du Bolchoï.

— Imagine maman dans *Le Lac des cygnes*, disait la rieuse Tatiana.

Son plus grand rêve, réalisé seulement par extraits et dans de petites productions. Un court passage à l'Opéra, le sommet de sa carrière à ses débuts, et des années de petites troupes, d'attente, de travail pas toujours récompensé. Pour finir, elle a ouvert un cours privé où son nom d'artiste, rempli de promesses, alors qu'elle n'avait jamais mis les pieds en Russie (la Russie des Soviets!), lui a assuré pendant des années de nombreuses élèves: Olga Olianova! Le prestige de l'École russe! Le féminin Olianova à la manière slave et Olga pour assurer l'authenticité et créer l'illusion. Son vrai prénom? Renée, en souvenir de Chateaubriand. Mais Renée Olianov, pour la danse classique, vous posait moins bien qu'Olga Olianova. Les effets du nom, toutefois, avaient fini par s'atténuer. Le cours Olga Olianova avait périclité, puis fermé: madame Callix, à l'approche de la soixantaine, ne formait plus que deux ou trois élèves par an... des jeunes filles de Montfort-l'Amaury ou des alentours... des familles connues ou amies... les filles d'anciennes élèves... Une pièce de la maison avait été aménagée en salle de danse, avec barre et miroirs, la grande fierté de madame Callix.

J'ai eu, après quelques repas, le privilège de visiter cette pièce, la plus vaste, la plus lumineuse de la maison, mais aussi la plus déserte. La petite dame au corps sec et aux cheveux tirés sous un bandeau, qui m'est apparue multipliée à mes côtés dans les miroirs de sa salle de danse, où elle évoluait avec fierté, m'a semblé soudain la plus triste des femmes, avec ses grands R:

— Rrrregarrrrdez ! Rrrregarrrrrdez bien !

Et je pensais à ce que m'avait dit Tatiana : dans l'intimité, ou si elle s'oubliait un instant, elle était capable de parler sans aucun accent particulier. Elle souffrait aussi, m'a dit Tatiana, et une de nos conversations me l'a montré, de l'indifférence croissante à l'égard des Russes blancs. Bientôt, plus personne ne comprendra cette expression. Aujourd'hui, on les confond déjà avec tous les autres Russes. Surtout depuis la chute du communisme, le plus grand malheur, après leur exil, arrivé aux Russes blancs et à leurs descendants. Ils sont condamnés à l'oubli ; les raisons de leur présence s'effacent. Russes blancs : pourquoi blancs ? demanderont les ignorants. L'histoire d'Oleg Olianov et d'Olga Olianova est condamnée à l'anéantissement. Supprimez les causes de l'histoire, les effets deviennent incompréhensibles.

— C'est comme moi, ai-je dit à madame Callix, un peu outrée que je puisse me comparer à elle ou à son père, pour le plus grand amusement de Tatiana. J'ai perdu mes parents, quand ils étaient très jeunes. Plus personne ne les connaît, ni ne les a connus. Je suis un effet sans cause.

— N'exagérez rien. Nous en sommes tous là un jour ou l'autre, a dit monsieur Callix, un homme assez peu bavard d'ordinaire, ou lapidaire, contrairement à sa femme ou à sa fille. L'âge n'y fait rien. Il faut admettre, au bout d'un certain temps, que nous sommes des effets dont les causes sont perdues.

J'avais mis du temps à rencontrer le père de Tatiana, reclus dans la chambre voisine le plus souvent. Il écoutait de la musique sous un casque. De la musique pour lui tout seul, comme il disait. Déjà vieillard. Vingt ans de plus que sa danseuse. Il promenait à table son regard lointain ; je devais l'ennuyer ; tout l'ennuyait.

— Le vrai Russe de la famille, c'est lui, m'avait dit un jour monsieur Retz.

Une mélancolie slave inexpliquée, dans un corps dégingandé. Seule une bouteille de chablis le tirait de sa torpeur et lui donnait un semblant d'animation. Il profitait de ma venue pour ouvrir des grands crus... pas pour m'honorer particulièrement... Le vin lui était déconseillé, le blanc en particulier... il ne jurait que par ses Bougros, Les Clos, Grenouilles, Blanchot, Vaudésir, Valmur, les meilleurs grands crus de chablis :

— Je vais vous faire découvrir un chablis comme vous n'en avez jamais bu. Millésime 1990. Il faut qu'il connaisse cela. On ne peut pas vivre sans connaître cela, ajoutait-il devant les protestations de sa femme :

— Mais c'est le même que la dernière fois...

Il coupait court :

— Un vin n'est jamais le même ! On ne se baigne jamais dans le même fleuve. On ne boit jamais la même bouteille. Règle absolue.

Il ne prenait la parole que pour asséner des sentences. Il laissait le reste de la conversation aux autres :

— Une conversation, c'est ce qui tourne en rond. Je préfère la ligne droite.

Il pouvait se contenter d'une phrase pareille pour toute la soirée, après avoir longuement humé son chablis, devant sa femme, décortiqué son nez. Elle s'absentait un moment ? Il avalait son verre, s'en servait un nouveau, qu'il survolait de ses narines, avec un air perdu, dès qu'elle avait repris sa place.

— Avec l'âge, je n'ai plus que le nez et les oreilles.

Phrase de fin de repas, quand nous étions rassasiés de son Bougros doré et pâle. L'oreille, c'était pour la musique. Un artiste, lui aussi. Madame Callix me l'avait présenté comme un chef d'orchestre.

— D'orchestre municipal, m'avait soufflé Tatiana, toujours disposée à rabaisser ses parents. Humble pourtant, devant eux, pas contrariante... le sens du poil... elle flattait leurs manies : l'art ! les artistes !

Ses parents s'étaient rencontrés sur le tard, son père approchait alors la cinquantaine.

— Deux marrrriages rrrratés, avant moi, disait sa femme qui aimait revenir sans cesse sur le passé.

— Qu'est-ce qu'un mariage raté ? demandait sa fille, avec son ton habituel d'innocence calculée.

— C'est un mariage, concluait le père.

Il dirigeait un soir un programme Tchaïkovsky et Glinka, le nec plus ultra des concerts municipaux, disait Tatiana. La jeune Olga Olianova, qui aimait les concerts comme la danse, était tombée sous le charme, aimait-elle rappeler. Sous le charme de Tchaïkovsky et de Glinka, ajoutait Tatiana.

— Je déteste Tchaïkovsky et Glinka, m'a dit une fois monsieur Callix, alors que j'avais le privilège de visiter sa discothèque où ces deux musiciens, avec d'autres Russes, occupaient des rayonnages entiers.

— Des cadeaux de ma femme ! Anniversaires de mariage !

Que seraient devenus mes parents ? ai-je pensé à ce moment-là. Leur vie est à jamais secrète. Celle qu'ils auraient pu avoir. Celle aussi qu'ils ont connue AVANT moi. J'en apprends plus, en quelques minutes, sur des étrangers, que, durant toute ma vie, sur mes propres parents. Ils me dévoilent leurs plaisirs en même temps que leurs supplices. (Quels étaient les plaisirs et les supplices de mes parents ?) Leurs délices sont leurs supplices, me suis-je dit aussi. Les délices des familles sont leurs supplices, leurs supplices leurs délices.

La famille de Tatiana ne sera jamais ma famille ? En tout cas, ma seule famille pour l'instant. Me reconstituer une famille, selon le conseil de Delafosse, j'y travaille : l'un voudrait boire son chablis grand cru, l'autre l'en empêche ; l'une s'assourdit de Tchaïkovsky, l'autre le vomit. Et c'est ainsi que Tatiana est née, vingt-trois ans plus tôt, baptisée d'un prénom russe, en souvenir d'Oleg Olianov ou plutôt en souvenir de la passion de sa mère pour Oleg Olianov. Finalement, ai-je pensé, une femme, mademoiselle Renée Olianov, a épousé un homme au nom de Tchaïkovsky et donné naissance à une fille au nom de son propre père.

Personne ne doit son existence à ce qu'il est ? Moi, peut-être, privé de tout ? Mon prénom s'est envolé dans la bouche de mon père, mon nom a disparu avec lui, je me suis fait Gibbon sur un coup de tête. Une chance ? Au fond, tout ça n'est pas admissible : ce ne sont pas des raisons pareilles qui nous amènent où nous sommes. De mauvaises raisons. Sans Tchaïkovsky, pas de Callix ? Sans grand-père russe, et même sans Révolution bolchevique, pas de Tatiana ? Ce serait trop triste... Tatiana, artiste russe, un rêve de sa mère, un rêve stupide : les Beaux-Arts, à contrecœur... Elle me l'a dit, une nuit, dans l'atelier ; nous n'avions pas mangé ce soir-là ; juste fait l'amour une fois ; la faim nous tordait le ventre.

— Ça fait artiste, riait Tatiana, mes parents seraient contents. Artiste russe, maudit, XIXe siècle, ce qu'ils préfèrent.

En vérité, elle ne se sentait aucun talent pour l'art. Son père avait rêvé pour elle d'un destin de soliste. Pas d'oreille musicale. Elle a fait grincer un violon d'étude sept années complètes. Sept ans de malheur. Sans compter dix ans de danse classique : grande, mince, elle avait tous les atouts, selon sa mère ; mais les articulations raides ! Le désespoir de ses maîtres ; et de sa famille ; sans mauvaise volonté ; en mesure, mademoiselle ; rien à faire ; docile et dépourvue de don. Elle aurait aimé faire du commerce, de la finance, comme le cousin Retz. Pas question, disaient les Callix : de l'art, ma fille, rien d'autre que de l'Art ! Elle s'était forcée... en cherchant bien, on trouve toujours au fond de soi de petites qualités... de quoi faire illusion un instant... de quoi faire plaisir à ses parents... La peinture... le grand-père Olianov s'était bien essayé à la peinture, à son arrivée à Paris... À vingt-trois ans, elle était en passe de manquer ses études... Le désastre aux Beaux-Arts !... Elle côtoyait les futurs grands artistes du XXIe siècle, ceux du troisième millénaire pour les plus prétentieux... Pas à la hauteur, disait-elle, et lasse de plaire à ses parents... À l'adolescence, elle s'était opposée à leur autorité ? Pas une plainte... Une fille modèle... l'endurance slave ! Révoltée, mais silencieuse... J'étais arrivé avec ma coiffeuse... mes bras de déménageur... pas un artiste ! Enfin un garçon sans prétention artistique ! La remarque m'a un peu blessé... je ne savais pas pourquoi... Parce qu'elle se faisait de moi une image guère brillante ? Parce qu'elle se servait de moi pour agacer ses parents, s'affranchir enfin d'eux ? Docile et indocile, c'était Tatiana, même avec moi : prête à se donner ; et à se sauver, j'en avais peur. Pourtant, elle me faisait entrer de plus en plus dans le cercle de Montfort-l'Amaury.

J'y avais acquis d'un seul coup un certain prestige. J'ai honte de l'avouer. Je me prenais à mes propres histoires. À la fin d'un dîner, madame Callix avait voulu se rassurer :

— Mais enfin, transporter des meubles, ce n'est pas votre métier ? Vous faites cela pour payer vos études, j'imagine ?

Avouer la vérité, c'était me ruiner : oui, oui, bien sûr, mes études...

— Quel genre d'études ?

Trouver vite : études artistiques ? Trop gros, devant des artistes, trop lèche-bottes. Études scientifiques, droit, économie ? Trop matérialiste ; ils allaient me mépriser. Trouver vite : j'ai puisé dans la boîte à conversations de mon ami Delafosse : parmi tous les mots qu'il m'a appris, un remontait à la surface, comme un plongeur en eaux troubles, un souvenir de la fin de sa vie, sur son lit, quand il parlait, parlait ; je l'écoutais, comme je n'écouterais jamais plus personne : il avait évoqué les études dont il avait rêvé, à seize ans, avant de choisir médecine.

— Je fais des études de théologie, ai-je annoncé avec le plus grand aplomb.

Tatiana a ri : mon mensonge lui plaisait, elle voyait ses parents ébahis. La théologie, ça vous posait votre homme. Pas artiste, mais presque, juste en dessous. Madame Callix s'est tout de suite proclamée mystique. Les Slaves sont mystiques ! L'âme slave ! La religion orthodoxe est si pure, si proche des origines ! L'art des icônes ! Les chants sacrés orthodoxes ! a murmuré monsieur Callix, sans que je puisse décider si, dans sa bouche, c'était le sommet de l'art ou de l'ennui.

— Théologie catholique, ai-je tout de même précisé, débordé par leur enthousiasme.

Peu importait, j'avais obtenu mon effet. Leur fille avait un ami théologien ; ils ne s'interrogeaient plus sur les nuits de plus en plus nombreuses qu'elle passait avec moi. Coucher avec un théologien, c'est comme recevoir un vaccin ; ça vous met à l'abri de tout.

Par chance, leurs connaissances religieuses avaient toujours été floues ; j'échappais à des questions trop ardues ; ils se contentaient de proclamations générales. Madame Callix en revenait toujours à l'orthodoxie paternelle, donc à son père plus qu'à la foi elle-même. Parfois, ils s'inquiétaient :

— Vous ne vous destinez tout de même pas à la prêtrise ?

— Non, mais, vous savez, la théologie mène à tout...

J'obtenais des triomphes faciles. Tatiana, sous la verrière, s'esclaffait en me rappelant les insanités proférées la veille. Puis sérieuse :

— Au fond, tu mens tout le temps ? Sur ton nom, ton travail... quoi d'autre ?

Je sursautais ; je niais ; je mentais encore ? Surtout, j'avais l'impression de ne pouvoir grimper dans l'estime de sa famille qu'à la condition de baisser dans la sienne. Tout garder dans ses bras, en même temps, mon plus vieux rêve, le plus difficile à accomplir. Comme tenir une portée de chats... ils se contorsionnent entre vos doigts... vous griffent... vous mordillent... jusqu'à ce qu'enfin vous les lâchiez tous les uns après les autres.

Celle que je cherchais le plus à retenir... Tatiana... la plus griffue... la plus pirouettante, la plus attirante... Son caractère imprévisible et enfantin, ce devait être son génie. Si une promenade nous conduisait du côté des Tuileries ou du Champ de Mars, elle m'entraînait sur les manèges, chevaux de bois ou petites voitures. J'avais du mal à glisser mon grand corps dans des habitacles prévus pour des enfants, où mes pieds traînaient presque par terre, comme un chevalier à la triste figure. Elle riait, comme à huit ans. Elle riait aussi de me voir mal à l'aise. Personne ne m'avait emmené faire un tour de manège, dans mon enfance, je trouvais déplacé, à mon âge, d'être obligé de jouer les bambins, d'avoir l'air de l'idiot attardé auprès d'eux...

— Tu es pourri de préjugés. Je l'étais aussi, mais c'est bien terminé. Pourquoi ne pas faire un tour de manège, si on en a envie ?

Je restais parfois à l'écart, pendant qu'elle tournait comme une folle. Je n'allais pas céder à tous ses caprices. Elle m'en voulait après ; je n'étais pas un garçon bien drôle. Je me disais que, si je devais vivre longtemps avec elle, je devrais accepter cette passion aberrante, à mes yeux, pour les manèges, comme son père faisant semblant d'admirer Tchaïkovsky et Glinka.

Imprévisible, oui, elle me surprenait souvent, son génie, sans doute, ma souffrance encore plus certainement.

Un autre de mes étonnements : au moment où la multiplication de ces petites vacheries me faisait craindre l'éloignement de Tatiana, elle m'a témoigné sa confiance, de la manière la plus inattendue, comme jamais, selon elle, elle ne l'avait fait pour quiconque avant moi. Elle m'a demandé de l'accompagner dans une visite à sa grand-mère :

— Tu t'occupes de ses meubles, tu vides son appartement semaine après semaine, et tu ne l'as jamais rencontrée, alors que c'est l'être auquel je tiens le plus au monde...

La rieuse Tatiana n'avait jamais été si solennelle. J'apprenais au passage que je n'étais pas l'être auquel elle tenait le plus au monde – le moins surprenant de l'affaire. Je ne comprenais pas bien (à moins de vouloir me faire entrer dans le réseau de ceux qui l'auraient vue, touchée, un de ces réseaux si importants pour moi, et qui le sont peut-être aussi pour les autres, comme je commençais à le découvrir) pourquoi elle voulait à tout prix me la faire connaître, dans l'état où elle était, incapable de soutenir la moindre conversation, de reconnaître même sa petite-fille. J'avais esquissé un refus, comme si elle m'avait demandé une fois de plus de l'accompagner sur un de ces maudits manèges à l'ancienne ; prétexté un ennui de dernière minute : le buffet bas, fraîchement restauré, que je devais transporter à Montfort-l'Amaury, présentait un défaut imprévu... buffet Empire... J'en avais plein le dos de l'Empire... Les conséquences de la conquête napoléonienne, la retraite de Russie... je les subissais jour après jour, avec les meubles de la collection Olianov... Celui-là, une rareté, selon Victor... portes en verre bombé, monté dans des cadres d'acajou... La porte de gauche fendue ! Le coin du verre, en haut, à droite ! Une vitre introuvable ou à faire sur mesure ! À condition de tomber sur un artisan verrier expert ! Hors de prix ! Sinon, vice rédhibitoire ! Du travail perdu... La mère

Callix nous ferait toute une histoire... Elle m'avait bien dit : pas de casse !... Victor prétendait que j'avais soulevé la porte d'un geste brusque : vieillerie noble et fragile... entre mes mains de brute... Je niais : la fissure devait s'être produite au cours de la restauration... Début de dispute... C'était trop bête d'en arriver là pour un trait à peine visible aux yeux d'un profane... Nous avions convenu, pour ne pas envenimer, une fois de plus, nos rapports, de laisser de côté, provisoirement, le buffet impérial. À charge pour moi de trouver une vitre de remplacement, sans frais excessifs. Bon prétexte, ce contretemps, pour échapper à la visite proposée par Tatiana.

Cette fois, elle m'a pris les bras, dans un geste maternel qui ne lui allait pas – maladroit et ému :

— Ne te défile pas, tu dois venir avec moi. Une seule fois. Première et dernière, je te le promets. Tu dois la voir comme si c'était moi.

Je n'ai jamais connu de grand vieillard. De près. Chez moi, tout le monde était pressé de partir avant l'heure. Mon hérédité, je l'ai déjà dit : je suis toujours en avance. Madame Olianov allait fêter, ce jour-là, m'a dit Tatiana, ses quatre-vingt-quatorze ans. « Fêter », dans sa situation, la malheureuse : encore un mot fichu.

— Non, a dit Tatiana, c'est bien d'une fête qu'il s'agit, la dernière. Il faut être plusieurs pour une fête.

Nous avons surgi dans la chambre de la maison de soins spécialisés où sa fille l'avait placée. Une aide-soignante venait de la détacher de son lit, parce qu'elle semblait calme, les yeux au plafond. Aucun signe de reconnaissance à notre approche, comme si nous n'existions pas. Tatiana lui a parlé... des appels d'abord... répétés... des appels au bord du vide... sans espoir d'obtenir une réponse… peut-être un signe ? une infime manifestation d'intérêt pour notre présence ? Ensuite, Tatiana a commencé un bavardage insignifiant avec sa grand-mère, comme si je n'étais pas là, comme si un dialogue entre elles allait s'engager, un dialogue de chambre mortuaire, à voix basse, pour ne pas déranger Dieu sait qui. Elles avaient eu des années communes, m'avait déjà raconté Tatiana, quand les parents Callix s'efforçaient de faire les artistes, à droite, à gauche. Plus tard, ces dernières années, diminuée, dans l'appartement du boulevard Pasteur, madame Olianov avait épuisé la patience de sa propre fille… impossible de la laisser seule… les gardes-malades se succédaient et fuyaient… Elle n'était pas malade, seulement nonagénaire, un corps et un cœur irréprochables… seulement la tête… la tête qui s'en allait…

Tatiana avait pris la place de ces gardes de passage, tenu deux ans auprès d'elle. Supporté ses cris, ses réveils nocturnes, ses crises. On avait toujours dit qu'elles se ressemblaient, à soixante-dix ans près, leur fierté commune. Raison pour laquelle elle avait enduré ces deux années, soumise à la tyrannie d'une demi-folle.

— Deux ans de bonheur pour moi, prétendait Tatiana.

Elle avait abandonné son poste à contrecœur, contrainte par ses parents, au nom de ses études, de son équilibre mental, de sa jeunesse. Tatiana avait regretté ce qu'elle appelait une trahison forcée : madame Olianov, placée dans l'établissement de soins où je la contemplais malgré moi, s'était montrée, semble-t-il, plus insupportable que jamais. Personne ici ne savait apaiser ses crises, comme Tatiana y était parvenue, deux années durant.

Le murmure s'était arrêté, la petite-fille, comme épuisée de son monologue sans issue, s'était rejetée en arrière, vers moi :

— Regarde-la bien, m'a-t-elle dit, c'est moi, c'est déjà moi.

Je me doutais bien que j'avais peu de chances de voir la vraie Tatiana à quatre-vingt-quatorze ans. Pourtant, ce corps longiligne, étroit, cette face creusée, indiscutable : les deux mêmes. Tatiana me faisait visiter un avenir que je ne connaîtrais à coup sûr jamais.

— C'est toi, ai-je concédé, mais en même temps, tout vous sépare, tu dis qu'elle n'a plus sa tête...

— Perdu la raison, oui. Mais qu'est-ce que je fais de plus avec ma raison ?

Elle me rappelait Delafosse avec ses « âmes », ses « esprits », ses « consciences », ces foutaises, comme il disait.

— Je rêve d'être comme elle aujourd'hui, de ne pas attendre d'avoir quatre-vingt-dix ans pour perdre la tête. C'est trop lourd d'avoir une tête.

Je ne reconnaissais plus Tatiana, la Tatiana des manèges. (Pourtant, je l'ai compris à cet instant, la Tatiana des manèges, c'était encore la petite-fille de madame Olianov : dans les tours d'avion, de voiture de course, de cheval de bois, elle essayait de rattraper le souvenir de sa grand-mère, la dame lucide et élégante qui l'accompagnait quinze ou vingt ans plus tôt. J'avais pris ces lubies pour de la folie douce. Une folie pas si douce...) Où était la Tatiana du début, toujours hilare, légère, même blessée ? La fille aux cent visages... elle en rajoutait un, le plus inattendu. C'est difficile de s'y retrouver dans l'existence, personne ne se ressemble jamais longtemps, je l'avais déjà compris avec Victor. Le maigre engraisse ; le triste éclate de rire ; le dépensier se met à compter ses sous. Qui peut vous apprendre à reconnaître le même dans les opposés ? Je m'y perds. Je m'y perdais avec Victor, je m'y perdais avec Tatiana. Si je réfléchis bien, ai-je pensé, je m'y perds avec moi-même : honnête à force de malhonnêteté, sincère à force de mensonges, plein d'ambition et déménageur à la petite semaine.

Tatiana, si légère, si frivole, m'ouvre des gouffres sous les pieds ; si heureuse de vivre, me plante devant une demi-momie ! Sourde ! Aphasique ! Aphasique ? J'aurais dû me méfier. Personne ne se ressemble jamais longtemps. Madame Olianov a enfin tourné son regard vers nous. Un regard bleu et vrillant, d'une dureté presque méchante. Tatiana a souri, fait des signes, c'est moi, c'est bien moi, c'est lui... C'est lui ! Pour ton anniversaire ! Elle se moquait bien de son anniversaire, elle me jugeait, du moins m'a-t-il semblé, avec une haine dans les yeux, impossible à soutenir. Tatiana n'avait pas l'air de s'en apercevoir, elle souriait gentiment.

Et puis la voix s'est élevée, enrouée d'abord, pleine de cailloux qui s'entrechoquent... plus claire, à mesure qu'elle prenait son élan, de plus en plus haut :

— Allume, Oleg ! Allume, Oleg ! Allume ! Allume !

Elle n'en finissait plus, elle prenait des aspirations, toujours plus profondes, pour lancer la voix plus fort, allume ! allume !... Plus tard, d'autres cris, *on est perdus, on est perdus, on n'y voit rien*, elle haletait, se reposait, reprenait, avec des intonations plaintives, brisées quelquefois :

— Elle est partie en Italie ! Elle est partie !

La parole tournait, se brisait – *en Italie !* – revenait – *Allume, Oleg !* – un dernier tour : *on est perdus ! on est perdus ! Maman, maman, maman !*

C'est ça, perdre la tête ? Appeler sa maman au secours à quatre-vingt-quatorze ans ? Je n'ai jamais eu le temps d'appeler la mienne. La cérémonie a duré une bonne heure. Les aides-soignantes voulaient ficeler la patiente sur son lit, lui donner un calmant, des gouttes. Tatiana les renvoyait, elle semblait heureuse ; le délire de sa grand-mère, c'était encore sa grand-mère ; elle lui caressait le front, recueillait chacun de ses hurlements comme un oracle. Je ne savais plus comment me sauver. J'avais une famille complète sous les yeux, ce qui m'avait toujours manqué, une famille heureuse en somme. Je suis sorti de la chambre groggy, la tête pleine des appels, des cris de madame Olianov. Elle venait de s'ajouter à la longue liste des voix, des bruits qui me poursuivent jour après jour, même quand ils ont disparu, surtout quand ils ont disparu. Inscrits à tout jamais en moi, si petits qu'ils soient. Entrés en moi, comme par effraction, et impossible de les faire sortir.

Des personnages comme madame Olianov font des apparitions dans notre vie. On devrait les négliger, les oublier. Pas le temps de s'attacher à leur sort. Pas intéressant ? Si. Tout de même. Le monde, mon petit monde, ne marcherait pas sans ces passants dénués d'importance qui nous croisent un jour et disparaissent. Hommage aux passants dénués d'importance.

La grand-mère de Tatiana, comme personne vivante, n'aura occupé que quelques minutes de ma vie. Je l'ai entrevue. Elle est morte. Trois jours après. Je ne vais pas croire que je lui ai porté la poisse ? À elle aussi ? Idiotie, comme disait Delafosse, oublie ça. On meurt beaucoup à mon approche, me suis-je pourtant entendu dire à Tatiana, quand elle est venue en larmes – pour la première fois en larmes – m'annoncer la mort de sa grand-mère. Mais cette fois, ai-je ajouté, à quatre-vingt-quatorze ans...

— J'étais sûre qu'elle n'irait pas plus loin, m'a dit Tatiana. Au moins, tu auras partagé avec moi ce dernier jour. Tu ne peux pas savoir comme elle les détestait tous. Sauf moi. Si quelqu'un me rattachait à ce qui a été notre famille, c'était elle. Maintenant, j'ai bien envie de tout lâcher ! Les Beaux-Arts ! Montfort-l'Amaury ! Qu'est-ce qui me retient ?

Je n'ai plus compris grand-chose à Tatiana, je l'avoue, à partir de ce moment-là. Si je pense à elle, je pense aussi, immédiatement, aux cris lancinants de sa grand-mère, au regard haineux de sa grand-mère, posé sur moi, comme si c'était le regard de Tatiana elle-même.

Cette visite à une vieille femme sans tête, si anecdotique qu'elle aurait dû être, cette mort tout aussi anodine, du moins pour moi, ont produit des effets surprenants, comme une accélération de ma propre vie. Vais-je en arriver à croire que la mort des autres, autour de nous, modifie sensiblement le rythme de notre existence personnelle ? *Accelerando*. Je dois être bien vieux déjà.

La succession s'est organisée : solder les comptes de madame Olianov… L'établissement de soins spécialisés réclamait des arriérés… d'autres créanciers se manifestaient… le syndic de copropriété… Les Callix m'ont poussé à intervenir auprès de Victor… en finir vite avec ces meubles, avec l'appartement du boulevard Pasteur… on avait trop traîné depuis des mois… malgré mes efforts… Il restait une grande pièce surchargée de bergères, de crapauds, de crédences… Il fallait tirer le maximum de la moindre raclure. Prendre de vitesse les impôts, le notaire, qui voulaient des évaluations, des expertises. Les Callix prenaient peur. Ils avaient déjà soldé une partie du patrimoine ; ils voulaient dissimuler la valeur des biens de famille et leurs manigances des derniers temps. Moi seul pouvais les aider.

La disparition de madame Olianov, c'était comme un bulletin de sortie pour des malades. Tatiana et moi, malades en bonne santé. Tout permis. Les scrupules ? Enfouis sous la pierre.

J'avais eu le privilège d'assister à l'inhumation, cimetière du Montparnasse, dans le caveau d'Oleg Sergueiovitch Olianov, 1895-1969. En caractères dorés. Je devrais retrouver la tombe des miens, ai-je pensé, cimetière de Colombes... mes propres inscriptions dorées. Ou pas très dorées.

J'ai cru, ce jour-là, qu'un nouveau petit désastre allait s'abattre sur moi, sur mes fichus bras : un des employés des Pompes funèbres s'était froissé une épaule en sortant le cercueil de la voiture. Madame Callix s'est tournée vers moi : son sauveur, son porteur. Pas question de prendre madame Olianov dans mes bras, me suis-je dit. Des meubles, mais pas une boîte pareille. Je suis du côté de la vie, aujourd'hui, je sens la main de Tatiana, chaude dans la mienne. Je ne la lâcherai pas pour soulever sa grand-mère. Madame Callix cherchait mon regard, elle l'a rencontré. Pas celui qu'elle croyait ; je l'ai forcée à détourner les yeux. De toute façon, les hommes en gris se débrouillaient bien tout seuls. Assez nombreux, malgré la défaillance de l'un d'entre eux. J'étais libre de mon sort. De mes bras.

Tatiana a passé les jours et les nuits suivantes avec moi, loin de Montfort-l'Amaury. Sa grand-mère, même déboussolée, avait maintenu le lien familial. Elle disparue, la cohésion s'effaçait, Tatiana ne se sentait plus aucun devoir. Je trouvais ce changement surprenant… si radical… Son caractère imprévisible ?… Bien sûr, mais elle n'était jamais allée aussi loin. Je me suis étonné qu'elle se soucie si peu de leur deuil. Pas de scrupules, mais des bons sentiments. Des fois.

— Leur deuil ! m'a-t-elle répondu. Ma mère n'a connu et ne connaîtra qu'un seul deuil : 1969. D'ailleurs, si tu as bien vu, à l'ouverture du caveau, qu'est-ce qui l'a émue ? Pas qu'on descende grand-mère ! Mais quand elle a aperçu grand-père ! Les restes de la boîte de grand-père ! C'est ça qui me fiche en colère, si tu veux savoir. Ça que je veux leur faire payer !

Elle était décidée à faire durer la séparation. Je me suis entremis presque malgré moi : mon devoir. Mon devoir de livreur. Une paire de meubles d'angle, remis debout, en attendant le buffet aux portes vitrées, à convoyer jusqu'à Montfort-l'Amaury, pour compléter un lot… Un antiquaire de la région s'était montré intéressé. Bon prix escompté. Inespéré. Les deux encoignures passaient pour remonter au XVIIIe siècle. Pour une fois qu'on échappait à l'Empire ! Monsieur Retz et Victor étaient tombés d'accord sur leur authenticité. Deux pièces que j'avais découvertes, boulevard Pasteur, posées l'une sur l'autre, couvertes de poussière, oubliées de tous, même du connaisseur Retz, qui s'était étonné de ma trouvaille. Elles étaient sorties transfigurées de l'atelier de Victor : l'accueil des Callix s'est transformé pour moi en triomphe, renforcé par l'apparition de leur fille. Je retrouvais mon rôle de sauveur. Beau moment… ambigu… Ils cherchaient auprès de moi les explications que Tatiana refusait de leur fournir… Avec doigté… Ils me ménageaient… Ma force, c'était mes meubles… plutôt leurs meubles… Tant que j'en avais la charge, ils n'osaient pas… je le voyais bien… me reprocher de leur voler leur petite fille… L'air buté de leur enfant, si longtemps soumis…

je devais bien y être pour quelque chose... Et pourquoi ? Ils n'imaginaient pas le moindre lien entre la mort de madame Olianov et cette distance nouvelle entre leur fille et eux... Sa liberté : ne rien leur dire... Dans l'affaire, à leurs yeux, sûrement, j'étais le coupable...

Le sauveur aussi... ça les mettait en porte à faux... Délectable... Vraiment délectable. Tant que j'aurais des meubles à faire circuler entre le boulevard Pasteur, le quai et leur propriété de Montfort-l'Amaury, je les tenais. (Je tenais Tatiana aussi ?) Après ? Il me venait parfois des doutes.

Je me sentais libre : d'une manière différente de Tatiana. Pour la même raison, pourtant : la mort de sa grand-mère. Pas facile à expliquer ; un sentiment brutal qui m'avait pris, au moment où j'étais entré dans l'appartement de madame Olianov, pour la première fois depuis son décès. Je n'entrais plus *chez elle*, puisqu'elle n'était plus là. J'entrais dans un territoire libéré de toute tutelle. Avant, me suis-je dit, alors que je n'avais jamais rencontré la propriétaire, si je traversais ces quatre pièces, je me sentais suivi par un regard. C'est stupide, avais-je pensé souvent, Delafosse te traiterait encore d'animal... tes lubies... ton goût de la culpabilité... à étouffer au plus vite. À l'instant où j'ai pénétré dans le hall lambrissé, après la disparition de madame Olianov, j'ai éprouvé comme une légèreté, une aisance à me mouvoir, à soulever des rideaux rouges pâlis, mangés par les mites, l'âge, le soleil. Des loques... Je les ai arrachées, comme si j'avais l'intention de les remplacer. Je me suis surpris à mettre de l'ordre, comme si j'avais été chez moi, dans cet introuvable chez-moi qui prenait l'aspect, pour un moment, d'un vieil appartement sombre, humide et sale.

Tatiana m'a dit son envie de revoir la chambre de sa grand-mère, où elle l'avait veillée deux années durant. C'est étrange, me suis-je dit, elle veut retrouver la présence d'une personne disparue, elle sentira cette présence à coup sûr, au moment même où j'ai pris conscience que cette présence s'était complètement effacée. Si je l'accompagne dans cette chambre, ou ce qu'il en reste, depuis des mois que j'ai entrepris de la désosser, nous éprouverons des sentiments incompatibles. Nous ne serons plus ceux que tout unissait, des blessures, un souffle sur la peau, une famille.

Elle attendait mon prochain déplacement en compagnie de monsieur Retz, *pour réaliser son vœu*. Elle se met à parler comme sa mère, comme son cousin, ai-je pensé alors... les formules consacrées, mortes... au moment où elle prétend se libérer de leur influence. De pareilles pensées me faisaient honte, alors que je n'avais jamais été si proche d'elle, si fréquemment avec elle... mes jours et mes nuits avec elle. Plus d'obstacle entre nous. Plus de Beaux-Arts. Plus d'obligations. Je crois bien que ça me faisait peur.

Ma gêne a été complète, quand j'ai été obligé d'avouer que nous pouvions nous passer de la présence du cousin Retz, de son autorisation. J'avais sorti les clés de ma poche, avec la virtuosité d'un prestidigitateur. Mauvaise surprise. Les clés ? Depuis quand ? Et tu ne m'avais rien dit ? Comme si le magicien faisait apparaître sur scène le lapin que vous aviez soigneusement enfermé, chez vous, dans sa cage, avant de sortir : vous n'avez pas envie de crier au miracle, mais au vol. J'ai vu tout ça dans l'œil bleu et vivant de Tatiana. Ce jugement, cette contrariété. À la fin, tout de même, un apaisement : nous pouvions nous rendre sur-le-champ dans l'appartement du boulevard Pasteur nous y recueillir à l'abri des bavardages doctes et incessants du cousin Retz.

Je m'efface devant Tatiana... qu'elle entre au moins la première... avec son émotion, ce tremblement des mains, ce frémissement de la peau... comme avant tout grand moment de notre existence... pressenti, longuement attendu...

Pas celui qu'elle croyait. Ce qui s'est produit, dans cet appartement, ce jour-là, et qui devait être si important pour chacun d'entre nous, est à l'opposé de ce que Tatiana venait chercher ou pensait trouver.

D'abord, le moment convenu... oui, le petit moment solennel, au seuil de la chambre... la grande aspiration... le souffle de Tatiana. Nous y sommes : le lit est démonté, en attente depuis deux semaines, dressé le long du mur. Du châtaignier, si mes connaissances encore fraîches méritent la moindre confiance. Je vois bien la déception de Tatiana. L'émotion a besoin de matière, pas seulement d'imagination. Les meubles en eux-mêmes ne l'intéressaient pas : elle voulait juste retrouver un cadre. Se rappeler sa grand-mère couchée dans un lit debout exige un effort supplémentaire... une construction qui brise le sentiment brut. Les tables de chevet ? Où elle mettait ses gouttes pour dormir ? Embarquées depuis longtemps... Désolé, Tatiana... Des meubles des pièces voisines, pour mes commodités de transporteur, ont parfois pris la place des anciens. Que reste-t-il de la veuve Olianov ? Le papier sur les murs. Quarante ans au moins. De grosses fleurs, roses ou rouges autrefois... qui tirent sur le jaune aujourd'hui, avec des traînées d'humidité à l'emplacement de l'ancienne armoire, de la tête de lit... Du salpêtre partout... Comment se raccrocher à du papier moisi ? Retrouver le visage d'une vieille femme dans un champ de coquelicots fanés ? Tatiana recule :

— On peut dire que tu as bien travaillé, me dit-elle. Vraiment bien travaillé. Rien ne peut repousser après ton passage. Je n'imaginais pas que tu avais déjà liquidé tant de meubles. Tout démonté ! Tout mis en l'air ! Impossible de s'y retrouver ! Tu dois être le seul à savoir ce qu'il y avait ici.

Le seul, oui, j'ai souvent pensé que j'étais le seul à avoir touché récemment chacun de ces meubles ; le seul capable de reconnaître telle bonnetière dans ces planches empilées...

— Ma mère ne s'est jamais vraiment intéressée à cette collection. Des meubles Petit, comme elle disait. Pas du côté Olianov. Pas d'intérêt. Sauf depuis qu'ils lui rapportent des sous. Ma grand-mère a souffert toute sa vie de l'indifférence de sa fille, de son mépris : une Petit, pas une Olianov. Sa fille n'a jamais été près d'elle. Toujours ailleurs, en Russie, chez son père. Je me demande parfois si elle n'est pas devenue folle à cause de ça. Pourtant, j'étais là. Et les meubles des chambres de bonne ? Tu leur as fait subir le même sort ?

Quelles chambres de bonne ? Je m'y connais en chambres de bonne, mais cette fois mes yeux font deux grands «O» étonnés. Monsieur Retz ne m'a pas parlé d'autres meubles que ceux, déjà nombreux, entassés dans les quatre pièces de l'appartement.

— Il n'y pense plus. D'ailleurs, je n'ai connu l'existence de ces chambres qu'à l'époque où j'ai gardé grand-mère. Au début, il lui arrivait encore d'être lucide, elle essayait de se souvenir de certains détails ; c'étaient les détails qui l'intéressaient, les détails qui échappent toujours. Nos conversations, c'était ça : des courses aux détails. Des courses sans fin. Une fois, elle cherchait le prénom d'une bonne des années trente, qui lui avait fait les pires misères. *Celle de la chambre de droite... de la chambre de droite !* À force de chercher, elle se perdait. Le délire commençait : *Va lui demander, toi, son prénom ! Je te dis qu'elle est dans la chambre de droite !* Elle finissait par me faire peur. Un soir, je suis montée là-haut, j'ai essayé toutes les clés du trousseau, après avoir frappé aux portes naturellement. Aucun risque de réponse ! Deux portes se sont ouvertes côté sud. Deux petites chambres bourrées de meubles. Des tables superposées... L'héritage d'un grand-oncle, d'après ce que m'a dit grand-mère, le lendemain. Elle était calme, l'esprit frais, elle avait retrouvé le nom de la bonne : Rosalie. Ça suffisait à son bonheur du jour. Montre-moi les clés !

J'ai vu Tatiana excitée comme au manège... aspirée par l'escalier tournant, comme dans un grand huit ! Là-haut, vite ! Je m'y connais aussi en escaliers de service, marches cassées, rampes branlantes, peintures pisseuses... Je la rejoins devant une porte : une caverne ouverte ! Du bois entassé jusqu'au plafond bas ! La fenêtre masquée par des meubles hauts ! Presque l'obscurité ! Pas d'électricité ! Des promesses ! L'émotion de Tatiana ? Transformée en ivresse. Une ivresse commune, inexplicable. Nous nous étions compris :

— Tu es certaine qu'il n'y a jamais eu d'inventaire ? Une collection pareille ? Des héritages ? Chez les notaires ?

Elle est sûre d'elle. Chez ses parents, c'est l'anarchie dans les papiers.

— Le cousin Retz ?

Il aimait fureter, c'est vrai, quand il était invité. Mais il n'a pas toujours été le bienvenu ici. Il agaçait tout le monde. Et puis, les chambres du haut, depuis la disparition des bonnes, tout le monde les a oubliées.

Nous étions entrés chez madame Olianov comme dans un sanctuaire. Tatiana l'œil humide. Nous en sortions comme des pilleurs de tombeau. Nous allions, nous, dresser l'inventaire des meubles du haut. J'allais les réparer moi-même, reprendre mon service de nuit. J'avais un carnet d'adresses hors pair. D'anciens clients de Victor. Je consignais, depuis le début, et à la demande du Maître, sur un grand cahier, toutes mes livraisons, les noms, les adresses, les numéros de téléphone. Il suffisait de casser les prix... Des amateurs avides, presque tous... les Martini... l'illégalité ne les effrayait pas... des gens honnêtes... Tatiana sans ses parents, sans ses études, Tatiana avec moi : nous aurions des besoins. La vie honnête par des moyens malhonnêtes.

— Pas si malhonnêtes, a dit Tatiana. Il s'agit de biens familiaux. Personne de plus proche de ma grand-mère que moi. Si elle avait eu toute sa tête, elle m'aurait tout donné.

Les voleurs n'existent pas... Tout le monde est honnête, tout le monde a de bonnes raisons. Madame Olianov, par sa mort, nous fournissait la meilleure raison.

J'ai eu le sentiment, ce jour-là, de sauter dans le vide, comme d'un plongeoir. Pour je ne sais quel double saut périlleux qui n'en finirait pas. Je n'ai pas encore senti le contact de l'eau... Froide ou chaude ?... J'entraîne Tatiana avec moi. Ou bien c'est elle qui m'a poussé ? Jamais je ne m'étais dit : je vais détourner les meubles de madame Olianov. Mais, si je regarde en arrière, ces dernières semaines, ces derniers mois, qu'ai-je fait d'autre, sinon préparer ce moment ? Les clés à mon usage exclusif... Le trouble qui me prenait chaque fois que monsieur Retz ou madame Callix évoquaient l'inventaire futur... La commode Empire à la vitre cassée et que j'ai, comme sans le vouloir, fait sortir du circuit habituel... entreposée dans le cimetière... en attendant. En attendant quoi ? L'accord de Tatiana ? Pour devenir malhonnête, il me fallait l'autorisation de quelqu'un, me suis-je dit. C'est tout de même curieux. L'autorisation de Delafosse, je l'ai obtenue aussi, bien avant. Pas d'état d'âme. Pas de scrupule. Avoir besoin d'une autorisation pour vivre, c'est bien moi, ai-je encore pensé. Seul dans mon genre ? Il m'a fallu des autorisations de juges, d'experts, pour vivre chez mon tuteur, chez le docteur Delafosse, un temps. Chez les Clotaire aussi : autorisation provisoire. Le jour où ils me l'ont retirée : dehors ! Et la lettre de recommandation du docteur Delafosse au docteur Victor, qu'est-ce que c'était d'autre ? Une lettre d'autorisation : autorisation de vivre, de travailler, de devenir quelqu'un. J'ai continué avec les femmes de Victor ; je me sentais autorisé à m'approcher d'elles, parce qu'elles avaient couché avec lui. Autrement, je n'aurais pas osé lever les yeux sur elles. Certain.

Et puis, Tatiana à mes pieds. Sans autorisation, cette fois ; première fois. Le bonheur. Maintenant, j'ai besoin de l'autorisation de Tatiana. Pour sortir de la vie ? Tais-toi, Gibbon, tu dérailles, tu solennises... Grands mots cadavres ! Petit voleur !

Tatiana elle-même a prétendu n'avoir jamais songé à prélever des meubles familiaux. Pourtant, elle a exprimé une sensation voisine de la mienne. Des réflexions du passé lui revenaient... ses deux années auprès de sa grand-mère... garde-malade... ses nuits au milieu des meubles... Du gaspillage, pensait-elle déjà... Un voleur s'emparerait de tout ça... une petite fortune... de quoi vivre bien un moment... La peur ancienne d'un acte, c'est la raison de nos actes, me suis-je dit, mais je me suis arrêté là ; crainte de dérailler encore.

J'avais une raison supplémentaire, plus commune : ce que les banquiers, depuis le début, avaient affectueusement nommé mon petit capital avait fondu en quelques mois. Spectaculaire. La dame du Crédit Agricole s'inquiétait pour moi... L'ancienne banque de Delafosse, dans son quartier... Il s'était occupé de tout, des années durant, de mes placements : l'assurance-vie de mes parents convertie en actions, en obligations... Tout prévu à long terme. Tout prévu, sauf que le long terme finit toujours par arriver... avalé par le passé... Je revendais au fur et à mesure tous les placements arrivés à échéance. Pour rien, pour dépenser mes fonds. La dame de la banque m'avait convoqué bien des fois ; je répondais rarement. Me retrouver, c'était déjà une affaire : les pièces de mon palais en construction étaient dispersées, mes adresses peu durables... pas vraiment personnelles... toujours chez les autres... Les lettres étaient devenues plus pressantes. J'avais dû me rendre à l'agence bancaire du 18e arrondissement, près de l'immeuble de Delafosse. Un coup d'œil à ses fenêtres : des rideaux matelassés, avec un ample mouvement, des plis bien marqués... Lui qui détestait les rideaux, ai-je pensé. Mon ami lumineux, dont il ne reste rien ; pas même des fenêtres sans rideaux. La dame s'alarmait pour moi : jamais de rentrées d'argent sur mon compte ! Mais des retraits sans fin ! Une dilapidation pure et simple ! Quelques rares obligations avaient survécu à mes ordres de vente.

— Plus d'obligations, ai-je dit, je ne veux plus aucune obligation. Je liquide tout. Vie nouvelle !

— Tout de même, a dit la dame, soyons raisonnables. Peut-être pouvons-nous trouver un terrain d'entente avantageux... De nouveaux placements... Vos moyens d'existence... L'avenir !

— Avez-vous connu le docteur Delafosse ? ai-je demandé.

— Je ne suis ici que depuis six mois...

Le réseau Delafosse était bel et bien mort. Pas même un banquier qui aurait étudié ses comptes ou un commerçant du quartier qui lui aurait vendu des tomates. Tous mutés ! Tous en faillite ! J'ai fait clore mes propres comptes, liquidé les restes de l'assurance-vie familiale. Toute ma fortune, au terme de ces opérations, après divers prélèvements, tenait en trente-cinq billets de deux cents francs, un billet de cent, trois pièces de dix et de la menue monnaie, à quoi s'ajoutaient cinq cents francs, produit de mon travail de la semaine auprès de Victor.

La somme, que je gardais dans ma poche, avait déjà été allégée de quelques billets le jour où Tatiana et moi avons sauté, ensemble, avec délices, du septième étage de l'immeuble familial, dans la malhonnêteté.

La malhonnêteté, n'exagérons rien : une héritière presque légitime me confiait la revente des meubles de sa grand-mère, en partageait le produit avec moi. Une sorte de commission. Rien de plus déshonorant que les opérations de madame Callix, assistée du docteur Victor. Les mêmes. À notre compte.

Je m'étais vanté, auprès de Tatiana, de mes talents personnels. Nouvel aveu : la restauration de certains meubles, du lit bateau en particulier, c'était moi. Pourquoi ne pas reprendre mon travail nocturne ?

Mon amie, ma complice, m'a vu en bras de chemise ou torse nu, en nage, raboter, scier, gratter, visser, cheviller. Poussé par la rage. Je criais, si une porte à glissière me résistait. Je hurlais des grossièretés dans la nuit. Comme un débardeur mal embouché. Tatiana riait. Ça ne fermait plus, ou ça sortait sans cesse de la rainure : je me démenais, jusqu'à ce que les bouts de bois cèdent entre mes doigts. Une frénésie inquiétante. Parfois Tatiana se réfugiait dans notre lit, loin de l'établi. Périlleux de m'aborder dans ces moments-là : la mauvaise humeur, et puis les outils qui s'agitaient entre mes mains. Les riflards, les varlopes, les tarabiscots crissaient, les scies ronflaient, les copeaux jaillissaient, me dégoulinaient sur les jambes. La sciure nous étouffait. Je serrais de toutes mes forces les mâchoires des étaux. Je découpais, rognais, rongeais, grattais les planches. On ne s'entendait plus parler. On ne se parlait plus. Je m'abattais à trois ou quatre heures du matin, trempé, collé de fine sciure, parfumé à la térébenthine, puant. Tatiana avait fini par s'endormir dans mon boucan. Loin de l'atmosphère forestière du début... le tranquille atelier de nos premières nuits... Pas de voisin immédiat : l'appartement du dessous était réputé inoccupé depuis longtemps. Je jetais toutes mes forces dans notre projet commun. Seule la pluie, cette saison-là, sur la verrière, était capable de couvrir mon tintamarre d'artisan. Des crépitements de mitrailleuse! La Grande Guerre sur nos têtes! Je dormais sur le matin – à peine! Tout remettre en place avant l'arrivée de Victor! Effacer les traces de mon activité personnelle! Nous ne faisions plus guère l'amour à ce moment-là. Pas le temps! L'épuisement du jour et de la nuit! Deux ou trois fois pourtant... Si, au moment où je m'apprêtais à chercher le sommeil, je sentais son souffle, ma peau effleurée, ça me reprenait: l'envie d'elle... Une position du bras, un mouvement de l'épaule... Je voulais me couler en elle, sans la réveiller... Pas facile: elle se plaignait, gémissait... Du plaisir? Plutôt une protestation, dans son demi-sommeil: dormir tranquille, enfin tranquille! Elle n'en demandait pas plus. Je n'aimais pas ces résistances. Pourquoi? Je me suis soumis à sa paresse, le plus souvent, mais, à d'autres moments, dans l'excitation de la pluie sur la verrière surtout... ce matraquage des gouttes sur les vitres et dans ma tête... exaspérant, insurmontable... je ne la lâchais plus, je l'usais de caresses:

— Du rabotage, disait-elle en riant, plus tard, au réveil. Tu continues ton travail sur moi, c'est pas possible! Chaplin à l'usine dans *Les Temps modernes*!

Rabotage, varlopage, taraudage, oui, c'était vrai, j'usais ses mamelons à en faire disparaître la pointe. Je la frottais, frottais... le renflement des hanches, des fesses... réduit, râpé... Que son corps rougisse, chauffe, comme une pièce de fer ou de bois... Qu'elle glisse, lisse, entre mes doigts! Qu'elle se réveille enfin et jouisse avec moi! Elle se lançait à la fin, me guidait au fond d'elle, serrait l'étau des genoux, accompagnait les rafales de grêle sur notre toit de verre... tir nourri... Nous finissions trempés de nous-mêmes, huilés, à plus soif. Enfin, deux ou trois fois.

Le reste de notre vie, ces semaines-là? Tatiana m'accompagnait chez les clients. Nous leur apportions leur commande; j'installais le meuble; nous bavardions :

— Si ça vous intéresse, j'ai une commode (ou un lit, une armoire, un somno…) dans la voiture… Un client malheureusement décédé (ou : un client a renoncé à l'acquérir… ennuis d'argent, imprévus… vous comprenez…).

Je les connaissais… toujours curieux… la passion ! Comme avant, avec les femmes, ça ne marchait pas toujours, mais certains se laissaient tenter. Ils négociaient les prix, je ne résistais pas longtemps. J'étais toujours gagnant. Si je ne trouvais pas preneur auprès d'eux, j'allais démarcher d'anciens clients. Plus difficiles, les anciens. Ils avaient du mal à comprendre pourquoi je devançais leurs désirs éventuels, qui m'envoyait. Trois ou quatre se sont laissés faire, pas plus. Monsieur Martini a obtenu, pour presque rien, la commode Empire avec sa vitre cassée, impossible à remplacer, ai-je dit. J'ai vu, à son œil, qu'il en faisait son affaire. Un de ses frémissements habituels. Monsieur Martini : le plus exalté de tous, le plus animal ; sec avec moi, caressant avec mes meubles, comme toujours ; mon meilleur acheteur, le moins regardant sur la provenance des pièces, le plus exigeant sur la qualité : il remarquait les plus petits défauts.

— Monsieur Victor faiblit depuis quelque temps. C'est encore très bien, mais quand même moins fort qu'avant !

Il me faisait baisser les prix, l'œil gourmand. Je me demandais s'il ne se livrait pas, lui aussi, à de petits trafics. Tous d'honnêtes trafiquants… Je commençais à me découvrir des affinités… Je les sentais… Leur manière de mêler l'affection brusque et le soupçon bon enfant :

— Qu'est-ce que vous m'avez encore dégoté ?

Bientôt les chambres de bonne du boulevard Pasteur étaient vides. Forcément, des pièces de sept ou huit mètres carrés, même bien remplies, ça ne faisait pas une réserve de musée, ni l'assurance d'une rente à vie. Nous en avions tiré quelques billets supplémentaires (paiement en liquide, toujours). Le mobilier Olianov s'est évaporé en moins de deux mois. Entre mille cinq cents et trois mille des pièces qui en valaient le double ou le triple, peut-être plus ! Bonnes affaires pour tout le monde. Les piécettes de Victor, quand il m'octroyait ma petite rétribution, commençaient à me faire sourire. Tatiana m'entraînait dans des restaurants indiens, ses préférés... Nous dépensions notre argent frais, vêtements, cadeaux, bijoux, restaurants midi et soir, gaspillages. Combien de temps ? Sans les ressources de l'appartement Olianov ? Impossible de piller les pièces du bas. Trop visible. Les membres de la famille avaient bien conservé quelques souvenirs du mobilier. Il ne s'agissait pas de s'exposer à des soupçons... Une petite dîme prélevée, vers la fin, rien de plus, une tentation contenue par la crainte : un reste de scrupule dans notre dégringolade d'exaltés.

Nous étions malades, je crois, à ce moment-là, malades l'un de l'autre... fusion, confusion... jamais si proches... Pourtant, je n'arrivais pas à me défaire d'une peur : la voir s'écarter de moi, à tout moment ; ma vieille peur d'éternel orphelin. Vivre avec Tatiana, j'en avais reçu l'autorisation, une autorisation à durée limitée, pensais-je, même quand je la frottais, la polissais, l'usais. Qu'elle brille ! Pour moi seul ! Ou qu'elle soit détruite ! Non : qu'elle se patine doucement, sous ma paume ! Faire durer.

Faire durer grâce à de nouvelles malversations. J'étais plein d'imagination. Mes ressources, mon talent... Tu peux être fier de moi, Delafosse.

J'ai commencé à tirer des pièces du « cimetière » de Victor, derrière lequel s'abritait notre chambre, enfin notre lit. Des meubles de peu de valeur, mais, retapés et lustrés, certains faisaient encore de l'effet. J'ai changé de clientèle ; un vrai don pour le commerce, l'étude de marchés ; je me sentais enfin un homme d'aujourd'hui : viser les clients les moins connaisseurs, les plus avides de le devenir ; leur soumettre mes produits, les décrire de manière honnête d'abord ; glisser une contrevérité (sur la nature du bois, par exemple : dire merisier pour châtaignier) ; si l'amateur ne bronche pas, ajouter un nouveau petit mensonge (mélanger les pieds cambrés Louis XV et les pieds en sabre Empire) ; si l'interlocuteur vous reprend, revenir immédiatement à la vérité, modeste, et s'éclipser honnête ; dans le cas contraire, proposer un prix supérieur à la valeur réelle, puis le baisser légèrement, pour complaire à l'ignorant ; victoire.

J'ai perfectionné mon art du détournement. Vendre des horreurs maquillées ne pouvait pas durer longtemps. J'ai commencé à faire glisser des meubles de valeur, mais discrets (petites commodes, guéridons...), vers le « cimetière ». Des meubles en attente depuis plusieurs mois. Je les laissais reposer à leur nouvelle place quelques semaines de plus. Ne pas brusquer les choses. Des transitions douces : il fallait que le regard de Victor s'accoutume à ces changements, au nouveau paysage. C'est mouvant, un paysage, ça change de manière imperceptible ; on croit toujours admirer le même : grossière erreur. Je modifiais les contours de l'atelier. Des meubles de qualité (pas les plus beaux toutefois : prudence !) se mêlaient harmonieusement au bric-à-brac.

Plus tard, j'ai attiré des clients dans l'atelier, en l'absence de Victor ; réalisé des ventes à des prix plus élevés que prévu (en homme de mon temps enfin !). J'annonçais la nouvelle au docteur... J'assurais la livraison coutumière... le plus rapidement possible... Je rapportais la somme convenue avec Victor et empochais la différence.

Je suffoquais, à certains moments... un sentiment de puissance... le roublard !... Un vertige aussi : le plongeur, pendant son saut périlleux sans fin, s'interroge... Il aurait fallu s'arrêter... Mais je me sentais un homme neuf encore... Je ne me serais pas cru capable de mes manipulations... tant de trouvailles... une idée par semaine... D'autres jours, je me sentais beaucoup plus vieux, abattu : est-ce que je n'accomplissais pas les prophéties des experts d'autrefois ? Les craintes de mon oncle Pierre ? Garçon dangereux... extrémiste... Je ne suis pas un débutant... Mes vols de poupées déjà... J'y repensais... Des poupées volées et offertes aux petites filles, ça paraît bête... Et aujourd'hui ? Des meubles. Tout ça pour Tatiana. Une petite fille. Épater une petite fille, la faire vivre... Le même vertige, je sentais le même vertige, ça me revenait parfois, quand je soustrayais un baigneur à l'étalage... la même peur... le même sentiment de supériorité. Tout recommençait ? Non, pas la même chose, Delafosse, grossier, facile, rien n'est écrit de cette manière. Aujourd'hui, j'ose, je brille, je vole. Avec confiance. Audace. Je ne dois pas douter de moi. Je ne m'aime pas assez. Tatiana ne m'aime pas assez ? Maudit doute. Malhonnêtes ensemble, est-ce possible de s'aimer davantage ? Toujours mes questions. Je ne me déferai pas de ce travers.

Je me demandais souvent comment Victor pouvait ignorer nos manigances. Toujours plus spectaculaires, ouvertes, risquées. Les ignorait-il ? J'attends ses reproches, me disais-je quelquefois. Je ne souhaite rien d'autre : qu'il découvre mon petit système, comme il avait découvert l'existence de Tatiana ; son parfum. Je suis l'auteur de ces trafics : je serais passé aux aveux assez vite, non sans fierté, je le reconnais. Le seul moyen d'y mettre un terme. Comment pouvait-il ne pas s'apercevoir que le brou de noix, l'essence de térébenthine, la patine des antiquaires, tous les produits usuels disparaissaient à grandes lampées, entre le soir et le matin ? Les outils déplacés ? Le cimetière vidé à mesure, en perpétuel mouvement ? Le pillage de plus en plus systématique ?

Je crois bien qu'il savait déjà l'essentiel. Son indulgence seule était inexplicable. Une indulgence pour Tatiana ? Nous formions, certains jours, les jours de vente aux enchères, en particulier, un trio plutôt gai. Pas vaudevillesque pour autant. Victor jugeait toujours Tatiana trop peu enveloppée ; elle persistait à le trouver visqueux. Ça n'empêchait pas la bonne humeur.

Le docteur nous demandait, en plaisantant, si nous comptions nous installer prochainement. Hors de son atelier.

— Vous ne me gênez pas, mais je songe toujours à trouver un local plus accessible, en rez-de-chaussée, plus vaste, plus professionnel. Je crois que la psychiatrie, pour moi, ce sera bientôt terminé...

Il avait du mal à se dépêtrer de quelques affaires : de nouveaux troubles dans son établissement de soins. Marie-Jeanne, l'épileptique, avait répandu des bruits : le docteur Victor se serait livré à des attouchements sur elle. Il avait obtenu de la famille son placement dans un autre établissement, après avoir prouvé qu'elle reprenait et récitait des articles découpés dans la presse, où ces pratiques étaient dénoncées jour après jour. Et puis, il avait eu le plus grand mal à convaincre une quadragénaire couverte de bracelets et de boucles d'oreille colorés (« Une femme enthousiasmante, spirituelle, mais impossible de se faire à sa verroterie grelottante ») de ne pas quitter son mari et ses trois enfants. La routine de l'existence... Il se plaignait... Pour la première fois devant nous...

L'appartement de madame Olianov était pratiquement vide. Encore quelques bricoles dont Victor ne voulait pas s'occuper... lampes, faïences, menus objets décoratifs... Son horreur de la verroterie !

Je m'apprêtais à accomplir mes dernières livraisons à Montfort-l'Amaury ; l'héritage Olianov était presque complètement dispersé; les clés rendues à monsieur Retz; les comptes soldés, ou en passe de l'être; créanciers, fournisseurs satisfaits; le restaurateur bientôt remercié et payé, déduction faite des avances consenties. Une nouvelle période de ma vie terminée.

S'il fallait vraiment dater la fin de cette période, ce serait un peu plus tard : le grand dîner des Callix... début octobre... Leur dîner princier, mais peu coûteux – leur atavisme ! Riches fauchés depuis plusieurs générations !

J'ai joué mon petit rôle dans ce dîner... Je dirais même un rôle déterminant... Pour ma plus grande gloire ? Ma confusion ? Peu importe. L'essentiel, c'est d'avoir un rôle. On juge après. Vite jugé.

Les Callix voulaient marquer la fin de la succession ; faire un geste ; un geste noble ; rassembler ceux qui les avaient aidés ; pas ingrats. Le cousin Retz, bien en cour à ce moment-là, et qui devait rapporter les clés de l'appartement Olianov, figurait le premier sur la liste des invités. Victor avait refusé dans un premier temps (« Votre mère Callix ! ») *d'aller s'ennuyer à cent sous de l'heure* :

— Jamais rencontré votre mère Callix, pourquoi maintenant ? Qu'elle m'envoie les six mille balles qu'elle me doit encore, et qu'on n'en parle plus. Tout ce travail pour une misère ! Est-ce qu'elle s'en rend compte au moins ?

J'avais été chargé de le convaincre. De convaincre Tatiana aussi. Ce dîner sentait le prétexte. J'ai mis du temps à comprendre que personne ne donne jamais ses vraies raisons, je ne me laisse plus prendre à ces singeries... Victor, les Clotaire, les Callix... mêmes manœuvres : on vous annonce une fête solennelle, des remerciements émus... En vérité, madame Callix avait d'autres intentions. D'abord, se réconcilier avec Tatiana. Elle n'arrivait toujours pas à comprendre la distance persistante entre sa fille et elle. Je devais lui téléphoner toutes les semaines... nouvelles, explications... Elle comptait sur moi pour son dîner, à condition que j'amène Tatiana et Victor. Et des clients de Victor aussi : autre bonne raison, autre vraie raison... Les Callix avaient sur les bras quelques invendus... Les antiquaires voulaient bien les en débarrasser, mais *pour trois francs*... Drouot ? N'en parlons plus, des escrocs. Un commissaire-priseur de province ? Dans les relations de Victor ? Des clients bienveillants ? Ils étaient prêts à transformer leur repas en vente de charité. Pour quelle bonne cause ? La cause de l'art naturellement. Gravement menacé.

Nous avons réussi à réunir une douzaine de personnes, dont une antiquaire et quatre ou cinq amateurs pas trop connaisseurs, des débutants, des héritiers de fraîche date, encore confiants dans l'honnêteté des marchands. Ils n'ont pas tous compris pourquoi ils recevaient une invitation si insistante. Je les prenais par les sentiments : rencontrer des experts, des collectionneurs, danseuse, musicien... le grand art... ça impressionne encore un peu...

Quelques-uns se sont égarés en arrivant à Montfort-l'Amaury : je n'avais pas fourni de renseignements bien précis... Et la maison des Callix était en dehors de la petite ville... Ma description des pans de bois ne suffisait pas pour la distinguer de beaucoup d'autres. Les égarés demandaient leur chemin, cherchaient des indices : un musicien, je leur avais parlé d'un musicien. Les passants interrogés les envoyaient visiter la maison de Ravel. Tous chez Ravel ! La célébrité locale. Un des errants, enfin arrivé, nous en a parlé toute la soirée. Monsieur Callix en était presque heureux : Ravel, son véritable modèle musical, et non Tchaïkovski ou Glinka.

— Ravel était un admirateur de Moussorgski, répétait madame Callix, le grand Russe Moussorgski !

— Ils nous barbent avec leurs Ravel et Moussorgski, me disait Victor, je n'aurais pas dû vous écouter, comme d'habitude.

— Ravel ! Encore un qui a eu des ennuis avec ses bras, m'a dit Tatiana. Paralysie du bras droit à la fin de sa vie... *Concerto pour la main gauche*... Un frère pour toi.

La soirée avait commencé drôlement : le couple Callix attendait les invités dehors, au bord de leur mare artificielle, sous leur chêne centenaire éclairé pour l'occasion. Leur fierté. J'avais souvent été invité chez eux. Jamais ils ne m'avaient fait l'honneur d'éclairer leur chêne. Monsieur Callix, en costume blanc déjà taché, se soutenait au bras de sa femme, pétulante dans son boléro vert. Notre première vision, quand nous sommes descendus de notre véhicule de livraison, Tatiana, Victor et moi. Quelle allure ! ai-je pensé. Une allure de vieux artistes... artistes périmés... On prend très vite un air périmé, ai-je continué... ça paraît immanquable... Le temps de se glisser dans une période, de s'y trouver à l'aise, elle est terminée. Vous en gardez les traces des années durant, sans même vous en rendre compte. Marqué à vie... années soixante-dix : Victor, Delafosse, mes parents... leurs manières d'être, de penser... morts ou vivants, c'est pareil, c'est figé, périmé... Exactement comme orphelin, me suis-je dit, orphelin à vie, périmé à vie... Les Callix sont émouvants sous leur chêne, dans leurs petits costumes ; leur fragilité me saute aux yeux, soudain, leur fragilité d'êtres périmés... Un peu triste... J'ai pensé à voix haute.

— Ils ont toujours été comme ça, m'a dit Tatiana.

— Ça commence tôt, sans doute ? Delafosse avait des théories de ce genre. Passé vingt-trois ou vingt-cinq ans, l'enfance est derrière nous ? Périmé ! Il nous reste un temps plus ou moins long à vivre. Aucune importance. Beau, actif, dernier cri... du vent!... La date de péremption est gravée sur nous. On fait *époque*... On essaie de maquiller... ça doit s'appeler le charme. Personne n'y échappe.

— Tu es bien vif, ce soir, tu devrais leur tenir de beaux discours comme ça, pour égayer la soirée. Sinon, ce sera mortel. Les dîners de mes parents ont toujours été mortels.

Un buffet tape-à-l'œil nous attendait... profusion de salades composées... Des boîtes... Tatiana m'a mené dans l'arrière-cuisine: les conserves, les cartons empilés... l'habitude familiale, le meilleur marché, en abondance... ça fait riche. Ils étaient prêts à nous faire prendre du congre pour de la lotte... Du moment que c'était à l'américaine...

Pour le chablis, ils ne trichaient pas, pour le chablis seulement. Les convives avertis éclusaient sans relâche... Madame Callix donnait l'impression de s'intéresser à chacun, s'étonnait de tout, les yeux vifs, larges. Elle accaparait les invités à tour de rôle... Cinq minutes d'interrogatoire par personne... Tout savoir... Vos goûts... vos connaissances artistiques. Les malheureux étaient sommés... une vraie carnassière... sommés de décrire leurs collections... leurs meubles... Elle leur en trouvait toujours un qui leur conviendrait dans *sa modeste exposition*... Les grosses ficelles commerciales... Pour l'obsédé de Ravel: un tabouret de piano à vis (Victor avait refusé tout net de s'en occuper) dont la vis ne tournait plus depuis longtemps. Monsieur Callix plongeait son nez dans son verre et recueillait les louanges sur son Vaudésir ou ses Clos. L'antiquaire souriait à la ronde et haussait les épaules, chaque fois qu'un amateur l'interrogeait sur un meuble. Avec le vin, des commentaires de plus en plus abrupts se répandaient dans la salle. Une bande de malotrus. Monsieur Puget, en particulier, un client récent et d'ordinaire assez pincé, riait fort et relevait les défauts les plus voyants d'un buffet bancal, de style composite... La fête menaçait de tourner à la chasse à courre. Madame Callix a entrepris de faire l'éloge public de Charles Victor. Elle proclamait sa reconnaissance pour le Maître; avouait enfin le succès des ventes antérieures; il fallait célébrer la fin d'une œuvre commune, d'une renaissance: portons un toast. À la russe. C'était reparti: les Russes, l'art, son père.

Victor s'amusait enfin. Il ne lâchait plus l'antiquaire; je suivais son manège; ses manœuvres de dragueur compulsif; du jamais vu encore: j'arrivais toujours après ses victoires; cette fois, il exhibait sa technique de séducteur en marche; son pas sautillant, circulaire, toujours en mouvement... L'antiquaire, quarante-cinq peut-être, l'âge parfait pour Victor, chevelue, moulée, sanglée, virevoltait avec lui. Si des invités passaient trop près, Victor dégageait la femme d'un geste déjà caressant, délicat et, parfois, brusque. Je la voyais surprise et entraînée. Il la touchait encore, s'écartait, revenait, sans cesser de parler... d'une voix curieusement haute, voix de tête, irritante, selon moi, mais hypnotique: sous la poudre d'un rose appuyé, les traits de l'antiquaire paraissaient apaisés... Il l'étouffait sous sa parole grave ou rieuse... Meubles, styles, maladies mentales... Il brillait, avec cette facilité à laquelle je ne me laissais plus prendre. Si un petit monsieur voulait un renseignement, interrompait la conversation en cours, Victor lui laissait à peine le temps d'obtenir une réponse: il avait déjà rattrapé l'antiquaire, la relâchait pour la reprendre. Il la picore, me suis-je dit: un merle dénichant un ver de terre. J'ai eu honte de cette pensée... le grand Victor, merle gras et noir, siffleur, persifleur... Encore plus honte pour la dame, au corps souple et jeune, bien serrée dans son pantalon brillant... Un ver annelé... qui se tortille sous le bec jaune... Gibbon, chasse ces images de ton pauvre crâne. Les effets du chablis sont surprenants.

Un peu de respect : voilà deux beaux quadragénaires, peut-être quinquagénaires... du charme... Non, non, décidément, ver et merle aux prises... Je détestais leurs tours grossiers, leurs ronds de jambe... ce jeu destructeur, étouffant... Je ne suis pas de leur monde.

Plus loin, madame Callix avait réussi à isoler Tatiana... Un des objectifs de la soirée... Elle aussi séductrice avec sa fille, comme avec tous les invités... Mêmes grosses ficelles : les yeux bien larges, prête à toutes les courbettes, toutes les concessions. J'ai tourné autour des deux femmes... Je voulais les entendre... Pas facile. La détente semblait s'installer durablement. Et puis, tout a basculé de nouveau. Un sujet de dispute inattendu entre la mère et la fille : le lit démonté du boulevard Pasteur, apporté par mes soins et rangé derrière les meubles exposés. Pas en vente, celui-là. Tatiana le réclamait à sa mère :

— Le lit de grand-mère, il me revient, je crois, après ce que j'ai fait pour elle.

— Pas question. Je le garde : le lit de mon père, un souvenir.

Le plus difficile, c'est de se mettre d'accord sur un souvenir, ai-je pensé. J'ai de la chance : ce n'est pas moi qui irais me disputer pour un souvenir. *Mon père, ma grand-mère*... elles n'en démordaient pas. Monsieur Retz a voulu faire diversion :

— La commode Louis XV s'est-elle bien vendue ? Et les encoignures ? N'y avait-il pas aussi une petite bonnetière ? Et le confiturier de l'oncle ? Qu'est-il devenu ? Vous souvenez-vous ? Le confiturier de l'oncle ?

J'ai pris peur. Madame Callix cherchait dans sa mémoire, doutait. Pas trace du confiturier. Naturellement : je l'avais détourné et revendu. Deux mille cinq cents francs. Je fixais Tatiana. Toute la famille se plongeait dans ses souvenirs... Chacun avouait ses difficultés... trop de meubles... comment tout se rappeler ? Leur provenance ? Tel ou tel héritage ? L'année du décès des uns, des autres ?... Les invités se lassaient de ces querelles de dates, se dispersaient, s'abreuvaient de chablis. Monsieur Retz revenait à son confiturier, faisait des hypothèses : une vente antérieure ? Oubliée ? Il a appelé Victor, s'est tourné vers moi : n'avions-nous pas eu entre les mains ce fameux confiturier ? Nous plongions dans nos propres souvenirs, avec des airs profonds. Non, non. Rien qui ressemble à un confiturier. J'ai senti une suspicion dans le regard de Retz sur Victor, puis dans celui de Victor sur moi... Une gêne s'installait. Je voyais venir les questions sur les chambres de bonne. Madame Callix a accusé le cousin Retz de n'avoir jamais eu de mémoire.

— Pardon, je peux dire que je connaissais le mobilier de ma tante mieux que personne. J'étais le seul de la famille à m'y intéresser un peu sérieusement. Je maintiens que ce confiturier...

Tatiana m'a sauvé ; a cru me sauver ; m'a perdu :

— Quel matérialisme étroit... Vos petits meubles, votre argent... Les objets, leur valeur, vous n'avez que ça à la bouche. Songez que nous avons un théologien parmi nous !

— C'est vrai, a dit madame Callix, nos propos doivent vous sembler terriblement bas, vous qui êtes confronté dans vos études à de si graves questions... Car monsieur Gibbon étudie la théologie...

Les yeux de Victor ! Exorbités ! Plus de soupçon ! L'incrédulité pure ! Qu'est-ce que c'est que cette histoire ? L'assistance s'était rassemblée. Le livreur, un théologien ! On n'en revenait pas. Encore un mot décédé, ai-je pensé, un mot cadavre qui impressionne les gogos. Un théologien, on imagine qu'il va accomplir un miracle sous nos yeux... multiplication des pains, du vin, tours de magie, on est prêt à s'ébahir, même les sceptiques. On attendait que je parle, que je donne une dimension spirituelle à cette réunion décidément trop terre à terre.

Le chablis m'avait chauffé le sang, trop de chablis... ça bouillonnait dans mes artères... la tête me tournait... 13°, bouteille après bouteille... pas plus saoul que les autres... que le petit bonhomme qui nous serinait Ravel et son errance dans Montfort-l'Amaury... Retz et son confiturier escamoté... Monsieur Callix et ses odeurs de boisé... autant de regards vagues ou mauvais... Je me suis lancé... les yeux fermés... qu'ils en aient pour leur argent... Je ne réfléchissais pas... bien incapable... Dans des situations pareilles, mon seul recours : Delafosse, mes souvenirs de Delafosse, mes conversations avec Delafosse mourant, si impressionnantes... la parole d'un homme qui s'apprêtait à disparaître... J'ai tout lâché : la théologie, la spiritualité ? L'âme ? Toutes ces vieilles lunes qui nous rendent la vie impossible... Germes vicieux... Des inventions... Foutaises, voilà le mot. Ce passé qui empoisonne toujours le présent... Le mysticisme ambiant... les croyances les plus éculées qui reprennent de la vigueur... la spiritualité néochristianobouddhiconewage... Alors qu'il n'y a que de la pure chimie... En finir avec les vieilles histoires ! Pas d'état d'âme ! Dans un monde sans âme...

Je me sentais soudain sûr de moi, à l'aise devant une assistance estomaquée. J'ai poursuivi sur le même ton, sans comprendre, à ce moment-là, que j'étais, dans mon triomphe, une victime. Victime d'une brutale surestimation de moi-même, de mes talents. Victime des manœuvres de Tatiana contre sa mère. Je la sentais excitée... Mes provocations étaient les siennes. Madame Callix étouffait... notre théologien... notre étudiant en théologie... l'âme slave... la spiritualité dans l'art ? Périmée ! Même les mécréants accusaient le coup. Pas une *grave question* ne résistait à mes élucubrations... J'exultais...

Monsieur Puget, l'homme *qui ne s'en laissait pas compter*, a fini par m'interrompre :

— C'est ce qu'on enseigne aujourd'hui dans les cours de théologie ? Ça ne m'étonne pas.

Chablis, chablis 13°, je ne me rendais compte de rien... Mon mensonge d'un autre jour s'effondrait en public... Je me grillais aux yeux de tous... aux yeux des Callix surtout... Consumé devant Victor. Immolé. Avec toute l'énergie dont j'étais capable, décuplée par l'alcool... J'assurais le spectacle... l'apothéose... Sans le savoir, je préparais ma sortie... J'allais quitter définitivement le réseau Callix. Ma nouvelle famille défunte ! Une habitude chez moi, acquise dès l'enfance.

Tatiana et Victor ont dû me soutenir à la fin... excusez-le... excusez-le... il n'est plus en état... J'entendais des grondements... des décharges électriques dans le cerveau... Ce garçon s'est fichu de nous depuis le début... Pas étudiant pour un sou... On aurait dû s'en douter... Un imposteur... Ma pauvre Tatiana... Mais d'où sortez-vous donc ? J'ai eu la force de me redresser :

— De Colombes !

Ma plus belle réplique, la plus vraie, la seule vraie, peut-être : ça leur a cloué le bec. La soirée des Callix était définitivement gâchée. Si on était obligé de parler de moi, on disait : l'employé de monsieur Victor. Plus d'étudiant en théologie, plus d'ami de Tatiana : l'employé de monsieur Victor. Madame Callix a bien essayé de revenir à ses meubles, de les placer, de forcer la main des acheteurs, tous se défilaient plus ou moins grossièrement. Plus personne, après l'incident que j'avais provoqué, ne se sentait tenu à des obligations. Même Victor ne parvenait plus à faire le beau auprès de l'antiquaire. On m'avait mis à l'écart... avachi sur un fauteuil... J'attendais la fin.

Nous nous sommes retrouvés assez vite sous le chêne illuminé, avec son grand reflet dans la mare. Pas un mot aimable ou admiratif ; c'était la fuite des malotrus imprégnés de chablis grand cru 1990 ; aucun meuble vendu ; aucune réconciliation possible.

Les hôtes se tenaient près de leur arbre, avec leur mine d'esthètes dépités :

— Ce ne sont pas des arrrtistes, répétait madame Callix.

— Il n'y a plus d'artistes, reprenait monsieur Callix.

— Vous avez le talent de tout casser, m'a dit Victor, privé de rendez-vous avec son antiquaire. Vous ne vous rendez pas compte de ce que vous faites : du scandale d'ivrogne ! Et vous salissez ma réputation ! Qu'est-ce que tous ces gens vont penser de moi ? Vos insanités, vos délires, ils sont tous prêts à me les mettre sur le dos.

— Tu n'avais jamais été aussi drôle, disait Tatiana.

Nous roulions vers Paris, Victor conduisait, j'étais allongé sur la plate-forme arrière, les oreilles pleines des imprécations des Callix... l'imposteur ! l'imposteur !... Comme chassé de leur monde.

Le mois suivant a ressemblé à une longue indigestion. Le mal ancien, ai-je pensé, le mal me reprend, nous prend tous. Le dîner des Callix ne passait toujours pas. Monsieur Retz jouait les messagers: les Callix m'avaient déclaré *persona non grata*. Le cousin faisait tourner la formule dans sa bouche, derrière son cigare. Du ronflant, du solennel, un vrai bonheur pour lui: *persona non grata*. Avec des regrets pourtant:

— Moi, je vous aimais bien, Gibbon. Dommage que vous ayez tout gâché. Vous êtes quelqu'un de pas tout à fait ordinaire. Vous apprenez vite. Un peu brusque, parfois, un peu braque, mais ô combien sympathique, ô combien disponible...

Il était lancé dans ses « ô combien », je ne l'arrêterais plus... Une autre fois:

— Et ce confiturier? Vous êtes sûr de ne pas l'avoir aperçu? Une si belle pièce, ô combien remarquable selon moi, je suis sûr d'en avoir parlé à votre patron une fois. Il ne l'aurait pas, par hasard... Non? Je vous fais confiance. Je vous ai fait confiance depuis le début.

Victor, lui aussi, m'avait parlé du confiturier. L'insistance du vieux Retz, les regards du vieux Retz, détestables... Qu'est-ce qu'il allait croire?

— Vous ne l'auriez pas réduit en miettes? Un petit accident dans un escalier? Vous êtes coutumier du fait! Vous m'en auriez parlé? Même s'il était irréparable?

Il voulait bien me croire maladroit, pas encore voleur. Il ne croyait jamais au pire; un de ses traits les plus caractéristiques; le seul point commun avec Delafosse; une des raisons qui m'attachait à lui.

Tout de même, je le sentais perturbé: nos conversations, plus rares, étaient souvent chaotiques. Un soir, il attendait une nouvelle quadragénaire; très en retard; il essayait une boîte à coupe, pour se distraire (un autre de ses traits caractéristiques: toujours en action); un cadeau d'un client, un outil ancien, pourvu de fentes diverses, pour les scies; il s'amusait.

— Vous m'avez étonné, l'autre jour. Votre histoire de théologie. Vous être fait passer pour un étudiant en théologie auprès des parents de Tatiana: drôle d'idée, de nos jours. Vous avez souvent des réactions curieuses. Qu'est-ce que vous espériez obtenir d'eux avec ce bobard? Un mariage? Ce serait comique. Le plus incroyable, c'est qu'ils vous croyaient vraiment étudiant.

— Le malheur, ai-je dit, c'est que, devant eux, il m'arrivait de croire que je faisais vraiment des études de théologie.

La scie grinçait dans la boîte à coupe.

— Je m'en suis douté un peu. Quand ils vous ont traité d'imposteur, vous aviez une tête de mythomane qui ne comprend pas ce qui lui arrive. Mais aussi, quelle idée d'aller vous contredire aussi grossièrement? De vous démolir de façon aussi spectaculaire? L'alcool, sans doute. Vous êtes un mélange enthousiasmant de tendances ambitieuses et autodestructrices. Parfois, je me demande si votre vraie place n'est pas chez moi. Pas ici; là-bas, à Plaisir. D'ailleurs, d'où sortez-vous vos discours, la chimie, le monde sans âme?... C'était amusant, remarquez, devant tous ces gens, mais franchement, ça tombait à plat, à ce moment-là.

— J'ai tout piqué à Delafosse!

La lame, dans une autre fente, ne passait pas. Victor s'acharnait:

— Cochonnerie de boîte à coupe. C'est vieux, c'est faussé, c'est fichu... Delafosse vraiment ? Je n'aurais pas cru. Quand vous a-t-il parlé comme ça ?

— Sur sa fin.

— Vraiment ? C'est assez curieux. Il faudra que je relise sa lettre. Il me semble qu'il abordait la question. Je ne me souviens plus en quels termes. Et cette fichue décoratrice qui n'arrive pas... Il faudra aussi que vous m'expliquiez certains détails sur notre cahier de comptes. Vous ne le tenez plus guère à jour, ces temps-ci.

Une autre de mes malversations : j'avais commencé à inscrire de faux montants, à oublier des livraisons, à prélever des sommes supplémentaires auprès de clients négligents. J'ai attrapé mon reflet dans une glace posée en biais sur le ventre d'une commode : une tête de mythomane pris en défaut ? D'imposteur perpétuel ? Je me faisais peur. Si Victor m'avait regardé à ce moment-là... criant... Rien ne lui échappait, son coup d'œil professionnel... Il ne devait pas me regarder souvent... Depuis des mois que je l'escroquais... de plus en plus audacieux... de plus en plus exposé... de plus en plus suicidaire peut-être... Il avait vu ça, au moins. Je venais de revendre à un tiers un secrétaire à abattant promis à un vieux client. Deux fois vendu. Une fois au profit de Victor, une fois au mien. L'opération m'avait procuré une jouissance jamais éprouvée. Devant Victor, penché sur une nouvelle scie, à la lame plus fine, qui glissait silencieusement dans sa fente (Ah ! ça va mieux !), je me sentais menacé. Trop loin, je devais être allé trop loin... suicidaire... Le vieux réclamerait inévitablement son bien ; Victor ne croirait pas éternellement que je lâchais des meubles dans les escaliers, par simple maladresse. La première plainte ajoutée aux doutes sur le confiturier et sur le livre de comptes, et je plonge.

La décoratrice m'a sauvé : son tapotement sur la porte a suspendu le mouvement de la scie et les questions embarrassantes. J'ai retrouvé mon merle noir et gras, avec son bec jaune, enfariné – des restes de sciure – sautillant de plaisir devant son ver de terre tout neuf; léger et lourd, bientôt gavé. Il allait m'oublier pour la nuit. J'ai dévisagé cette brune arrondie : encore une qui allait se faire engloutir, crue et gluante. Elle se trémoussait sous nos yeux. Une naïveté confondante. Imposteur, escroc : je n'étais pas le seul à mériter des noms pareils.

Des conversations dangereuses, nous en avons eu quelques autres. Il devait m'éprouver, me picorer moi aussi, à distance, l'air de rien, pour voir. Les jours suivants, je rampais... employé modèle, honnête avec conviction, livraisons à l'heure dite, comptes scrupuleux, respect du bien d'autrui. Puis Tatiana constatait une baisse de nos fonds; elle me relançait. Elle aimait l'argent : la découverte la plus importante de notre vie commune. L'art, selon ses parents? Les meubles, selon Victor? Ennuyeux. Mais les billets... palper les billets... c'était un plaisir enfantin... Elle le reconnaissait elle-même... comme si elle avait ouvert le porte-monnaie de sa mère... la monnaie du pain... c'était ça nos petits vols... Tatiana...

Le mois entier, ce mois qui a suivi le dîner des Callix, si déterminant pour moi, nous avons formé, à certains moments, un curieux trio. Il s'est produit un phénomène difficile à expliquer : plus l'hostilité s'installait entre nous, plus nous cherchions à nous voir, comme si nous voulions savoir jusqu'où chacun était capable d'aller.

L'hostilité : Tatiana me sentait moins ardent au travail, moins imaginatif dans les combines, je faiblissais, disait-elle; les poses de séducteur de Victor l'agaçaient : propos de féministe années soixante-dix, se plaignait-il... Disputes... Jeu de disputes, plutôt... Mais disputes quand même.

Victor nous entraînait de plus en plus souvent dans les ventes aux enchères. Un autre signe de sa perturbation, que je ne m'expliquais pas. Il fallait rouler ; pas question de rester à Paris, cloîtré dans l'atelier ; il étouffait dans l'atelier ; j'avais pris mes aises dans son atelier, j'avais installé Tatiana dans son atelier ; trop de monde, trop de meubles ; surtout trop de monde ; l'espace avait rétréci. Il travaillait de plus en plus souvent le matin, contrairement à ses habitudes, recevait les clients deux après-midi par semaine, et non plus tous les jours. Le reste du temps, roulons. Il s'informait de toutes les ventes à une ou deux heures de route... les plus minables... nous étions là... Vente d'objets de marine ? D'armes à feu ? De décorations militaires ? Là. Lots d'assiettes, de chandeliers, de bobèches ? Au premier rang.

— Vous méprisiez toutes ces menues bricoles, avant !

Il ne répondait pas. Sortir de l'asile, de l'atelier, rien de plus. Des meubles à trouver ? Tant mieux. Pas de meubles ? Humons l'atmosphère de la vente, apprécions les combats, les sommes qui montent, les croûtes numérotées qui défilent, les blagues, numérotées aussi, des commissaires-priseurs, les mêmes partout.

Victor rapportait toujours un objet, même sans intérêt, *arraché de haute lutte*, pour garder la main, disait-il. Se prouver qu'il était toujours à la hauteur ? Il avait des raisons de ne plus être à la hauteur ? Pas de questions grossières, ça le mettait de mauvaise humeur. Il se promettait de ne plus assister à une seule vente en notre compagnie. Deux jours plus tard, il insistait... départ pour Beauvais ou Laon... impossible de rater ça... Il donnait l'impression de fuir. Les raisons de sa fuite nous échappaient. Il nous implorait : je devais le conduire... il détestait conduire... mes bras, toujours mes bras... Que ferait-il sans moi ?

— Et vous, Tatiana, venez avec nous. Vous êtes la seule personne à peu près gaie, ici.

Le trio se reformait, un jour de plus, prêt à se déchirer, passé cinquante ou cent kilomètres.

Début novembre, tout a basculé : nouvelle vente, à Rouen, hôtel des Carmes, but familier de nos expéditions. Tatiana m'avait incité à refuser l'invitation :

— Encore de la gnognote. Ton Victor a juste besoin de compagnie. Qu'il se débrouille ! Qu'il invite une de ses grands-mères de cinquante ans ! Elles adoreront les collections de faïence locale ! Les tableaux de l'École de Rouen !

— Mais non, ai-je dit, il ne peut tout de même pas leur faire plaisir. Ça attache, le plaisir. Tout ce qu'il déteste, c'est être attaché.

Victor a mal pris mon refus. Sous-entendus, menaces sur notre hébergement. (Où irions-nous, si nous n'avions pas une chambre gratis ?) Plus doux :

— C'est la dernière fois. Une grosse affaire, pas de la bricole. Enfin, la bricole, c'est au début, avant quatre heures. En deuxième partie, du mobilier, comme nous aimons.

Comme nous aimons ! Il était parfois drôle.

Il m'a forcé la main, Tatiana a accepté de nous suivre. L'aller était triste comme un retour. À Rouen, nous étions en avance. J'avais obtenu d'échapper à la première partie de la vente.

— Une fête foraine ! a crié Tatiana, au moment où nous franchissions la Seine. Derrière nous, sur la rive gauche que nous venions de laisser, la grande foire d'automne, la foire Saint-Romain, sur un quai, en contrebas... Des attractions entassées... Un paradis pour Tatiana... l'enfantine Tatiana... la monomaniaque des manèges... À côté de moi, ai-je pensé, le monomaniaque des ventes aux enchères... derrière, mal installée, la folle du cheval de bois et de l'auto tamponneuse... C'est impensable... Que faisons-nous de nos vies ? Comment choisissons-nous ceux qui nous entourent ? Je me suis arrêté de penser : j'allais sombrer dans les formules à la Callix ou à la Retz, et dans la mélancolie. Surtout ne jamais penser. Trop d'ennuis. *Persona non grata*. Tatiana ne nous a pas laissé le temps de discuter sa proposition : demi-tour, vite ! Il a fallu attaquer le grand huit. D'entrée. KING ! Jamais je n'avais eu l'occasion, dans mon enfance, d'embarquer à bord d'un de ces engins tournants. Victor non plus. Moi pour cause de malheurs chroniques, lui par sérieux. Un enfant travailleur, Victor, il n'a jamais eu le droit de s'amuser ; il a commencé sur le tard.

Nous cabriolons dans les airs, entre des rails menus... Ils nous guident... ils nous aspirent... ils nous perdent... Comment résistent-ils à notre passage, à nos montées, à nos descentes ? Dans le cerveau, ça vibre, ça vrille... un roulis grondant de roulements à billes... J'étouffe là-haut, non, tout en bas, si, là-haut... de l'air, de l'air... Tatiana crève de plaisir, et crie. Victor ? Calme, amusé, ennuyé, il attend la fin, comme toujours, sûr de lui. Sortie de virage... ligne droite... vent de face... j'avale un morceau de tempête... Plus de souffle... l'apnée fatale... Je vais mourir dans un grand huit. KING ! KING ! en lettres lumineuses au sommet de ce tas de ferraille ! Un jeu ! Mourir dans un jeu ! Ce n'est pas un jeu, mourir. KING ! KING ! Glisse ! Glisse ! Le convoi ralentit... en douceur... s'arrête. Je retrouve une respiration régulière. Je sors furieux de l'habitacle. Tatiana nous congratule. Beau moment ? Vraiment ?

— N'en faites pas une affaire, me dit Victor. Tout ceci doit rester anodin, même si l'expérience est troublante.

— Criminelle, vous voulez dire. J'étais à deux doigts de sauter, pour retrouver mon souffle !

— Non, non, j'ai éprouvé là-haut, à cette vitesse, une sorte de bonheur lié au vertige et à la tranquillité :

il suffit d'avoir confiance dans le matériel. Rien ne peut arriver, on sait que la peur éprouvée est sans fondement. C'est le seul moyen d'avoir peur avec plaisir. C'est rafraîchissant. Un moment d'oubli. Une petite découverte pour moi. Je recommencerai.

— Moi, j'ai l'impression de crever là-dedans. Impossible d'être tranquille. Ce truc-là peut s'effondrer à tout moment.

— La statistique vous donne tort. La tranquillité, c'est ce qui vous manque le plus, Gibbon.

— Delafosse me le disait déjà.

— Vous voyez.

— C'est stupide. N'importe qui peut tomber de là-haut, et mourir. Vous ne vous rendez pas compte.

— Tu es juste un peu trouillard, a dit Tatiana.

Il a fallu faire la tournée des attractions... Tout notre temps ! Où courir ? Les grosses lettres clignotaient au-dessus de nos têtes : néon, ampoules disposées en lettres, parfois grillées. HAPPY SAILOR ! TEMPTATION ! Nouveaux vertiges ! ONE MAN SHOW ! Facile, tranquille... FUN HOUSE ! Vraiment pas de quoi rire ! Mauvais coucheur ! Les classiques : TRAIN FANTÔME ! Sensations assurées ! Roule, roule ! La foule s'offre de ces plaisirs !

— Respectables, a dit Victor, curieusement compréhensif.

Lui qui méprise tout le monde d'ordinaire. Il fait l'apologie du jeu, de la fête populaire... Le carnaval médiéval... la transgression nécessaire. Tatiana l'écoute à peine, tout en l'approuvant, chaque fois qu'il réclame notre assentiment : le jeu ? La transgression ? Toute sa vie, toute notre vie. Qu'est-ce qu'il veut dire ? Une allusion à nos magouilles, petits vols, détournements, trafics ? À demi-mots, il nous fait la leçon ? Tatiana s'en fiche pas mal, nous entraîne, encore un tour, le dernier, encore une joie : LE MUR DE LA MORT ! Ça ne se refuse pas, LE MUR DE LA MORT !

Pas question. Fuir. Plutôt une belle vente aux enchères. Un autre jeu. C'est moi le conducteur, les passagers doivent me suivre : rive droite, passons la Seine... Dans le rétro, des éclairs rouges, verts : KING! TEMPTATION! KING! De l'autre côté, l'hôtel des Carmes, un autre monde. J'aime cet autre monde? Pas sûr. Ni l'un, ni l'autre. Comment être tranquille? Enfin tranquille? Je croyais y être parvenu. Tatiana. Tatiana libre, vive, vivante. Et puis non, le voyage n'est jamais aussi paisible que je l'espère. TRAIN FANTÔME! Les morts se bousculent aux aiguillages.

Rue Croix-de-Fer, je l'ai retrouvée : Hôtel des Carmes. L'assistance est fournie, mouvante, bavarde. Le commissaire-priseur salue l'arrivée de Victor, un bon ami, fait de l'esprit, comme toujours, comme tous les autres, avec leur sale humour de bateleur.

— C'est le métier qui veut ça, nous a-t-il dit une fois. Sur l'estrade, avec le marteau, les aides qui circulent autour de vous apportent les objets, les exhibent, les remportent, vont chercher les chèques, forcément ça ressemble à un théâtre.

Encore un qui se prend pour un artiste. Il mène le jeu, KING! KING!

— Et un lot de verres, n° 81 : onze à la douzaine! Un de cassé! C'est pas grave! C'est pas du cristal non plus!... Et un sextant de marine, j'ai preneur au premier rang... Monsieur Lamiral!

La salle frémit de plaisir... ce commissaire... il n'en rate pas une. Attractions foraines, enchères, pas le même monde? Mêmes plaisirs.

Une courte pause et c'est l'heure sérieuse : les meubles exposés arrivent en vente. Toutes les places sont occupées. Nous devons rester debout au fond. Non : le commissaire-priseur, metteur en scène, fait signe à un de ses aides. Une chaise supplémentaire, pour le monsieur là-bas... Docteur Victor, hôte de marque, acheteur privilégié... Le bonheur, un bonheur enfantin, le bonheur enfantin des gens honorés, passe sur son visage, à l'instant où il se tourne vers nous... Vous voyez?... La fierté du merle... Il tourne le cou, à droite, à gauche, lisse ses plumes... À l'aise dans son monde. Plus de soucis, comme Tatiana dans ses manèges, enfin tranquille.

Des proies? Difficile à dire: une grosse dame s'évente; des groupes de curieuses franchement avancées en âge et qui clabaudent: les faire taire, d'un regard rond et appuyé; une grande rousse aux cheveux raides, troisième rang, à gauche, seul espoir? Les autres: des messieurs, des habitués; un barbu, hirsute, déjà aperçu en d'autres circonstances, grand amateur de vins et de tapis d'Orient; de jeunes hâbleurs, costumes croisés gris, chevalières, sûrs d'eux, agités... des allures de margoulin... Ils représentent des clients, lèvent la main avec désinvolture, enlèvent des enchères faciles ou renoncent avec la même insouciance. Ils se partagent le marché, au début, comme des compères. Ils circulent au fond de la salle, l'air de dire aux autres: je peux tout acheter, n'insistez pas. Victor les méprise. Ils méprisent tout le monde.

Une table de jeu, tapis râpé, à refaire, bois en bon état... Victor se lance, fait céder les petits jeunes. Il se tourne vers nous: le bonheur dans ses yeux. Une armoire normande, bancale, cinq mille: personne n'en veut. Quatre mille cinq cents? Quatre mille? Les enchères à l'envers. Victor propose trois mille cinq cents. Adjugé. D'autres armoires du même genre... Il ne va pas jouer longtemps les sauveurs de meubles en déroute? Non. Invendables, vermoulus, il faudrait les maquiller pour en tirer une petite somme à la revente. Le commissaire élimine ces pièces et les suivantes:

— Vous voulez ma ruine?

Il se donne un coup de marteau sur la tête, la salle rit, la vente reprend, les prix remontent. Beau coup de théâtre. Une armoire de mariage, décor de panier fleuri, colombes qui se bécotent. Victor entre dans la bagarre... Quinze mille, seize, dix-sept, vingt, vingt-deux, les jeunots ne lâchent pas, les chevalières brillent dans la pénombre.

Victor recule sa chaise, mauvais signe, il fléchit, s'incline. Les costumes croisés se serrent la main. Fauteuils, lits, vaisseliers, commodes Louis XV, Louis XVI, styles régionaux, Normandie, Bretagne, loupe d'orme ou de frêne, coups de marteau, le commissaire exulte.

— Encore un petit effort. Ça vaut plus que ça. Vous ne voulez tout de même pas ma ruine.

La foule apprécie les blagues éculées.

— Derrière vous, à droite, une belle série, XIXe siècle, Bretagne. Magnifique travail: voyez les portes. Malheureusement des hauts et des bas de buffet orphelins. La maison est honnête: on aurait pu ajuster un haut sur un bas; ce n'aurait pas été le meuble d'origine. Belles pièces, bon prix, honnêteté, c'est ma devise. Dans la profession, nous avons toutes sortes de devises de circonstances, soyez-en sûrs!

Clin d'œil à l'assistance: le volé doit être complice du voleur. Je devrais m'inspirer de cette leçon. Pour devenir un voleur prestigieux. Pour l'instant, je ne suis qu'un voleur honteux. Aucun avenir.

— Qui veut de mon bas de buffet orphelin? criait le commissaire hilare. N'hésitez pas, il est encore plus joli que le haut. Et le haut? Encore plus joli que le bas.

Il distribue les coups d'œil appuyés.

— J'ai preneur au téléphone...

Bas de buffet orphelin, ai-je pensé, joli mot, pour moi, juste pour moi: orphelin, le seul mot qui ne peut pas mourir. Tous les mots peuvent disparaître, celui qui reste, forcément, c'est l'orphelin. Immortel, l'orphelin. Je suis sorti de ma rêverie:

— Victor est encore sur les rangs, me disait Tatiana. Comment fait-il, après tout ce qu'il vient d'acheter? C'est incroyable, tu ne trouves pas?

À deux ou trois mille, les premiers combattants se lassaient au fur et à mesure. Victor tournait la tête à droite, à gauche, sûr de son fait, gros merle dans son jardin. Cette image m'a paru d'un seul coup insupportable. Impossible de dire pourquoi; d'expliquer les gestes qui ont suivi; le renversement de tout; le bleu nuit qui s'est fait en moi, comme un mal qui revenait de très loin. Que s'est-il passé ? Victor venait de monter à trois mille cinq cents... le flottement qui achève une enchère durait... le commissaire s'apprêtait à lever son marteau... Commandé par une partie inconnue de mon cerveau... mon bras... entraîné par une quelconque réaction chimique... une réaction en chaîne... explosive... un phénomène étonnant... mon bras s'est levé dans le demi-jour... Rien de prémédité... Un mouvement purement mécanique... mon bras... un de mes grands bras... plus long que tous les bras de la salle... pointé vers le plafond.

— Quatre mille, à ma gauche, au fond, a crié le commissaire.

Les têtes se sont tournées vers moi, l'enchérisseur de dernière minute. La tête de Victor a pivoté sur son cou empâté. Il suffoquait. Nos regards se sont heurtés.

— Pouvez baisser le bras, j'ai vu, a dit l'officiant.

Les dames ont ri avec bonté. Cruauté ?

— Quatre mille au fond, qui dit mieux ?

Victor a esquissé un geste. Le bras, au-dessus de ma tête, m'a paru plus long que jamais. Cinq, six, sept mille, cinq cents, huit mille... Petite main, grand bras... monte, monte... à toi, à moi... assis devant, debout au fond, assis devant... Ne pas céder. J'ai senti le corps de Tatiana s'éloigner de moi, le vide se créer autour de moi, zone contaminée... Victor hoche la tête, maintenant, à peine; je secoue encore ma paluche devant l'assistance éberluée : l'enchère dépasse de très loin la valeur réelle de ce bas de buffet breton et orphelin. Je ne pense plus à rien, sinon à cette chaleur sur les joues, à ce froid dans tout le corps... une dépossession de joueur près de gagner. Je ne lâcherai pas prise devant Victor ; pas le droit. De quel droit ? Son dos se voûte sous mes yeux, se crispe : il n'aime pas perdre. Je sais que nos vies, à cet instant, bifurquent. Encombrement à l'aiguillage, qui passera, qui restera ?

— Neuf mille à ma droite, au fond, mademoiselle !

Je me suis tourné, en même temps que Victor, dans la direction indiquée par le marteau. Tatiana baissait la main et riait. Je n'ai pas osé surenchérir. J'attendais Victor, Victor m'attendait. Le marteau du commissaire-priseur a cogné sur le pupitre. Tout, en moi, s'est arrêté. Le plongeur touche l'eau... son corps s'enfonce, brutalement ralenti, lourd et allégé... le grand splash, au-dessus, lui parvient étouffé et mat... Descendre, descendre encore un peu... Il a fallu revenir à moi.

— Vous vous sentez bien ? ai-je entendu autour de moi.

— Belle vente, a conclu le commissaire-priseur.

Quelques pièces encore, puis les additions. Tatiana a signé un chèque... neuf mille... elle qui court perpétuellement après l'argent... Privée de ressources, comme elle se plaît à le répéter. Un chèque nécessairement sans provision, ai-je pensé. À cause de moi. Pour me sauver la face ? Nous sauver la face. Mettre un terme à notre parade imbécile. Mon dernier défi, le plus incompréhensible de tous.

Écrasés par la masse des planches entassées derrière nous, serrés, tous les trois, à l'avant, silencieux, nous avons glissé de la rive droite à la rive gauche, longé la foire Saint-Romain et ses milliers de loupiotes vertes, rouges... TEMPTATION... ONE MAN SHOW... MUR DE LA MORT... KING... KING !

Contrairement à mon attente, Victor s'est contenté d'une remarque sur mon comportement, à peine un reproche :

— Vous m'en avez fait voir, aujourd'hui. Mais c'était... comment dire?... distrayant. Pas eu le temps de penser aux ennuis, avec ceux que vous me créez. Rien de tel que des ennuis tout neufs pour oublier les ennuis anciens. Vous voyez, Gibbon, la tranquillité, ce doit être ça : changer d'ennuis.

Je n'arriverai pas à me faire à ce bonhomme. Je l'ai blessé, aucun doute, il doit m'en vouloir et il n'en laisse rien voir. J'ai agi en sorte qu'il m'en veuille et il fait l'acrobate sous mes yeux, le voltigeur insaisissable, beau parleur intarissable...

L'acrobate s'est fait sérieux : dans la nuit de l'autoroute, il se confie à nous... à Tatiana surtout... à mi-voix... j'avais du mal à l'entendre... Ses ennuis, les ennuis qu'il fuyait avec nous dans les ventes, et jusque dans les attractions foraines, lui venaient de son établissement de soins. Pas nouveau ? Pas nouveau, plus grave. L'anarchie s'était installée à Plaisir, il n'avait plus la force de lutter, d'aller remettre de l'ordre encore une fois. Les faits les plus graves se répétaient, d'après ses collaborateurs alarmés et impuissants : certains malades, par petits groupes, déployaient une activité concertée autour de l'établissement, et jusqu'à la gare. Ils abordaient les passants pour leur réclamer de l'argent, prétendaient que le directeur les dépouillait de leurs biens, les laissait sans le sou, les maltraitait, les battait sans raison ; la nourriture était maigre, les soins inexistants ; leurs interlocuteurs passaient généralement leur chemin ; d'autres, pourtant, s'indignaient avec eux, s'insurgeaient contre de telles pratiques médicales, promettaient d'agir en leur faveur. Des journalistes s'étaient manifestés ; des enquêtes allaient commencer... Les ennuis...

— Passez quelques semaines là-bas, a dit Tatiana. Oubliez votre atelier, vos meubles. Vous êtes médecin avant tout, pas antiquaire. Reprenez la situation en main. Il sera toujours temps d'acheter et de revendre des antiquailleries.

— Vous n'avez pas le droit de parler comme ça. Je crains de ne plus pouvoir grand-chose pour les malades. Trop tard. Ma fonction me rapporte des émoluments importants et sûrs, c'est tout.

— Imposteur, comme moi ?

— Comme tout le monde.

Je m'attendais à ses éclats de rire... Je vous ai bien eus... son numéro habituel... ses acrobaties... Rien n'est venu, sinon de nouvelles plaintes, les plaintes d'un Victor malheureux, affaibli à côté de nous. Cette faiblesse que j'avais espérée depuis longtemps, que nous guettons avec gourmandise chez un homme trop puissant, trop sûr de lui, cet effondrement m'effrayaient à présent. J'étais trop lié à lui. Son effondrement, ai-je pensé, pourrait bien être le mien. Foutaises, ai-je ajouté, je ne suis tout de même pas responsable de ses malheurs.

Nous l'avons déposé devant son immeuble... rue de Babylone. La première fois que je le déposais chez lui. La dernière.

J'ai ajouté une nouvelle pièce à mon palais en cours de construction. Bien forcé ; viré. Une pièce de choix : location à la semaine, dans un hôtel qui menace de fermer pour cause de travaux. Travaux de sécurité. Mise aux normes. Être aux normes : mon rêve impossible. J'ai déniché un hôtel peu salubre, un des moins chers du quartier des Halles. C'est devenu rare, un hôtel bon marché... Le moindre taudis s'accroche des étoiles mauves ou rouges en devanture, tout confort, chambres avec bain, douche, W-C. À fuir. J'ai couru plusieurs quartiers avant de voir s'inscrire sur papier jauni des prix à l'encre délavée et des mentions rassurantes : W-C à l'étage... eau courante... Hôtel sans suite !... Le patron a une moustache tombante... de grands principes : la porte est fermée la nuit, il dort ; pas de veilleur ; le personnel est hors de prix. Il interpelle tout client, même les habitués, qui ose faire un pas dehors après vingt heures :

— N'oubliez pas : la porte est fermée à vingt-trois heures du soir ! Sans faute ! Vingt-trois heures du soir !

Il fait régner la discipline chez les miteux (« Ancien militaire », m'a-t-il dit). La clientèle ne reluit pas. Vieux blousons crottés, vestes à grands carreaux, façon clown en perdition des années soixante-dix, pantalons lâches, mal attachés, pas repassés. Je fais grand seigneur, au milieu de cette tribu mal fagotée. Des hommes seuls pour la plupart ; tristes, silencieux, les mains enfoncées dans les poches. Pas à la rue, mais pas loin. Parfois de jeunes touristes se mêlent à nous... fauchés des pays d'Europe centrale... monnaies faibles... Ils construisent leur palais futur, comme moi... Byzance! Neuf mètres carrés sur cour! Lit deux places pour solitaires! Interdit de faire monter qui que ce soit. Le patron veille. Un ancien tortionnaire, me suis-je dit. Il se vante chaque jour de ses exploits en Indochine, en Algérie. Hargneux. Ils sont affreux, ceux qui ont un passé : ils vous le font payer. Victor, beau passé lui aussi... j'ai fini par payer la note.

Après mes virevoltes de Rouen, grand huit, surenchères hasardeuses... nos folies... ça n'a pas traîné. Je m'attendais, je l'avoue, à une réaction plus violente, immédiate, plus franche, de la part de Victor. Mais non : ce silence, cette indifférence apparente, cette absence bientôt : les six jours suivants, je l'ai attendu dans l'atelier du quai. J'avais des matinées vides devant moi, puis des après-midi. Je me trouvais désœuvré... Aucune livraison prévue. Quelques clients qui ne s'attardaient pas, puisque le Maître manquait. Ils aimaient sa compagnie ou sa conversation, autant que ses meubles. Deux femmes se sont inquiétées de lui... Revenez plus tard... Et monsieur Retz, entré comme chez lui... J'avais senti son Upmann de loin, aperçu sa nappe de fumée bleue au-dessus de l'établi. Dans un atelier consacré à une matière inflammable! Ça ne l'avait jamais inquiété, toujours sûr de lui. Un jour, Victor lui en avait fait la remarque : cinquante ans qu'il fumait au milieu de meubles en tous genres, avait-il répondu, jamais un incendie! J'ai bien été obligé de justifier ma solitude dans l'atelier... la disparition du Maître! Sans m'attarder sur les événements les plus récents, les causes possibles...

— Inquiétant. (Le mot est tombé en même temps que la cendre sur le parquet.) Tout cela tendrait à confirmer ce que je pense, n'est-ce pas? Vous n'avez toujours pas idée de ce qu'il a bien pu faire de notre confiturier? Vous êtes aux premières loges, pourtant.

Vous ne vous souvenez vraiment pas ? Et puis, cette disparition soudaine... Il n'a peut-être pas escamoté que mon confiturier... Il est aux abois... Vous allez voir qu'on va le retrouver en prison... Je porterai plainte à mon tour, s'il le faut. Mon pauvre ami, vous êtes tombé dans une drôle de maison. Si vous avez besoin de moi, vous savez où me trouver.

Je ne pensais pas que j'aurais besoin de lui aussi vite. Tatiana m'a conseillé de téléphoner à Plaisir. Le docteur Victor ? Invisible depuis des semaines. Et pourtant, *on avait bien des choses à lui dire*... Le conseil d'administration s'impatientait... *On allait prendre des mesures*...

Durant ces quelques jours, les disputes avec Tatiana se sont multipliées. Elle me reprochait mes provocations inutiles, le jour de la vente aux enchères :

— Quel intérêt ? Tu démolis tout ce que nous avons mis en place. C'est ce que tu cherches peut-être ?

— S'il s'agit d'approvisionner ton compte... neuf mille francs... il est possible de les trouver... Quelques meubles à placer dans les jours qui viennent...

— Tu vois bien que les clients fuient, si Victor n'est pas là. Nos affaires ne marchent qu'avec les siennes. Sans lui, nous ne pesons pas lourd. Son absence nous apprend au moins ça.

Tatiana me ramène à ma juste mesure... Je commençais à me croire supérieur, aérien... Mes petits trafics, mon petit génie enfin employé... Sur le dos de Victor ! Plus de dos, plus de génie ! J'ai vécu longtemps sur le gras des morts, ensuite sur le gras des vivants. Plus difficile : les vivants surveillent leur gras. Mais comment vivre autrement ? Qui vit autrement ? Mauvaises questions. Oublie, Gibbon.

— Revendons le bas de buffet orphelin ! Au moins, il t'appartient en propre, celui-là. Ce serait une action honnête, la première depuis longtemps.

— Il ne vaut même pas le tiers de ce que tu m'as obligée à proposer. Personne n'en voudrait pour plus de mille cinq cents.

— Ce serait un début, je trouverai le reste.

— Pas question, je me débrouillerai bien toute seule... Tout ça pour un bas de buffet orphelin !

Elle est partie, revenue, partie encore. Nos conversations tournaient court. Nous passions des heures dans l'atelier désert. Insupportable soudain. Comme si nos vies n'avaient de sens que grâce à la présence habituelle de Victor. Même absent, il venait de sortir ou il allait rentrer. Nous étions chez lui, il rythmait notre existence, notre relation même. Nous prenions conscience de notre état : nous n'existions pas par nous-mêmes, nous ne nous étions pas aimés en dehors de Victor. Nous nous sommes rencontrés grâce à lui, j'ai voulu Tatiana contre lui, nous nous fâchions à cause de lui. Si nous faisions l'amour, il était à l'horizon, son gros œil rond posé sur nos derrières, en tout lieu, à tout moment. Affreux. Il était comme une de ces comtoises que j'ai transportées quelquefois : il sonnait nos heures, et même nos demi-heures, nos quarts d'heure. Et puis, voilà que le mécanisme est en panne. Plus d'horloge, plus de repères, plus de vie possible ; de vie commune ; de vie tout court ?

Le septième jour, Victor a reparu... fringant comme jamais... le pas dansant... avec ce léger rythme dissonant propre à sa démarche... J'étais tout seul dans l'atelier, j'ai reconnu, de loin, son attaque du dernier étage... il faisait claquer son pied droit plus fortement que le gauche. J'ai sursauté et j'ai eu honte de moi : un chien qui attend son maître, ai-je pensé, un chien fidèle, même s'il est allé, de temps à autre, à la cuisine, lui voler quelques morceaux de viande. Cette image de moi m'était insoutenable : je l'ai chassée ; idée fausse ; sensation d'un instant, après six jours de désarroi. J'ai montré ce que je valais, depuis des mois et des mois.

J'ai orienté la vie de Victor, plus qu'il n'a orienté la mienne, j'en suis convaincu. La clé dans la serrure, nette, sûre... Il était devant moi. Son pouce et son index gauches tiraient sa lèvre inférieure vers le bas, comme pour effacer le sourire triomphant que je devinais sans l'expliquer.

— Vous allez devoir m'écouter...

Un bureau noir et fendu attendait son tour près de l'établi, depuis des semaines... « imitation ébène », a dit Victor, en le caressant rapidement avant de s'asseoir.

— Venez un peu ici...

Il m'a laissé debout. Une de ses manœuvres classiques. Ça ne m'impressionnait pas du tout.

— C'est fermé après vingt-trois heures du soir, crie la voix moustachue du patron au rez-de-chaussée.

Ils cherchent tous à exercer leur menue domination, me suis-je dit, directeur d'hôtel, Victor, petits tortionnaires de tous les jours... Une tyrannie d'horloge comtoise... ça vous envahit et pourtant ça n'a aucune valeur... Sonner les heures, mes heures, et après ? « Déréglez les horloges comtoises ! Forcez la porte à minuit, s'il le faut ! », ai-je crié à l'adresse des clients, en ouvrant la porte de ma chambre du premier.

— Quelque chose ne va pas là-haut ? a crié le patron, sur un ton d'adjudant-chef dans le djebel.

Je claque la porte, je me couche sur le lit deux places... côté droit... Tatiana dormait toujours à gauche...

Victor s'était accoudé sur le bureau mal calé. Un toc-toc, sur le parquet, agaçant, accompagnait ses mouvements les plus imperceptibles.

— J'ai décidé de fermer l'atelier : trop petit maintenant. L'accumulation des objets, leur entassement, c'est beau, mais c'est triste aussi, étouffant. Et puis, toutes ces marches, c'était trop malcommode, vous ne me démentirez pas. Même pas un ascenseur dans ce foutu immeuble ! Je ne sais pas comment vous avez réussi à monter et descendre les cinq étages pendant si longtemps. C'était une absurdité. Louer un atelier pareil ! Je pensais exercer un travail d'artiste, au début, modeste. Une distraction. Mais mes affaires ont pris une telle ampleur qu'il me faut des locaux plus appropriés. Je viens de louer un entrepôt à Arcueil. Naturellement, plus question pour vous d'être logé. Dans un entrepôt mal chauffé, c'est impensable, vous le comprenez bien. Je vous accorde quelques jours d'ici au déménagement. Débrouillez-vous avec Tatiana. Vous ne manquez pas de ressources, je pense. Vos tentatives d'achat de meubles aux enchères me l'ont assez montré...

Ce genre d'allusions déclenchait habituellement son rire le plus vicieux... cette fois, rien... la froideur... le toc-toc du bureau bancal... J'ai senti le sol s'ouvrir sous mes pieds... Un trou de cinq étages... La respiration coupée... Reprendre mon souffle :

— Je suis toujours à votre service ?

— Pour le déménagement, notre voiturette serait insuffisante. Vos bras aussi. Face à un tel volume, je suis obligé de faire appel à une entreprise. Vous le comprenez bien...

— Et après ?

— Après ? Il serait préférable que nous en restions là, non ? Vous me l'avez suggéré assez fortement à Rouen, à votre manière... Vous méritez mieux, comme le disait Delafosse, je crois... Je ne vous veux pas de mal. Pourtant, j'aurais des raisons, je crois... J'ai reçu des lettres, ces temps-ci. Il semble que votre sort soit toujours suspendu à des lettres (il a ri cette fois) : lettre de recommandation, lettre de rappel, mise en demeure, lettres de dénonciation aujourd'hui. Des clients sont pris de doute à votre sujet, se plaignent, se demandent si c'est bien moi qui suis à l'origine de telle ou telle transaction, ont le sentiment d'avoir été roulés, me parlent de manœuvres douteuses, peut-être frauduleuses, de votre part... Rien moins. Je ne voulais pas croire des choses pareilles. À la troisième lettre, difficile de fermer les yeux. Excès de zèle ? Besoin d'argent ? Je ne vous payais pas assez ? C'est vrai. Dommage d'en arriver là. Je vous aimais bien, Gibbon. Je m'étais habitué à vous. À vos singularités. C'est rassurant les singularités des autres.

— Ou effrayant.

— Pas pour un psychiatre comme moi. Je préfère que nous nous séparions à l'amiable. Je vous protégerai une dernière fois : je vais contenir les râleurs. Vous pourriez vous en sortir plus mal, vu leur excitation contre vous. Je ne peux pas faire plus, mais je le ferai. En souvenir de Delafosse.

Delafosse, naturellement... il me tenait avec Delafosse. Mot magique. Homme mort, mot vivant. Le seul qui apaise la colère en moi, la violence en moi.

— Le déménagement est fixé à vendredi. Ça vous donne quatre jours pour trouver une solution. Raisonnable, je crois. Prévenez Tatiana.

J'ai pleuré, après son départ, pour la première fois pleuré, moi qui n'ai jamais pleuré. Je n'étais pas là, le quatrième jour : je n'ai pas revu Victor. La clé de l'atelier, je l'ai gardée, elle est là, dans ma poche. J'ai imaginé, une heure, de squatter, presque légalement – j'avais la clé ! – notre atelier, la plus belle pièce, à ce jour, de mon palais en construction... Naïveté de ma part : la serrure a été changée. Oui, je l'avoue, j'ai honte, j'y suis retourné le vendredi soir. Déjà trop tard. Tout prévu. Porte close. Pleure, Gibbon, devant toutes les portes fermées, pleure.

Celle de monsieur Retz s'est ouverte. Il me l'avait répété : si j'avais besoin de lui... J'avais besoin de lui. Pour me loger, pour travailler. Un homme influent... des relations... il s'en flattait souvent... Il était moins mécontent de me voir que je ne l'aurais cru.

— Savez-vous que ma cousine ne s'est pas encore remise de votre passage ? Elle parle toujours de cette soirée avec une indignation qui fait plaisir à voir.

Ce qu'il aimait en moi, c'est le mal que j'avais fait à sa cousine.

— Pour vous loger, l'idéal aurait été d'aller vous installer avec Tatiana chez ses parents. Mais après ce que vous leur avez mis... Quel spectacle! Un moment de bonheur, vraiment. Cherchez un petit hôtel, en attendant... Du travail? C'est autre chose: si vous me laissez deux ou trois jours, je peux vous arranger une petite affaire. Revenez en fin de semaine. J'ai quelques connaissances utiles, savez-vous?

Monsieur Retz a tenu sa promesse. J'en ai éprouvé comme une déception: il m'a trouvé une place d'intérimaire dans une entreprise de transports... La Transrhénane... déménagements à l'étranger... pays germaniques ou dans la zone d'influence germanique... Le patron est d'origine autrichienne... Il a son réseau, des antennes dans chaque pays... une petite flotte de camions... En cas de besoin, il ferait appel à moi... La fin de l'année approchait... Les mutations se multiplieraient. Il faudrait faire face à des demandes urgentes. On songerait à mes bras inemployés. Mes bras... encore mes bras... Voilà ma déception: monsieur Retz, au moment de me trouver un emploi, n'a pensé qu'à mes bras, à ma force physique, comme si je n'avais d'autre ambition que de soulever, ma vie entière, des charges trop lourdes pour moi. Destin? Mot cadavre. On a vite fait de vous coller un destin sur les épaules. À vous de le soulever, de le transporter à travers l'Europe entière. Si je vis assez vieux pour connaître les voyages interplanétaires, il se trouvera bien un monsieur Retz pour m'envoyer sur Mars ou Uranus, assurer les déménagements extraterrestres. Grandiose. Pour l'instant, désastreux.

J'ai accepté. Premier convoi: Dresde, ville reconstruite. Je ne me sentais pas fait pour ces voyages ennuyeux, humiliants: moi qui n'avais transporté que du meuble de style, j'étais condamné aux réfrigérateurs, meubles de salle de bains, salons de jardin. Une tristesse... J'ai donné toute satisfaction à mon employeur... il m'a dépêché à Hambourg, Graz, Brno, Cracovie. Il m'appelle selon les besoins du moment, je réponds. Le reste du temps : l'hôtel, mon hôtel sans suite. J'attends.

Je me sens en perdition... en perdition comme jamais... À tort, me suis-je répété : c'est la première fois de toute mon existence que j'entre dans la norme sociale. J'ai un emploi officiel. Pas une vague activité de jardin pour libérer un oncle de ma présence pesante. Pas un travail au noir, sous-payé, pour le compte d'un psychiatre plus ou moins brocanteur. Pas de petits vols, petits trafics... queues de cerises... non, non... travail sérieux, quoique intermittent... travail honnête, déclaré, rémunéré au taux légal... bas, mais légal... La réussite, me suis-je martelé, une forme de réussite. La réussite de tout le monde ? Malgré tout, en perdition, en dehors de moi-même. Mes bras font bien leur travail, rapides, efficaces, appréciés. Ce qu'on aime en moi ? Ce que je déteste le plus.

La Transrhénane m'envoie de plus en plus loin... La semaine passée, au fond de la Pologne, presque à la frontière ukrainienne... Les nuits de décembre tombent si tôt... Cette sensation de rouler sans fin dans les ténèbres... Le chauffeur à ma gauche, silencieux... des heures et des heures sur l'autoroute... Au bout, le déballage : des étages en Allemagne, des étages en Pologne, des étages en Slovaquie... J'aurai passé ma vie dans les étages... Garçon d'étage, c'est un métier, non ?

Ma réussite, me suis-je encore dit, ma réussite, tout en pensant, dans le flou d'un premier sommeil : ma perdition, ma perdition. Pas longtemps : des coups résonnent dans ma tête... brutaux... une deuxième série, impatiente... des coups à la porte... Elle s'est ouverte : un trou de lumière... Ma porte n'est jamais fermée ; je n'ai peur de rien ; surtout : la serrure ne fonctionne pas ; pas de verrou ; c'est ma chambre d'hôtel ; miteuse. Une voix raide :

— C'était vous, tout à l'heure ? Vous appeliez ? Ça ne va pas ?

Je me suis dressé sur un coude. Cette tête dans l'embrasure ? Dodelinante, sombre ? Victor ? Delafosse ? Un client de l'hôtel, peut-être ? Cette voix brusque : le gérant.

— Ça va ou ça va pas ?

Je me sentais plein de fièvre.

— Tatiana est partie, ai-je murmuré.

— Qui est parti ? Faut pas vous en faire !

Il a des prévenances soudaines... prêt à appeler un médecin... si j'ai besoin... à m'apporter un petit remontant... s'il le faut... Non merci. Il est curieux, ce tortionnaire. Il se conduit avec moi comme un brave type. Deux sortes d'hommes, ai-je pensé, en me recouchant dans l'obscurité, j'ai rencontré deux sortes d'hommes, ces derniers temps : des braves types tortionnaires et des tortionnaires braves types.

Je cherche un nouveau sommeil... Des lumières tournent autour de moi... Ou je tourne autour des lumières ? Des mouvements oculaires incontrôlés m'inquiètent... Toujours cette sensation de tomber, ce tournis de manège, comme avec Tatiana... Tatiana est partie... Oui, bien sûr... Je l'avais prévenue : il nous restait quatre jours dans l'atelier. Elle n'y venait presque plus, les derniers jours ; même pas une nuit. Déjà en fuite. Elle préparait sa nouvelle vie, sans moi. Facile à comprendre. Mon bonheur a commencé avec Tatiana, me suis-je dit alors, le premier vrai bonheur de mon existence. À quoi tenait ce bonheur ? Curieusement à la succession de la grand-mère Olianov. J'ai croisé Tatiana, parce que sa famille voulait liquider les meubles du boulevard Pasteur. J'ai couché avec elle, parce que j'ai participé à cette liquidation ; nous nous sommes aimés, parce que j'ai assuré la réparation et le transport du mobilier; nos plus beaux moments ont été liés au détournement d'une partie de l'héritage; quand toutes les affaires ont été réglées, notre histoire s'est déréglée. Belle histoire d'amour. Pas de cynisme, Gibbon : rapprochements abusifs... Ce bonheur a existé pour de bon... Admettons. Il n'empêche qu'il est borné par une série d'événements parallèles : une femme s'apprête à mourir, mon bonheur commence; elle meurt, son héritage trouve sa conclusion en même temps que mon bonheur. Troublant. Où est le cynisme?

Tatiana avait repris sa place à Montfort-l'Amaury, semblait-il. Je parvenais à la joindre au téléphone, à certaines heures, directement, sans tomber sur sa mère qui me raccrochait immédiatement au nez. Je l'ai convaincue de me rejoindre une dernière fois dans l'atelier. Le jeudi d'AVANT. Le soir, après neuf heures. Qu'est-ce que j'attendais? Un nouvel accord? Au moins savoir si elle m'avait un peu aimé. (J'avais dans l'oreille une phrase de Victor, une des plus douloureuses qu'il m'ait adressées : « Tatiana est tombée amoureuse de vous, croyez-vous, mais elle est seulement tombée de quelques marches. »)

À ma grande surprise, ses reproches ne portaient pas sur mon piètre avenir ou sur mon présent piteux, mais sur ma manière singulière de l'aimer :

— Tu m'aimes comme une machine... une machine à caresser, frénétique, compulsive... Tu t'es occupé de mon corps, je peux le dire! Et c'est bien. Mais j'avais l'impression que mon corps t'intéressait en pièces détachées. Mes épaules, tu les froissais, les défroissais, encore et toujours. Ou mes fesses, tu les manipulais mes fesses, comme personne, consciencieusement. Tu te concentrais sur un morceau de moi, tu le frottais, tu l'usais, comme un maniaque, un malade, comme si je n'existais pas tout entière. Comme si chaque partie avait un mystère à te révéler! Mes bras, tiens, mes bras, tu les as serrés, léchés, étirés, tordus, à me faire mal, des fois. Mais le reste ? Moi ? J'aurais aimé que tu me parles de moi.

Je tombais de haut... Rien à répondre : jamais elle ne s'était plainte si ouvertement de moi, si gravement. Je pouvais difficilement nier : cette manière méthodique et frénétique de faire l'amour me ressemblait assez, je le reconnais, mais j'étais incapable de la juger. Faut-il juger une manière de faire l'amour ? Tatiana me reprochait de ne pas l'aimer assez, tout en l'aimant trop : je restais perplexe.

Je sens physiquement mes globes oculaires tourner dans leurs orbites ; ce malaise dans la nuit n'en finit pas... Je ne suis pas malade, j'en suis sûr... Et pourtant, ça tourne... Je devrais appeler le gérant... si prévenant... Ces dernières heures avec Tatiana, ce jeudi soir... les plus violentes de mon existence... Tatiana, sur notre grand lit coincé derrière le cimetière de Victor, son cimetière bien dégarni... Tatiana avait fini par s'apaiser... Elle s'était allongée près de moi. Mais attention : pour la dernière fois, a-t-elle dit. Que je n'aille pas me faire des illusions... espérer un retour en grâce... un retour de passion, d'affection... une nouvelle étape... Elle ne reviendrait pas sur sa décision... Irrévocable...

Une dernière fois, c'est plus fort qu'une première fois... Une première fois, on s'abandonne de manière contrôlée. On ne sait pas où on met les pieds... On s'embrouille, on se rattrape. Une dernière fois : l'abandon total. Perdu pour perdu, comme s'il fallait mourir au bout. J'étais pris dans le manège, avec Tatiana, comme toutes les fois où elle m'a traîné dans ses manèges ridicules... Il fallait aller au bout du tour. J'ignorais combien de temps il durerait. Je savais qu'il allait s'arrêter. Forcément. Du moins, pendant quelques minutes, nous allions tourner comme si ça ne devait jamais s'arrêter... Tourne, tourne... *Attention les enfants ! Les voitures, les chevaux, les avions, l'hélico, la toupie, on démarre, on s'envole !*

Le corps tout entier de Tatiana sous mes mains! Le caresser sans le frotter! Pas mécanique! Léger! Aérien! Tourne, tourne! Elle ne m'a jamais serré comme ça, de ses dix doigts... C'est la dernière fois pour elle aussi, elle ne me l'accorde pas comme une aumône, pour s'échapper la conscience tranquille... Elle se donne, sans calcul, semble-t-il... La bave blanche glisse de ses lèvres... Surtout pas de retenue... Tourne, tourne... Hanches et seins... *Tirez sur la manette, dans l'hélico, pour monter!* Monte et descends! Monte et descends! *Les enfants dans l'avion vert... oui, vous... appuyez sur le bouton... plus fort... appuyez bien... là... vous voyez? Ça va mieux!...* Tatiana s'était enroulée sur moi, m'avait fait pénétrer en elle au passage, comme par surprise. À peine si j'ai eu conscience de glisser entre ses poils. Soudain, cette brûlure inédite, cette sensation d'une plaie qui s'ouvre... à vif... comme si c'était elle qui pénétrait en moi. Dernière fois, Gibbon, tu n'éprouveras plus jamais cette chaleur douloureuse... *Oui, la toupie, c'est bien, dans un sens, et puis l'autre... dans un sens, et puis l'autre... vous avez trouvé les enfants, continuez!* Je cogne au fond d'elle... Tout doux... Retiens-toi... Perdu pour perdu, il ne faut pas gaspiller... Respirons, reprenons, tourne, tourne... Je me dresse sur les bras, au-dessus d'elle, pour la voir déjà d'un peu loin... en elle et hors d'elle... si menue sous moi, en voie de disparition... Je suis resté quelques instants suspendu... *Attention, les enfants, ça va être le pompon!* Je me sens bien, enveloppé par Tatiana, pris comme dans un filet moelleux et râpeux à la fois, entre des membranes dilatées, resserrées, contractées, relâchées... *Attention, c'est le deuxième pompon, les enfants! Qui gagnera un nouveau tour? Tentez votre chance!* Tatiana pousse des cris dans ma bouche... l'écho de son plaisir tourne dans mon palais... sous mon crâne... Le dernier souvenir, le plus persistant, de Tatiana: ce cri vrillant dans ma bouche... La tête me tourne dans l'obscurité.

Ouvrir les yeux, les fermer, même malaise. *On atterrit, les enfants, on lâche les boutons, on attend que le manège soit bien arrêté avant de descendre !*

Je n'ai pas cherché à retenir Tatiana pour un moment d'apaisement. Je sentais qu'elle me filait entre les doigts. Elle se dégageait de mes bras. Surtout pas de faiblesse. Ne pas se laisser aller à la douceur, ne pas entamer une conversation complice ou nostalgique. Laisse-moi te raccompagner au moins... dans l'escalier... notre escalier... notre marche... Inutile d'insister. *Ça suffit comme ça ! Je t'en ai déjà payé quatre tours ! On avait dit que c'était le dernier ! le dernier !*

Je rallume la lampe de chevet. Trop de cavalcades dans les étages : les onze heures approchent, tous les clients de l'hôtel remontent à leur chambre, bien obéissants. Le tortionnaire pourra dormir tranquille, sûr de son pouvoir. Je voudrais ne plus penser à Tatiana. Une gamine, en vérité, ai-je pensé, on lui donnait quatorze ans plutôt que vingt-quatre. Une petite fille me lâchait et je me sentais orphelin ! Une manie chez moi !... Une fille changeante, infantile ! Elle s'est bien moquée de moi, non ? Peut-être pas. Le plus délicat, le plus effrayant, c'est d'interpréter chacun de ses gestes après coup : cette paire de gants en peau dont je protège mes mains, dans les déménagements... une blague de sa part ? À la fin, elle m'a reproché mes caresses usantes, abusives. Des mois plus tôt, à l'époque où nous partagions l'argent de nos trafics, nous échangions sans cesse des cadeaux. Un jour, cette paire de gants fins et clairs, au grain délicat... Pour mettre un obstacle entre elle et moi ? Que me disait-elle ? Mets ces gants pour garder tes mains intactes. Ou bien : prends ces gants et cache dessous tes horribles paluches. Dangereux, les coups d'œil en arrière, ça vous met à plat les plus beaux moments. Je devrais dormir pour de bon. Pas de temps à perdre... Pourtant, elle avait passé des jours et des jours à chercher une paire à ma taille.

La peau en est bien douce sous mes doigts, peau de bête tannée et retannée... Écorchée maintenant, après tous ces transports. Demain matin, je pars pour Varsovie. La secrétaire de la Transrhénane a téléphoné à l'hôtel. Ordre de mission. Pour la première fois, je vais conduire le bahut. Le chauffeur habituel a été mis à pied; insultes au patron. Il faut dire que ce type avait un sale caractère. Nous avons fait quelques voyages ensemble, des heures, des jours de route, côte à côte, et jamais une conversation digne de ce nom. Au mieux un bougonnement intermittent. Il râlait contre les automobilistes français, allemands, polonais. Contre la Transrhénane. Contre les autres chauffeurs. Contre les aides dans mon genre. Belle affaire, vraiment, les transports internationaux. Où m'as-tu conduit, Delafosse, en voulant me donner la tranquillité? Je valais mieux que mon passé, disais-tu. Et le présent est ignoble, sur des routes, avec des compères silencieux ou braillards. Je ne suis pas des leurs, pas aussi brutal qu'eux, pas de la même manière. Mes grands bras, mes épaules m'ont mené jusqu'à eux. Ils me tolèrent; l'un d'eux m'a surnommé l'Artiste, parce qu'il m'a vu crayonner, un jour d'ennui, des bonshommes remplis de bras comme un Vishnu. Moi, un artiste! ai-je pensé, en me rappelant les Callix. Le reste du temps, mon œil suit le tracé des routes, du haut de la cabine. Sur les routes des cols, j'ai parfois l'impression de voler.

J'ai tenu plus de deux ans à la Transrhénane : deux ans de silence – à qui parler ? – deux ans de blagues, d'engueulades, de ronronnements, de cliquetis. Les moteurs avaient pris, dans ma cervelle, la place de tous les bruits du passé. Les vibrations, les grondements, les grognements, les crissements, les accélérations, les bafouillis du moteur, des cylindres, des pistons, tout ça cognait en moi, me manquait les jours de repos. Mon cerveau ? Un moteur diesel au poil... Mercedes... Une défaillance ici ou là... On ouvrait le capot : les compères vous arrangeaient la courroie en un rien de temps. On repartait, comme après une migraine, au milieu des vibrations, grondements, grognements... J'aimais ce boucan duveteux qui étouffait les souffrances, et m'endormait. Une vraie vie professionnelle ! J'en arrivais presque à me dire heureux. Belle stabilité. J'occupais, entre deux convois, parfois largement espacés, la même chambre vétuste (les travaux prévus n'avaient jamais eu lieu). Couché avant vingt-trois heures, naturellement. Le patron hurlait ses ordres aux nouveaux arrivants.

J'alternais : tantôt déménageur, tantôt chauffeur. Mes gants en peau étaient bons à jeter ; je retardais l'échéance, sans trop savoir pourquoi. Ma réputation peut-être. J'étais devenu connu dans le milieu des transports internationaux. On me croisait dans les restaurants, aux péages : le type aux gants jaunes. Même pas Gibbon. Mes seuls dialogues, pendant deux ans : « T'as toujours pas réussi à les décoller ? » « Qu'est-ce que t'as à cacher là-dessous ? Un crochet ? » « Tu dors avec ? »

Je pensais à mes conversations d'autrefois... Delafosse... Victor... Les Callix même... Quelle distance ! Un continent ! Toute l'Europe ! Mes douleurs au coude me reprenaient de temps en temps... m'élançaient... L'articulation enflait, durcissait. Je ne soulevais plus un colis. Le mal me prenait le plus souvent à la fin d'un déménagement... la surcharge... Je me forçais, je savais que des jours de repos suivraient, des injections salutaires feraient le reste. Trois crises en deux ans. Rien d'alarmant.

La quatrième m'a pris le jour d'un départ pour Cologne, en chargeant le camion à Vincennes : une raideur soudaine, en même temps que l'élancement caractéristique. Je devais tenir le volant. À côté de moi, un débutant, intérimaire, maigrelet. Pas plus bavard que les autres, un peu inquiet : son premier déménagement. J'ai reposé mon bras le plus possible durant le voyage. Le bras gauche : pas de vitesse à passer ; je l'avais niché dans le creux du volant, j'en prenais soin... un vrai bébé, mon bras... bercé par le roulis du camion... Jusqu'à Cologne, le mal s'est endormi. Dans la ville, les manœuvres ont commencé : les coins de rue m'ont été fatals. J'étais sans force. Tourner le volant me déchirait le coude. Chaque mouvement provoquait en moi une décharge électrique. Mes yeux se fermaient malgré moi... Je me désaccordais, comme si chaque partie de mon corps avait conquis son indépendance. Impossible de lutter. J'aurais dû m'arrêter. Je nous savais près du but... je connaissais l'endroit... le deuxième consul que j'installais à Cologne. Encore une rue après le feu, à droite... Une place s'offrait à moi... Une dernière marche arrière et je me précipiterais dans une pharmacie... *Apotheke*... comment dit-on analgésique en allemand ? Réfléchir et souffrir en même temps, c'est trop pour un chauffeur : mon bras n'a plus pesé sur le volant, mon pied a dérapé sur l'accélérateur, le cul de mon camion rouge s'est enfoncé dans le magasin de pianos. La vitrine s'est écroulée sur les instruments exposés. Les notes éclataient de tous les côtés... explosives... à l'aigu !... Les plus beaux bris de verre de ma carrière... Curieusement, après ce dernier exploit, j'ai senti monter en moi une joie féroce. Comme si j'avais attendu ce moment depuis deux ans. Le novice paniquait. Pour un premier voyage, il était servi. Une catastrophe presque complète... Un magasin ravagé... Deux pianos à queue inutilisables. Les vendeurs hurlaient, le gérant nous insultait : ils avaient cru que le camion ne s'arrêterait jamais, les écrabouillerait contre le mur du fond. Ils se voyaient comme des survivants. Les survivants d'une accélération de l'Histoire. Ils brilleraient le soir, dans les brasseries de Cologne.

J'étais heureux. Ma vie aussi allait s'accélérer : la Transrhénane ne renouvellerait pas mon contrat. Faute professionnelle. Responsabilité pleine et entière. Mon coude malade n'excuserait rien. Cause aggravante au contraire ! J'avais dissimulé mon état de santé. Mon sort a été vite réglé.

Ma joie n'en finissait plus : ne plus rien porter, oublier enfin le poids des objets sur mes épaules, mes muscles, mes articulations, avoir mal encore, mal longtemps, pour ne pas être tenté de trouver une place ailleurs, en vertu de l'expérience acquise. Chauffeur maladroit ! Déménageur casse-cou ! Ma carte de visite ! Spécialité de verre brisé ! de planches en miettes ! de visages fracassés ! À bon prix !

Je me suis senti libre. Et, bien vite, sans le sou.

Ma chambre bon marché me revenait cher. Le peu d'argent que j'avais économisé au long de ces deux années m'a permis de tenir deux mois. Deux mois dans ma chambre, deux mois dans les rues, avant vingt-trois heures. Deux mois à éviter certains quartiers. À éviter certaines pensées. Je m'étais débarrassé de mes gants jaunes, le jour de ma mise à pied. Je commençais à être tranquille et à avoir faim. Je voyais venir le jour où je demanderais des délais de paiement; où le gérant de l'hôtel n'aurait plus ses délicatesses habituelles. Besoin de rien? Client facile, jamais une plainte: il me promettait des réparations que je ne réclamais pas. C'était notre sujet de conversation favori: l'imminence des travaux. Comme si j'étais, au même titre que lui, partie prenante de l'affaire. J'aimais l'entendre rudoyer les nouveaux, avec ses manies de couche-tôt, et ronronner auprès des anciens. Je connaissais la suite. Je ne paierais plus, je retrouverais son vrai visage: tortionnaire du djebel.

J'étais en marche. En marche vers quoi? En marche perpétuelle. L'image de ces quelques semaines, inscrite profondément en moi, dans la mémoire de mes jambes, c'est une cavalcade du matin au soir. Pour ne rien voir: Paris est un grand désert, un Sahara noir... des dunes insignifiantes... Si on choisit bien son parcours, c'est une ville vide. Je traînais loin des oasis. Des panneaux m'attiraient l'œil de temps en temps. Un jour, au bord du 17e arrondissement: Levallois... Clichy... Asnières... La Garenne-Colombes... Bois-Colombes... Colombes. Mes pieds ont pris la piste... La vie de mes pieds... Elle m'échappe autant que la vie de mes bras... C'est loin, Colombes... Des années. Une banlieue engloutie, ai-je pensé. Les noms des rues ne me disaient rien. Ça change vite, une banlieue. Le stade, peut-être, le stade de Colombes... Mon père a dû m'y conduire trois ou quatre fois, *avant*. Retrouver le chemin de la maison, depuis le stade, me suis-je dit. Une envie curieuse. Un peu vaine: sans l'adresse exacte, sans souvenir net, allez retrouver une maison, à l'époque inachevée... vendue, revendue, ravalée, rasée peut-être, la maison de mes parents; où ils n'ont pas vécu; moi non plus. C'est terrible, me suis-je dit, nous avons eu une maison de famille, nous y avons passé moins de temps que dans une chambre d'hôtel, en vacances. Et j'occupe une fin d'après-midi, une soirée même, à la recherche de cette prétendue maison de famille, où ma famille s'est décomposée. Un moment, la nuit était tombée, j'ai pensé la reconnaître. Pour douter immédiatement : l'entrée était la même, mais la construction comptait un étage de plus... Des acheteurs avaient voulu l'agrandir?... Et deux petites ailes, de chaque côté, manifestement surajoutées, gagnées sur un jardin minuscule... Le reste ressemblait à mon souvenir... le souvenir d'une maison en construction. Il faudrait retrouver le cimetière, ai-je pensé. Je n'avais plus le temps : la porte de l'hôtel est fermée après vingt-trois heures, impossible de l'oublier. Un bus m'a ramené vers Paris... pas assez vite... les caravanes sont lentes dans le désert. Le gérant n'avait pas dérogé à ses principes, même par affection pour moi. Mon premier retard en deux ans, moi l'homme toujours en avance, pour la première fois en retard. Pas la peine de s'acharner sur la porte. J'ai passé la nuit dehors, à marcher encore, puis à ne plus pouvoir marcher... à chercher une grille d'aération chaude. Introuvable : aussi courue que les hôtels de luxe. Je n'allais pas me bagarrer pour un trou d'air. J'ai dormi deux heures dans un renfoncement de porte, chassé au matin par un lève-tôt avec son chien. J'ai pris peur, à ce moment-là; j'étais au bout de mon argent; je ne me voyais pas vivre dans la rue... Nomade... Homme bleu dans son désert, soumis au vent, au sable, au chaud, au froid... Je ne m'en sentais pas la force.

J'avais retrouvé Colombes sans souffrance... Une sorte de plaisir nouveau... Pourquoi ne pas retrouver mon oncle Pierre? Le dernier représentant, avec moi, de notre famille décomposée? Cœur de Pierre, bien sûr... Mon jeune oncle devait approcher la cinquantaine. Il me procurerait l'aide dont j'avais de nouveau besoin. Avec l'âge, l'aisance, la bonté lui serait venue ? La bienveillance ? Depuis les Halles, par Saint-Michel et Denfert, l'avenue Coty, Sainte-Anne, j'ai marché sans peine jusqu'au parc Montsouris. Pierre ? Parti pour l'Angleterre, sept ou huit ans plus tôt. Il envoyait ses vœux aux anciens... Marié à une Anglaise, m'a dit un jardinier. Son troisième mariage. Le type riait :

— Pierre travaille pour la Reine d'Angleterre ! Vous vous rendez compte ? Les jardins de Windsor ou de Buckingham, je sais plus...

Je n'allais pas déranger mon oncle à Londres. Avec quel argent ?

Pas de famille légitime. Les Callix ? Ils m'en voulaient encore ? Inimaginable de me présenter devant eux, ai-je pensé. Le déménageur professionnel. J'ai tout de même téléphoné ; raccroché. La voix de madame Callix, dégoûtée et grinçante, plus grave qu'autrefois, et qui s'impatientait, après mon long silence, m'a découragé. Il me restait monsieur Retz, le dernier qui m'ait secouru, le seul qui m'ait accordé sa confiance. À tort, je le reconnais. J'avais un peu honte de le solliciter une nouvelle fois. Son ami de la Transrhénane avait dû lui rapporter les circonstances de mon accident à Cologne, mon licenciement...

— Pas du tout, m'a dit monsieur Retz. Je n'ai pas rencontré le directeur de la Transrhénane depuis bien longtemps.

Il semblait content de me parler, de déployer son savoir artistique. Les oreilles complaisantes lui manquaient de plus en plus :

— Plus personne ne comprend rien à rien.

Sa lèvre était prise de tremblements sous son cigare. Je lui ai parlé des Callix, sans citer Tatiana.

— Vous ne saviez pas ? Mon cousin est mort, l'an passé. En écoutant de la musique dans sa chambre. Il avait le cœur fragile. Trop d'alcool, sans doute...

— Ou bien Tchaïkovsky a fini par le tuer...

— Il m'avait encore parlé de vous, la dernière fois où nous nous étions rencontrés. Vous ne lui déplaisiez pas, je crois...

Je ne voulais pas parler de Victor le premier :

— Vous avez retrouvé votre confiturier ?

— J'en ai fait mon deuil, mais je garde mon idée. D'ailleurs, les faits m'ont donné raison. Le docteur Victor a eu les pires ennuis, après son départ du quai de la Tournelle. Des clients se sont retournés contre lui. Je n'ai pas voulu m'acharner. Après tout, ce confiturier revenait à ma cousine ; c'était à elle de faire les démarches ; je crois que tout ça ne l'intéressait plus ; la succession de ma tante avait entraîné suffisamment de complications.

— Le docteur Victor est toujours à Arcueil ?

— Arcueil ? Il n'y a jamais eu d'Arcueil. Vous m'aviez parlé de son installation à Arcueil, ça me revient, mais c'était de la pure fantaisie. Un moyen de vous écarter, je pense.

— Il a repris un atelier ailleurs ?

— Je n'en sais rien. Tout ce que je sais, c'est qu'il a eu les pires ennuis. Des connaissances communes m'en ont raconté ! Travail mal fait : ça ne tenait pas à l'usage... Tricherie sur les dates d'origine... Vous comprenez : copies vendues pour authentiques... Il a roulé plus d'un amateur. Je ne me serais pas laissé prendre, mais combien lui ont fait confiance ? Des experts ont été consultés, mais, comme toutes ces affaires se faisaient au noir, les clients aussi étaient en tort. Difficile d'attaquer Victor en justice dans ces conditions. Il s'en est tiré comme ça. Mais la clientèle s'est envolée pour de bon. Croyez bien que je ne lui ai plus fait de publicité...

L'idée m'est venue tout de suite... étouffante, excitante... J'ai ruiné l'affaire de Victor... Les vices de tous les meubles restaurés, c'était moi... mon savoir approximatif... ma technique improvisée... Le toc maquillé, moi encore... Les plaintes étaient venues de mes victimes, aucun doute... Un sujet d'étonnement, pourtant : Victor ne semblait pas m'avoir chargé... Si facile pour lui... son livreur indélicat... Peut-être ne s'est-il pas gêné... Monsieur Retz ignore le détail de l'histoire... raconte ce qui l'arrange... Victor l'a toujours exaspéré... Les connaisseurs se méprisent entre eux... rivaux... L'un des deux perd la face, l'autre éprouve enfin un sentiment de supériorité incontestable.

Quand j'ai demandé son aide à monsieur Retz... un nouvel emploi... ses relations... il s'est fermé d'un seul coup... comme s'il avait pu croire, de ma part, à une simple visite de courtoisie...

— Vous savez, à mon âge, les relations ne sont plus guère utiles... Tous ceux de ma génération sortent de la course. Je ne peux plus rien pour vous. J'aimerais bien. Mais je ne peux plus rien pour vous.

Je n'étais pas encore au bout de ma crise. Une crise singulière. Une crise de retrouvailles. Avec les morts, les vivants, sans distinction. Tous plus fuyants les uns que les autres. Nous avançons dans la vie derrière une meute de fuyards, me suis-je dit. Les uns meurent, d'autres fichent le camp à l'étranger ; on nous quitte, on nous esquive. Je suis du lot : l'étranger, les esquives, je connais... Mais c'est terminé : aujourd'hui, je cherche la réconciliation... Colombes, Montsouris... Personne au rendez-vous... Monsieur Retz semblait bien disposé... volte-face... Rien de perdu... J'ai marché jusqu'à la rue de Babylone... l'immeuble où j'avais reconduit Victor, une fois... Une liste de noms sur la porte codée : tous inconnus.

J'ai téléphoné à Plaisir. Je pensais questionner une secrétaire sans me faire connaître... malade, parent de malade... à peine un mensonge.

Les fuyards ! Toujours les fuyards ! Le docteur Victor avait cessé ses fonctions depuis près d'un an. Voulais-je parler au nouveau directeur, monsieur Rochechouart ? Non, non, l'ancien... j'étais tourné vers le passé... moi l'ancien homme d'avenir... Rien que le passé.

— C'est que... m'a dit la secrétaire... monsieur Victor n'exerce même plus la médecine... Il a été... comment dire... radié de l'ordre des médecins... Je ne peux pas vous en dire plus.

Je me suis dévoilé : un ami de longue date. Docteur Delafosse. J'avais besoin de retrouver Victor. Une affaire ancienne. Et importante.

— Si vous êtes médecin vous-même, c'est différent.

Le prestige médical... Le docteur Delafosse, c'est moi... Prudence, pas d'imposture nouvelle. Théologien, ça ne m'a pas porté chance. Prendre la place d'un mort, c'est encore plus risqué.

— Je connaissais bien son ancien domicile, rue de Babylone. Il semble avoir déménagé, n'est-ce pas ?

— C'est vrai, je fais suivre son courrier à sa nouvelle adresse. Je ne sais pas si je peux vous la donner. Je devrais demander au docteur Rochechouart.

— Ne le dérangez pas pour si peu. Le docteur Victor et moi avons fait nos études ensemble. Vous pouvez être tranquille.

La dame s'est laissé faire : je pouvais trouver Victor dans l'Eure, près de Vernon, lieu-dit le Vieux-Pigeonnier. (La campagne ! je ne reconnaissais pas Victor.) Pas de téléphone connu. Il avait l'air tombé plus bas que moi... le plus perdu de nous deux... Je pensais lui demander son aide, pour la seconde fois. Il avait peut-être besoin de la mienne.

Je lui ai adressé une lettre humble et chaleureuse... Mes regrets, ma nouvelle vie... l'homme nouveau que j'étais devenu... la mauvaise passe où je me trouvais provisoirement, après deux années extrêmement profitables... Je n'attendais que le silence, le mépris, après cette dernière tentative pour renouer avec le passé. À ma grande surprise, le gérant m'a remis, moins de deux jours après, une enveloppe portant le cachet de la poste de Vernon. Un rectangle allongé : aucun message à l'intérieur, seulement deux billets de train. Manière de me dire : je sais, mon petit, que tu es encore fauché, éternel quémandeur. Sur le premier, figuraient les mentions : Paris Saint-Lazare – Vernon. Départ 10:44. Arrivée 11:24, à la date du dimanche 6 mars. L'autre portait la même date : Vernon – Paris Saint-Lazare. Départ 22:08. Arrivée 22:55. Victor m'accordait dix heures, pas une de plus. Son geste lui ressemblait assez. Il ne devait pas avoir changé aussi profondément que je me l'étais imaginé. Tout Victor dans ces billets de train... dans le billet de retour surtout. Il avait peur que je m'incruste : on me prête un sac de couchage dans un recoin, j'occupe tout le château dans les deux jours !

Le train du dimanche était presque vide : qui se précipite un dimanche à Vernon ? Je ne prends pas souvent le train, ai-je pensé, comme on pense dans les trains. Tous les trains me mènent à Victor, ai-je ajouté. Personne ne m'a vu sourire. Ma gaieté remplissait le wagon vide. Je ne me souvenais pas d'une pareille sensation depuis bien longtemps. À la gare de Vernon, j'ai humé l'air frais avec prudence. Ne laisse pas dépasser un bras, comme à Plaisir. Pas de chauffard : Victor m'attendait avec notre ancienne camionnette. Je me suis demandé si je devais proposer de prendre le volant, comme autrefois. Pas de nostalgie : pense au billet de retour. Salut cordial, mais sobre. Nous n'allions pas tomber dans les bras l'un de l'autre. J'avais pensé commencer par une banalité noble : nous avons tant de choses en commun... tant de vacheries, oui... Plutôt se taire ou commenter Vernon, petite ville, la campagne normande, verte... C'est attristant, une crise de retrouvailles.

Le regard de Victor m'a étonné... son regard, le même regard... toujours magnétique... mais plus figé, plus halluciné... Ses yeux globuleux de bête...

maintenant pourchassée, peut-être, méfiante. Il se méfiait de moi ?

Nous avons tourné un moment dans la campagne ; petits embranchements, talus, voies étroites, panneaux blancs cernés de noir, à l'entrée des chemins, jusqu'au lieu-dit annoncé, le Vieux-Pigeonnier.

— Pigeonnier XVIIe, a dit Victor, en me désignant une ruine circulaire. Et nous avons souri enfin, comme au retour d'un tic rassurant. Époques, styles... le signal de la réconciliation à venir. Je me dirigeais vers la longue maison :

— Ce n'est pas ici, a crié Victor. Moi, c'est la grange à gauche, restaurée XXe siècle ! Je la loue pour presque rien aux propriétaires de la belle demeure ! Ils ne viennent que deux ou trois fois l'an. Ne me considérez pas comme le gardien. Pas encore !

Sa cour de grange était un peu bourbeuse. Les bottes de Victor clapotaient en cadence devant moi. Son pas de tambour-major, ai-je pensé. Les troupes ont l'air loin.

— C'est l'isolement total, ici, on dirait, docteur Victor.

Ma phrase m'a fait peur... Deuxième temps des retrouvailles... La familiarité vous remonte aux lèvres... pas celle que vous pensiez... la tendre... elle n'a jamais existé... plutôt la vacharde, l'insolente, qui nous a unis, désunis... Il ne se démonte pas pour si peu :

— Ici, c'est plutôt l'isolation qui manque. Grange restaurée XXe, mais milieu du XXe, autant dire le mésolithique.

Intact, Victor. Loin des ors décatis de son hôpital ; du chic parisien de son atelier d'artiste... verrière... quai de la Seine. Chacun ses détours, sa pente : à moi l'hôtel miteux des Halles, à lui l'annexe de chaumière normande. Cette fraternité toute neuve me plaît.

J'entre derrière lui : une grande pièce sous la charpente. Et tout son fatras habituel, ses meubles, ses chaises, ses fauteuils, ses outils. Il transporte son trop-plein avec lui.

— Sentez un peu ces courants d'air.

Une série de chaises accrochées à des gros clous de la charpente s'est mise à battre, comme des pendus bousculés par le vent. Les pieds s'entrechoquent... bruits mats, espacés d'abord... plus vifs, comme autant de balanciers d'horloges affolées... Enfin le tic-tac des chaises, au-dessus de nos têtes, s'épuise de lui-même. Le coup de vent est passé. La porte refermée.

— Dans ce coin, on est plus à l'abri...

Il m'a conduit dans une pièce mal éclairée, une sorte de cuisine de ferme: bancs, longue table et, au milieu, un tas d'oignons.

— Je vous prépare un gratin d'oignons, à l'ail, au parmesan et à la crème fleurette. Rien à dire ?

— C'est la première fois que nous partageons un repas.

— Vraiment ?

Je me suis dit étonné d'être là... Ma lettre ? Une tentative sans espoir, après la rupture violente de nos liens, ai-je ajouté.

— Comme vous parlez! Tout de suite les grands mots! «Rupture violente»! En douceur, plutôt. J'aurais pu être plus brutal. Vous l'aviez cherché. Je n'ai fait qu'accomplir votre désir secret, sans doute. Vous aviez de plus grandes ambitions... Ensuite, je vous ai regretté. Sérieusement, oui, et pas seulement pour le transport des meubles. À Arcueil...

— Monsieur Retz dit que vous ne vous êtes jamais installé à Arcueil.

— Méfiez-vous de monsieur Retz. Il parle à tort et à travers. C'est la règle universelle...

Je retrouvais la voix de Victor, son aisance... Tout de suite sur les sommets, tout de suite dans l'universel. Pendant deux ans, j'ai crevé de silence, crevé de grosses blagues, de petit bla-bla. En deux phrases,

Victor vous enlève. Il pèle les oignons avec une dextérité inattendue.

— Arcueil, c'était une erreur ; la pire période, je le reconnais. La clientèle n'a pas suivi. Les habitués aimaient l'atelier. Se perdre dans Arcueil, très peu ont tenté l'aventure. Ou les rares qui se sont déplacés venaient pour se plaindre. Je soignais moins le travail à ce moment-là. Pas assez de temps, trop de soucis... Les clients se sont lassés. J'ai commis des erreurs monumentales...

Je me suis étonné ouvertement qu'il minimise mon rôle dans sa débâcle. J'étais prêt à m'accuser de tous les vices découverts, dans l'élan de la réconciliation.

— Certains clients m'ont parlé de vous, c'est vrai, les mêmes qui avaient déjà écrit des lettres contre vous, mais pas autant que vous pourriez le croire. Je me suis débrouillé tout seul pour organiser mon petit déclin.

Il avait décidé, lui aussi, de jouer au jeu de la réconciliation. Pas un reproche, rien qui m'accable, je n'en revenais pas. Ou bien, ai-je pensé, le vieux merle est trop fier pour reconnaître qu'un Gibbon lui a fait perdre sa réputation. Il continuait à s'accuser, en décollant la peau des oignons... Les délais étaient devenus trop longs... Bien sûr, je n'étais plus là... Le transport trop coûteux... À un certain moment, il n'osait même plus se montrer dans son entrepôt d'Arcueil. Dès qu'il entendait frapper sur la tôle de la porte, il se terrait derrière une armoire. Si la porte était ouverte, quelques visiteurs hurlaient dans le vide, le réclamaient, le menaçaient...

— Vous auriez été à ma place, avec votre carrure, on ne les aurait pas entendus !

Victor, humble, me surprenait. Si semblable à lui-même, si différent, ai-je pensé : jamais, avant, il ne m'aurait avoué ses terreurs devant sa clientèle.

— J'ai fini de parader.

Je l'aurais pris dans mes bras, si un dernier doute ne m'avait saisi : Victor, l'homme des numéros de cirque... deux trois souvenirs cuisants... Il a l'œil mouillé, battu, il pourrait bien être repris, à tout moment, de son rire ancien... son « Vous m'avez cru, n'est-ce pas ? » qui me laissait perdu.

— L'hiver a été rude. Regardez ces peaux d'oignon, plus épaisses que l'an passé. Les oignons avaient pris leurs précautions, signe infaillible.

— Vous pratiquez aussi la sagesse paysanne ? ai-je demandé en riant. Vous croyez à ce genre de signe ?

— Je m'adapte toujours au milieu où je vis. Pas vous ?

Je lui ai raconté mes voyages, mes histoires de déménageur, de camionneur, d'hôtel... mes impressions de perdition... l'amitié du gérant...

Il a émincé ses oignons, au moins deux kilos, quantité étonnante, me suis-je dit... menu, menu... Un peu plus tard, il est revenu à ses propres histoires.

— Je ne vous en veux plus de vos combines passées pour une simple raison : ce qui m'a fait le plus de mal, contrairement à ce que je pouvais croire, c'est ma mise à l'écart de mon centre psychiatrique. J'ai vraiment eu, moi aussi, le sentiment de la perdition, alors que je pensais m'être détaché des malades, de la médecine psychiatrique, au profit de mes affaires de bois, de meubles, de restauration, d'art. C'est tout l'inverse qui s'est produit. Fermer Arcueil au bout de six mois a été un soulagement. Me faire évincer par Rochechouart, un incapable reconnu, avec des appuis administratifs naturellement, ça, ça vraiment été une blessure. Qui m'a changé. Qui m'a changé à votre égard aussi... Je parle trop, j'ai tort... Quelques gousses d'ail pour parfumer l'oignon, clous de girofle, un classique... nappage de parmesan, noix de beurre pour faire dorer avec un jaune d'œuf... Sur les routes d'Europe, on ne vous a jamais servi un gratin d'oignons ?

— Vous avez été radié ?

— Qui vous a dit ça ?

— Une secrétaire de Plaisir.

— C'est bien ce que je dis : règle universelle, à tort et à travers. Rochechouart aurait bien aimé. Si vous saviez ce qu'il m'a mis sur le dos : sévices corporels sur les malades, le personnel, sévices sexuels, harcèlement, vol, négligence. Témoignages à l'appui. Tous les mensonges de tout le monde pris pour argent comptant. Ma vie privée mise à contribution pour accréditer ses thèses : dérèglement, instabilité. Il en faisait trop. En haut lieu, on voulait bien me mettre à l'écart, on ne voulait pas trop de vagues. On a calmé Rochechouart en lui donnant ma place. J'avais envie de l'abandonner depuis longtemps. Mais si on vous pousse dehors, d'un seul coup vous avez envie de rester. Voilà : on ne m'a pas radié ; on m'a offert des indemnités importantes. J'ai le temps de réfléchir, de repartir. Je suis venu me réfugier ici, en attendant. Bel endroit, non ? Un peu frais, venté. Thermostat 8. Cuisson une demi-heure.

Les parfums d'oignons grillés débordaient du four. Nous ne disions plus rien, au milieu des crépitements du parmesan ; le doré s'étalait à la surface du plat ; ce devait être un moment de bonheur.

— Que diriez-vous, si nous reprenions notre collaboration ? À égalité, cette fois. Et modestement. Je me suis laissé emporter par le mirage quasi industriel. Il faut triturer la matière avec ses doigts, trouver quelques amateurs des alentours et s'en tenir là.

— L'appel de la grandeur reviendra vite.

— Vous avez peut-être raison. Ma petite réputation s'est déjà répandue dans le voisinage. On ne sait pas encore à qui on a affaire. Certains viennent me demander conseil comme à un médecin à la retraite, d'autres comme à un expert en brocante. Je vois des horreurs. Les malentendus d'autrefois ne sont jamais loin. Mais, qui sait ? il est possible de les lever.

Un ronflement de moteur se rapprochait, un coup de freins nerveux...

— J'ai invité Tatiana à notre déjeuner, j'ai pensé que ça vous ferait plaisir.

Étrange, comme nous sommes : j'ai eu l'impression qu'un puits de forage s'ouvrait en moi, de haut en bas... une aspiration par le vide... Et pourtant, quelle a été ma première pensée, la première formulée ? « C'était donc pour ça qu'il y avait tant d'oignons sur la table ! » Je me suis levé, la deuxième pensée est arrivée : « De plus en plus aiguë, la crise de retrouvailles. »

Ma présence ? Un imprévu pour Tatiana, à en juger par son visage. Toujours aussi joueur, Victor... Elle s'est immobilisée dans l'ouverture de la porte... trop longtemps... coup de vent au-dessus de nos têtes... les chaises se tamponnent à grands coups de pieds. Victor pousse Tatiana vers moi... la porte, bon sang... Les cliquetis s'apaisent... nous consentons à nous embrasser, avec délicatesse, le temps de retrouver un parfum de peau. Tout a changé en Tatiana, sauf son odeur de peau. Son allure nouvelle me dit : je te suis complètement étrangère. Mais elle n'a pas pu effacer de ses pores ce léger goût de muscade, pimenté, miellé. Est-il possible d'avoir été attaché à une femme pour ses petites émanations ?... Son souffle sur mon bras ?... Ses sucs dans ma bouche, mes narines ? Pas d'autre raison à l'amour, me suis-je dit. Elle peut jouer la dame, avec ses mèches colorées, l'arrondi nouveau de sa coiffure, son pantalon à pinces, chemisier à fleurettes... Vraiment, si je m'éloigne d'elle, elle ne me plaît pas du tout. Si je me rapproche, si je la flaire, une contraction me traverse la colonne vertébrale. J'avais laissé une petite fille, la reine des manèges... nous en parlons, elle rit un peu... folie d'une époque révolue... Le deuil de sa grand-mère est bien loin... Celui de son père a été beaucoup plus léger...

— À ce propos, j'ai apporté quelques bouteilles de son chablis. Une partie de mon héritage. Sa cave remplie de chablis !

— Ça ne va peut-être pas avec le gratin d'oignons, ai-je murmuré.

— Tant pis, nous le boirons pour lui-même. Comme disait mon père, un grand cru, c'est orgueilleux, ça n'a besoin de rien, même pas d'un buveur !

Une joie s'installait, une gourmandise... Le passé faisait encore des apparitions en arrière-fond, même si nous parlions surtout de nos vies nouvelles. J'ai évoqué, pour la deuxième fois de la journée, mes deux dernières années. Curieusement, devant Victor, j'avais parlé de ma solitude, de mon ennui, de mes compagnons râleurs ou obtus, de mon hôtel miteux, de mon accélération finale. Pour Tatiana, j'ai retracé mes voyages internationaux, ma découverte de l'Europe centrale, les charmes de la Pologne, mon hôtel parisien, bien situé... Une vie en marge, c'est vrai, sans cesse surprenante, même si, après deux ans, j'en avais fait le tour. Victor souriait avec bienveillance, en me servant un nouveau verre de chablis. C'est curieux, ai-je pensé, cette peur de perdre la face devant Tatiana. Deux versions de ma vie pour deux amis. Drôles d'amis. J'en rajoutais dans le grandiose, l'exotique et l'original, parce que Tatiana, au fond, m'agaçait. Elle avait acquis une assurance... un air de femme installée... Sa mère, ai-je pensé... Bientôt, elle se mettra à rouler les R, à son tour... Elle avait trouvé sa voie, a-t-elle dit, celle qu'elle avait toujours souhaitée : elle était inscrite dans une école de commerce... Inévitable, ai-je pensé, après nos malversations communes... le commerce... Elle rattrapait le temps perdu, les années des Beaux-Arts où elle s'était dispersée pour pas grand-chose. Je date de son époque des Beaux-Arts, me suis-je dit. Le gratin d'oignons a, pour un temps, ruiné le chablis. Grand cru Grenouilles. La moindre gorgée avait un goût amer.

J'avais déjà avalé quelques verres : des questions me venaient brutalement à la bouche. Victor m'avait expulsé de l'atelier, mais Tatiana ? Comment s'étaient-ils retrouvés ? Mauvaises questions. Tatiana, ai-je appris, travaillait de temps en temps pour Victor :

— Elle classe mes papiers. Un travail de secrétariat. Depuis que j'ai quitté Plaisir, que je me suis installé au Vieux-Pigeonnier, elle vient m'aider à mettre de l'ordre. J'ai vidé mon bureau, sans compter mon appartement de la rue de Babylone, vingt-cinq ans de paperasse accumulée. Affaires professionnelles, communications savantes, correspondance privée, j'ai toujours tout gardé, trop gardé. À la fin, vous êtes submergé, comme avec les meubles.

— Comme avec les femmes, ai-je ajouté.

— Dans cette partie de ma vie aussi, j'ai commencé à mettre de l'ordre. De toute façon, les occasions se font plus rares. Je n'exerce plus la médecine... Les meubles... à peine quelques visites... j'ai renoncé aux enchères publiques, depuis notre dernière sortie commune. Pour vous dire la vérité, c'est aussi à cause de cette sortie désastreuse que Tatiana travaille pour moi : c'est une forme de remboursement... Une petite dette... les neuf mille francs du bas de buffet... elle n'en avait pas le premier sou à ce moment-là... Elle avait fait un chèque, il ne s'agissait pas qu'il soit en bois. J'ai payé pour elle.

J'ai dit :

— Vous avez fait ça... avec un long silence, comme si j'admirais la générosité du geste, alors que j'avais envie de dire : Vous avez fait ça : acheter Tatiana, comme vous avez acheté toutes les autres femmes, tous les meubles, toutes les marchandises possibles. Victor, comme toujours, avec son œil tendu, voyait ce que je pensais.

— Ce n'est pas ce que vous croyez, m'a-t-il dit. Je ne vous ai jamais piqué Tatiana. Je ne vous ai pas viré de l'atelier pour ça. Ce serait ridicule. Pas nous. Pour autant, je ne veux pas vous mentir. Je ne dirai pas que nous n'avons jamais couché ensemble. La formule exacte serait : nous avons à peine couché ensemble. Au fond, c'est vrai de toutes les femmes. Je n'ai jamais pu faire l'amour avec la même plus de cinq ou six fois. Au-delà, plus de désir, plus de plaisir. S'il me fallait une épitaphe, tiens, je vous recommande celle-là : « Il a couché avec toutes, à peine avec chacune, vraiment avec aucune. » C'est un peu triste pour un homme qui a passé la cinquantaine. Pour en terminer avec cette affaire, et vous ôter toute idée stupide, sachez que Tatiana a un petit ami. Forcément : dans ces écoles de commerce, on rencontre toutes sortes de jeunes gens prometteurs, qui ne tiendront pas leurs promesses, mais c'est sans importance. Qu'est-ce que je raconte ? Ce n'est pas à moi de vous dire ça. La vie de Tatiana... Tant pis, c'est dit. Le chablis Grenouilles du père Callix a de ces effets ! Vous en savez quelque chose !

Nous buvions depuis près de quatre heures, raides sur nos bancs. Je regardais Tatiana : est-ce que son petit ami était capable de lui démolir le portrait ? De la griffer ? De l'ensanglanter ? De la démantibuler ? De l'aimer ? C'est stupide me suis-je dit, mais j'aurais voulu qu'elle soit incapable de tomber amoureuse après moi. Le désert après moi. Présomptueux, naturellement. Il me venait l'envie de la questionner brutalement sur ce petit étudiant de l'école de commerce. Je me suis retenu. Peur d'avoir l'air du vaincu dépité.

Victor a proposé une petite visite de la grange, pour se dégourdir les jambes... éviter un mauvais pas prévisible... Il nous a montré quelques nouveautés, récupérées dans un grenier du voisinage... des bricoles après un décès... Rien de flamboyant... un début dans la région.

— Tenez, derrière : votre bas de buffet orphelin ! Toujours invendu. Personne n'en a voulu. Il m'est resté sur les bras. Vous ne m'avez jamais quitté, en somme.

Il est parti, pour la première fois depuis nos retrouvailles, de son rire singulier, toujours un peu inquiétant... Gai, féroce ? Je n'ai jamais réussi à trancher. Il a repris :

— C'est vrai, ce meuble, c'est Tatiana qui l'a acheté, puis il est devenu ma propriété, mais c'est le vôtre, Gibbon, il vous revient, c'est vous qui l'avez voulu. Ou plutôt, c'est notre bien commun. Dire que notre amitié s'est incarnée dans un bas de buffet orphelin !

Son rire s'est étiré... un rire élastique... tendu, tendu, aigu... et qui vous arrive dans la figure... clac !... *Notre* amitié... Il la nomme *notre* amitié, son rire la nie... Toujours pareil !

Dans le prolongement de la grande salle, deux petites pièces en enfilade... La chambre de Victor, tout au fond... Juste avant : une sorte de bureau. Les râteliers à foin d'autrefois ont été conservés... Des cartons, des chemises, dossiers, papiers rassemblés s'y entassent : en instance de classement !

— Des mois de travail devant nous, dit Victor.

De l'autre côté, sur des étagères, les papiers classés. Par années. Par domaines.

— J'ai le plus grand mal à trouver un ordre à ma vie, voyez-vous. J'ai passé plus de trente ans à tout mélanger. Il m'en faudrait autant pour tout ordonner. Tatiana me dit parfois que c'est un peu vain. Tant pis. C'est mon projet actuel... Allons ouvrir une nouvelle bouteille. Les Grenouilles nous attendent...

— Une seconde, ai-je murmuré.

Une masse d'enveloppes ficelées m'attirait. Une promesse ancienne me revenait. Jamais tenue. La lettre de Delafosse, ma lettre d'introduction, Victor s'était engagé à me la faire lire un jour. Et puis, sa négligence, nos occupations, nos oublis, le temps passé : cette lettre, essentielle sur le moment, avait perdu, sans doute, toute importance. Une lettre, c'est daté.

Après cinq ou six ans, une correspondance paraît dérisoire... Toutes ces enveloppes timbrées ranimaient ma curiosité. Jour de retrouvailles, jour de réconciliation : j'aimerais bien lire la lettre de Delafosse. Ma lettre.

— Vous l'avez classée ?

— Je crois, a dit Tatiana. Au tout début. Tu tiens à la voir ? Je ne sais plus si nous l'avons classée au rayon correspondance privée ou professionnelle.

— C'était la lettre d'un ami, non ?

— Celle d'un confrère aussi.

Tatiana cherchait sans conviction. Je l'ennuyais avec mes exigences d'historien de mon passé. Pas moyen de mettre la main sur le bon dossier. Quelle année déjà ? C'est bien la peine de faire des classements... Victor s'impatientait... son grand cru Grenouilles...

— Laissez-la chercher. Si vous êtes sur le dos d'un archiviste, il ne retrouve jamais rien.

Nous avons repris nos places, de chaque côté de la grande table, raides sur nos bancs ; l'or vert pâle a tinté plusieurs fois entre les parois de nos verres à pied... parfums d'amande fraîche, parfums femelles... Notre bouche s'empâtait... Victor me faisait répéter sans fin mon entrée dans le magasin de pianos, à Cologne... Mon accélération finale, en marche arrière, l'enchantait... les Steinway éventrés...

— J'ai toujours détesté le piano, disait-il, de sa voix désormais embarrassée. Dix ans de piano forcé : vous vous rendez compte de ce que c'est ? Alors démolir un magasin de pianos, c'est un rêve. Si j'avais pu faire ça à quinze ans...

Plus tard, bien plus tard – nos langues avaient eu le temps de s'épaissir encore – Tatiana a passé, pardessus mon épaule, l'enveloppe attendue. L'enveloppe épaisse, renforcée... l'enveloppe déchirée, forcée par Victor, dans son bureau de Plaisir... je l'avais de nouveau entre les mains, mes mains agitées de minuscules convulsions... Le sang battait au bout de mes doigts... Alcool, émotion... l'écriture carrée de Delafosse bougeait insensiblement sous mes yeux... L'encre bleu roi... passée ? À peine : patinée. J'ai éprouvé la sensation d'une présence... Je croyais, en venant ici, retrouver Victor. Je tombais sur Delafosse en personne... son encre bleu roi... ses majuscules bien carrées... Mon ami plein de vie.

Je crois bien que nous étions salement éméchés; ce qui s'appelle salement; des gestes sales nous échappent, des mots sales; des coulures qu'en temps ordinaire nous réprimerions, effacerions rapidement; nous débordions de vin, le vin nous débordait; nous sortions de nous-mêmes, les uns devant les autres.

Tout ce qui suit est du domaine de l'incertitude, pourrait aussi bien ne pas avoir eu lieu; a probablement eu lieu. Tout ce qui suit est en moi, à l'état liquide, déjà volatil... baigné d'une atmosphère jaune or vert pâle... la lumière flottante du chablis... Entourée de ténèbres. Tout ce qui suit doit être excessif. Déplacé. Sans doute secondaire. Mais des buveurs, au plus fort de leurs retrouvailles, mettent le secondaire au-dessus de tout.

Il m'a bien fallu deux minutes pour extraire les feuilles blanches, un peu chiffonnées, de leur enveloppe. Je tremblais... des dizaines de lignes un peu désordonnées, de longueur inégale, faisaient une masse sous mes yeux... indistincte... J'ai dû me concentrer... La première ligne... *Cher vieux*... Amical, cher vieux... Pas cher confrère. Delafosse aimait bien Victor. Un peu vieillot, mais amical... *Je peux maintenant t'écrire, toi, tu peux aujourd'hui me lire, pour une bonne raison: nous sommes morts tous les deux.* Quelque chose ne va pas dans cette phrase. Sûrement le chablis qui m'anesthésie. Relisons posément : *Je peux maintenant t'écrire, toi, tu peux aujourd'hui me lire, pour une bonne raison : nous sommes morts tous les deux. Je sais que tu as fait une belle carrière, comme seuls les morts peuvent faire carrière. Un homme vivant n'a pas besoin de faire carrière. La carrière, c'est le mausolée que nous nous construisons, quand tout est mort, passé vingt-cinq, trente ans. Nous avons tout détruit à vingt-cinq ans. Toi le premier. Passons pour l'instant.* C'est mieux comme ça, je reconnais mon Delafosse... Delafosse sur son lit... il avait ce ton. *Je t'envoie un gosse, pas le mien, mais tout comme. À l'époque où nous étions de jeunes militants, notre première période, vraiment la plus reculée, la seule où nous avons été un peu vivants, je crois, nous n'avions pas l'habitude d'étaler notre vie intime, nos relations avec le reste du monde. Nous étions entièrement tournés vers l'action et la théorie pratique. Les camarades auraient ricané, s'ils avaient su que j'étais reçu chez des petits-bourgeois catholiques, que je m'étais toujours senti bien auprès d'une Marthe en jupette, que j'offrais des jouets à son fils. Je crois bien que je suis mort, parce qu'elle est morte.* C'est de ma mère qu'il parle ? Mêlée à toutes ces histoires ? « *Delafosse n'a jamais manqué d'un certain goût pour le pathos* », vas-tu penser. *Ne t'en défends pas. Nous avions tous le sens du pathos, sauf toi, et tu sais pourquoi. Nous rêvions de sacrifice, de misère volontaire. La misère, c'était notre luxe. Les situations extrêmes, aussi, nous exaltaient. Voilà pour le pathos. Tout cela nous paraît ridicule, à nous les morts d'aujourd'hui. La vérité est que seuls ces rêves de bouleversement total nous donnaient le sentiment d'exister.* J'ai pris conscience, à cet instant, que je lisais à haute voix, d'une voix que je reconnaissais mal. Tatiana, je crois, était restée en arrière ; Victor avait penché sa tête vers moi ; j'avais l'impression que sa lèvre inférieure pendait, tremblotait. Attention, il est question de moi, maintenant.

Le fils de Marthe, j'ai eu à m'occuper de lui, de près ou de loin, depuis plus de dix ans. C'est un gamin qui vaut mieux que ce qu'il est ou paraît. Si tu consentais à l'aider, comme je l'ai aidé, tu pourrais peut-être faire quelque chose de lui. Je sais que tu as de l'étoffe, une certaine surface sociale, des relations bien placées. Tu as toujours eu des relations très bien placées. Tu as toujours su t'attirer des grâces, trop de grâces, sans doute, mais si cet excès peut être racheté par un geste à l'égard de Gibbon, deux ou trois coups de téléphone... Gibbon, ce n'est pas son nom, mais il y tient depuis des années. Un enchaînement de faits désastreux l'a conduit à s'affubler de ce nom. C'est un garçon qui a longtemps cherché à se déprécier lui-même, à se rabaisser, voire à s'autodétruire. Il a besoin de confiance en lui, de tranquillité. Imagine-toi : son père est mort accidentellement en l'appelant par son vrai prénom : Paul. Ne l'appelle jamais ainsi, ça le met en fureur. Je crois qu'il n'est jamais parvenu à faire son deuil. Il en veut au jeune garçon qui est en lui, qu'il soupçonne d'être responsable de la mort de son père. Il ne s'est pas réconcilié, malgré mes efforts, avec ce Paul enfant. Il a cherché à se punir d'un crime imaginaire. Presque à la même époque, il a perdu sa mère. J'ai l'air de te raconter du Zola, mais je ne connais pas de résumé de vie qui ne ressemble pas, au bout du compte, quand on a égrené les malheurs inévitables et laissé de côté les moments paisibles, à du Zola. Les résumés seulement. La vie réelle, c'est autre chose.

Paul, c'est vrai. C'est drôle de lire : Paul, et de se dire : Paul, c'est moi. J'ai passé les vingt-cinq ans fatidiques, selon Delafosse. Après vingt-cinq ans, on est mort. Qu'est-ce que ça fait à un mort de s'appeler Paul ? J'ai le vin léger soudain. Je suis prêt à accepter en trois secondes ce que j'ai refusé pendant quinze ans. Vous auriez dû me faire lire cette lettre plus tôt, docteur Victor.

Je ne veux pas t'ennuyer avec son passé, ses pulsions destructrices plus ou moins contrôlées. Après tout, tu n'es pas obligé de te charger de lui comme je l'ai fait. J'avais de bonnes raisons. Une bonne raison: Marthe. Juste un mot: il s'est longtemps cru malade d'une maladie des os (la maladie des os, aujourd'hui, c'est moi qui en crève!). Il croyait ses bras hypertrophiés. Un symptôme de sa souffrance inexprimée, comme je l'ai toujours pensé. Tu pourras constater, comme moi, que c'est un garçon plutôt bien fait, d'une taille sans doute supérieure à la moyenne, un de ces gaillards trop vite grandis, comme disaient nos grands-mères. Il possède une force certaine, mais, somme toute, banale. Et qui masque sa vraie personnalité. Je reste persuadé que le mal vient de là, de cette contradiction: sous son allure de brute pas tout à fait épaisse, dont il s'est fait une carapace (la face Gibbon, si tu préfères), survit, comme il le peut, un petit être délicat, sensible, fin et, je l'ai pensé, d'une grande intelligence (la face Paul, s'il faut lui donner son nom véritable). Il est un peu comme l'Albatros de notre vieux Baudelaire (que tu aimais aussi, je crois): Ses ailes de géant l'empêchent de marcher. Mon grand regret aura été de n'être pas parvenu à ressusciter son «côté Paul». J'ai fini par y renoncer et je doute que même un spécialiste de la psyché comme toi puisse modifier profondément son état, du reste stationnaire depuis longtemps et pas vraiment inquiétant. Pas vraiment! *En tout état de cause, je ne te l'adresse pas comme un malade à soigner, mais comme un fils à accompagner un temps dans la vie. Pardonne-moi d'être si solennel: au point où j'en suis, je m'accorde la permission ultime de me montrer pompeux sans honte, comme un Lénine embaumé, comme un Mao couvert de cent fleurs! Le plus étrange reste que nous ayons lutté pour des bouddhas, des momies qui ne nous ressemblaient pas, que nous aurions haï, si nous avions eu à les connaître personnellement, qui nous auraient fait fusiller au premier matin. Le plus inconcevable: nous n'avons jamais été si vivants que sous l'influence de ces guides mortifères. Jeunes, écla-*

tants de santé, grâce à ces vieillards cacochymes, criminels gâteux. Sans regrets, mon vieux, même si je suis loin de l'étudiant des années soixante.

Ce sera bientôt pour moi le moment décisif de la séparation : le corps et l'esprit, mon corps et l'esprit vont se disjoindre. Je resterai solennel jusqu'au bout, ne m'en tiens pas rigueur. J'ai repris mes vieilles lectures, les dogmes serinés par mes grands-parents dans leur campagne berrichonne, à quoi ils croyaient plus que tout, à quoi je reviens aujourd'hui, comme quelqu'un qui n'a plus qu'une branche à son arbre : je crois à cette part d'éternité qui est en nous, à la survie spirituelle, après l'élimination du corps, à la puissance de l'esprit, sa puissance de réflexion et sa puissance d'action sur le monde.

Je me souviens de mon cri, à ce moment précis de ma lecture :

— C'est un faux ! Vous vous fichez de moi, Victor. C'est vous qui avez écrit ça. C'est un faux ! Jamais Delafosse n'aurait écrit une chose pareille !

Victor secouait la tête :

— Personne d'autre que Delafosse n'a écrit ces mots.

Je m'étais levé de mon banc... retenu un instant à la table... Puis, debout au milieu des meubles, l'estomac contracté... besoin d'air... je suffoquais.

— Je ne comprends pas ce que je lis. J'ai trop bu ? Ou bien je comprends vraiment ?

— Nous comprenons la même chose que toi, a dit Tatiana.

J'ai écouté Delafosse des heures entières sur son lit d'hôpital... Il disait exactement le contraire de sa lettre. C'est invraisemblable. Mon vieil ami... l'ami de ma mère... se foutre de moi... Impossible. Un faux ! (Je gueulais dans la grange... je brassais de l'air... Des chaises accrochées à leurs clous se donnaient des coups de pieds.) Expliquez-moi comment le même homme a pu me répéter dix fois que l'esprit, l'âme, la vie éternelle, Dieu étaient des foutaises dont on nous avait matraqué le crâne, le mien en particulier, pendant des siècles, et rédiger une belle lettre de communiant où il prétend croire à l'immortalité de l'âme, à la séparation du corps et de l'esprit ! Expliquez-moi pourquoi un homme m'a appris, pour faire mon éducation, former mon sens critique, à me méfier des mots morts, des mots cadavres, comme il disait, et s'amuse, dans sa dernière lettre connue, à les employer tous, à les déguster les uns après les autres, comme si c'était le *nec plus ultra* de la vie. Ses phrases, les phrases des dernières semaines de sa vie, m'étaient restées en tête, comme des refrains. C'étaient des vérités authentifiées par sa mort, des règles de vie, les seules que j'avais, elles orientaient mon existence, ma manière d'être. Pauvre type, je n'avais que ça pour me raccrocher, pour comprendre ce qui m'arrivait. Et c'était de la blague ? Dans le doute, devant la nouveauté, tout seul, je pensais : qu'est-ce que Delafosse en aurait dit ? Dans ma col-lection de formules, laquelle pourra m'aider ? J'en trouvais toujours une. Il avait tenu le rôle de mes parents, des professeurs, des livres. Tout ce que j'avais appris, je le lui devais. Et il m'a appris des conneries ? Il ne me parlait pas sérieusement ? Il prenait des poses sur son lit de mort ?

— Vous ne devriez pas vous mettre dans cet état pour un bout de papier. Du courrier qui ne vous est même pas adressé ! Je ne pensais pas que cette lettre déclencherait en vous une telle violence.

— C'est une lettre qui met ma vie par terre et je devrais rien dire ?

— Vous exagérez. C'est une lettre plutôt fumeuse, non ? Le ton est un peu déplacé, si on lit ça à froid… Dans l'urgence, à l'approche de ses derniers instants, il s'est pris un peu au sérieux. Le genre prophète qui voit arriver la fin du monde. Qui prend sa propre fin pour la fin du monde. Qui se croit obligé de faire des belles envolées. Style papiste. Ou Malraux. Très XXIe siècle. « Le XXIe siècle sera spirituel ou ne sera pas. » Ça sert beaucoup en ce moment. Le genre ampoulé. Delafosse a toujours été un peu comme ça, il me semble, un mélange de bénédictin et de Malraux. C'était parfois émouvant, parfois déplorable. Pour racheter le tout, heureusement, il avait aussi un certain goût de la blague.

— Il pouvait jouer les prophètes, ai-je repris, autant qu'il voulait, même devant moi, mais il ne devait pas écrire le contraire de ce qu'il me disait. C'est criminel.

À certaines situations, rien ne vous prépare. Un père vous tombe sur la tête ; le plus fidèle des amis se renie. Et aucune explication à attendre. Énigmatique.

— Il faudrait savoir, a dit Tatiana, ce qu'il a dit en dernier. Imaginons qu'il ait écrit sa lettre dans un moment de crise. Plus tard, devant l'imminence de la mort, il te parle, il dit ce qu'il a vraiment sur le cœur. Sa lettre ne remet pas en cause ses dernières paroles. Il a pu avoir des moments de doute... Dans sa situation...

— Naturellement, a dit Victor, on peut imaginer l'inverse. Il parle dans une sorte de délire. Et dans un moment de lucidité, il concentre ses forces pour fixer par écrit ses dernières pensées, son credo.

— C'est plus grave, selon moi : il a écrit sa lettre en plusieurs temps. Il a changé d'encre à un certain moment. Son écriture n'est pas identique de bout en bout. D'ailleurs, il m'avait prévenu : il préparait une lettre pour un ami. C'est ça le plus affreux, le plus lourd, pour moi : il est probable qu'il a écrit cette lettre *en même temps* qu'il me tenait ses discours. Il me faisait la leçon. Et sa leçon n'avait aucune valeur à ses propres yeux.

— Vous ne pouvez pas dire ça. Je crois qu'il avait une autre intention.

Delafosse, selon Victor, voulait me libérer d'un sentiment de culpabilité si puissant qu'il m'empêchait de vivre. Il espérait provoquer un bouleversement en moi, un électrochoc. Ses dernières paroles prendraient une force singulière : la vérité devant la mort. Incontournable. Il pensait m'affranchir enfin de mes inquiétudes. Alléger le poids de fautes imaginaires ! Me rendre enfin disponible pour la vie ! Tranquille ! Sans problème de cervelle ou d'esprit ! C'était naïf de sa part, sans doute. Il avait échoué comme médecin, il espérait des effets d'une cure ultime. La cure par la mort du médecin lui-même ! Je crois me souvenir que Victor, à ce moment, s'est enthousiasmé. Le vin renforçait chez lui cette tendance spontanée à s'enthousiasmer de lui-même :

— Imaginez ce que Delafosse a dû éprouver ! Le rite sacrificiel ! Le médecin meurt pour son malade et emporte sa maladie avec lui ! Le patient est guéri ! Le médecin est mort ! Ce devrait être la seule méthode curative admise !

Il a ri une nouvelle fois, effondré sur sa table... Un rire rauque... un rire d'ivrogne... ivrogne philosophe... qui brille, avant de s'endormir dans ses hoquets. Moi, je n'avais pas envie de rire. Je revenais sans cesse à mon énigme... ivrogne monomaniaque... Tatiana se lassait :

— Après tout, qu'est-ce que ça change ?

Pardon, ça changeait tout... J'ai senti la colère monter du ventre... une contraction terrible... Surtout quand Victor a ajouté :

— Delafosse, avec son immortalité de l'âme ! Impayable ! Et vous au milieu de tout ça ! En train de vous torturer pour une affaire pareille ! Ringarde au possible ! Je rêve !

Je crois bien que j'ai hurlé :

— L'âme, je m'en fous ! L'immortalité de l'âme, je m'en fous ! Ce qui va pas, c'est Delafosse. Capable de dire une chose et son contraire ! Ce qui va pas : tout ce qu'il a pu me dire... ça a pris une importance folle en moi, vous n'imaginez pas ! J'étais tout seul, j'avais besoin de croire au moins à ça. Et pour lui, c'était pas du sérieux ; c'était juste commode de me dire ça à ce moment-là. C'est vertigineux, non ? Est-ce que j'aurais eu la même vie, s'il m'avait parlé comme dans sa lettre ? Est-ce que j'aurais accepté tout ce que j'ai accepté ? C'est tout ça qui va pas... pas rien, tout de même !

Trop de vin... trop de hoquets... Quand je bois trop, je peux hoqueter des heures entières... J'ai refait le tour de ma vie au milieu de mes hoquets... jaillissants... déchirants... explosifs... En pleine confusion, sûrement, mais je me sentais extralucide... le genre de type tellement bourré qu'il arrive à marcher droit sur une ligne imaginaire !

— S'il n'y a que de la chimie, que du hasard, ai-je expliqué, je peux comprendre ma vie, la raconter, d'une certaine manière : un garçon perd son père accidentellement, sa mère tombe malade, il est placé chez un oncle avec qui il ne s'entend pas ; il a une certaine force physique, il en abuse un temps ; petits ennuis judiciaires et médicaux ; un ami de la famille l'aide un peu et l'adresse à un ancien compagnon. Le garçon, grâce à sa force physique, trouve un emploi de transporteur et décide de réussir sa vie par tous les moyens à sa disposition. Il profite de diverses situations ; rencontre une femme qui l'aide dans ses projets ; tous les deux commettent quelques vols ; échouent ; se séparent ; le garçon trouve un nouvel emploi, le perd ; espère encore. Une vie d'homme : hasardeuse, heureuse, malheureuse.

Mais si, comme l'écrit Delafosse (et j'ai repris sa lettre dans ma main tremblante), *je crois à cette part d'éternité qui est en nous... à la puissance de l'esprit, sa puissance de réflexion et sa puissance d'action sur le monde*, ma vie ne se présente plus du tout comme ça. Je devrais la regarder et la raconter d'une manière totalement différente :

Un garçon casse les verres de son père, subit une réprimande sévère, se vexe et pense : qu'il meure ! (J'ai pensé : qu'il meure ! Je m'en souviens clairement.) Et son père meurt. Sa mère l'accuse. Le garçon ne supporte pas ces accusations, brise un morceau de croix, au cimetière. Sa mère tombe gravement malade, et meurt.

— Le vin vous fait délirer, Gibbon, taisez-vous. On est tous un peu partis, ça va plus. Reposez-vous un peu.

— Je continue, je ne suis pas fou : on décèle des comportements criminels chez l'enfant. Criminels ! D'autres personnes ont perdu la vie à son contact. Delafosse lui-même.

— Absurde, a dit Tatiana, il était malade.

— Ta grand-mère, ai-je ajouté. Elle m'a vu, elle est morte.

— Elle avait quatre-vingt-quatorze ans !

— Et le chauffard de Plaisir, rappelez-vous, docteur Victor. Il m'avait mis en retard le jour de notre rencontre. Il m'avait abîmé le coude avec son rétroviseur. Je l'ai maudit violemment : qu'il meure aussi ! Et quelques minutes plus tard, il est victime d'un accident mortel en pleine ligne droite. Ça fait beaucoup de signes, non ? Une vie organisée, cohérente, dirigée par un esprit supérieur ! Ce qui doit s'appeler un destin !

— Vous êtes juste un peu poissard !

— Alors la poisse, chez moi, c'est une forme de l'esprit !

— Non, Gibbon, vous étiez drôle au début, mais là vous entrez dans le domaine de la superstition. On ne peut plus discuter. Delafosse, dans sa lettre, évoque ses préoccupations religieuses. Normal, au moment de mourir. Mais vous, vous en faites une salade de surnaturel, vous ramenez ça à de la sorcellerie pure et simple. Des pouvoirs quasi magiques ! L'esprit du mal en marche ! Un petit signe diabolique : verre ou croix brisés, et hop ! vous tuez ! L'ange exterminateur ! Évidemment, ça a de la gueule, ange exterminateur, comme destin ! C'est plus fort que livreur de mobilier ancien ! Achevé au chablis, l'ange exterminateur ! C'est la meilleure que vous nous aurez faite ! Ou la pire !

J'ai protesté une nouvelle fois : je n'avais jamais été aussi grave qu'en cet instant, malgré les hoquets qui me traversaient le corps.

— Vous voulez dire, a repris Victor de sa voix maintenant voilée, que Delafosse vous a empêché de voir la vérité ? Qu'il vous a fait croire que vous étiez un bon garçon qui a connu des décès dans sa famille, alors que vous êtes un criminel, voleur, parricide, homicide. Au moins par intention. Vous êtes prêt à endosser tous les crimes possibles avec un bel entrain. Justement ce que Delafosse voulait vous éviter. Il avait vu juste : vous êtes un maniaque de la faute. J'ai connu des cas de ce genre. Fréquent, le goût de la culpabilité ! J'aurais dû vous soigner, plutôt que de vous faire porter des meubles. Erreur de diagnostic. Rochechouart devait avoir raison : je ne suis plus bon à rien depuis longtemps.

Victor voulait me transformer en malade : je n'allais pas me laisser faire. Achevé au chablis peut-être, mais, d'un seul coup, je me sentais touché par la grâce ! Pas défoncé à la bière ou à la piquette, style Chantegorge ! Au chablis grand cru Grenouilles, c'est autre chose ! Ça rend visionnaire ! Je ne voulais pas lâcher mon idée :

— Je suis pas parti dans le délire, je dis la vérité : selon ce que je crois, ou non, j'ai une vie ou une autre ; les événements de mon existence ont un sens ou un autre. Et Delafosse, par un tour de passe-passe, m'a donné une vie qui ne devait pas être la mienne. Est-ce que vous pouvez comprendre ça : une vie qui ne devait pas être la mienne.

— La barbe ! Personne n'a jamais eu la vie qui devait être la sienne.

— À cause de Delafosse, j'ai remplacé mon esprit par mes bras : livreur de meubles, déménageur. Voilà où m'a mené Delafosse, avec ses bonnes intentions : pas d'inquiétude, pas de scrupule, pas d'état d'âme, dans un monde sans âme, comme je me le suis répété des années durant ! Tu parles ! Il m'aurait dit le contraire de ce qu'il pensait pour mon bien ! Pour mon malheur, oui !

— Arrêtez, a dit Tatiana, ce sont des conversations à dormir debout ! Aucun sens ! Tu nous emberlificotes dans un raisonnement qui tient pas la route. Complètement vicieux. C'est de la démence pure. J'ai pensé ça de toi, des fois. Je te trouvais amusant, pas ordinaire. Mais là tu dépasses toutes les limites. J'aurais jamais dû apporter le chablis de mon père. Est-ce que tu vois dans quel état tu es ? Pire que la dernière fois, chez mes parents !

— Ouvrons la dernière, a dit Victor. Puisque vous ne voulez pas vous arrêter, il va falloir aller jusqu'au bout. On commençait à avoir le vin triste. C'est une étape à franchir. Encore trois verres et la gaieté reviendra. Vous oublierez la petite indélicatesse de Delafosse.

— Petite indélicatesse ! Un type me mène en bateau... ravage mon existence entière...

— Ah non ! Pitié ! Ne recommencez pas. Tatiana a raison : vous nous faites entrer dans une histoire de fou. Il est impensable de faire tenir sa vie à quelques feuillets barbouillés par un mourant... aux épanchements d'un malheureux sous morphine. Tiens, la voilà la vérité, vous me l'aviez bien dit une fois : à la fin, Delafosse était traité à la morphine. Tout ce que nous pouvons raconter n'a aucune valeur : Delafosse vous parlait sous morphine ; ces pages ont été écrites par un malade sous morphine. Et vous avez pris ça au sérieux ! Pas la peine d'aller chercher plus loin ! J'aurais dû y penser plus tôt ! Des pages écrites sous morphine et lues par des ivrognes ! Nous avons bonne mine ! Nous nageons en plein chaos alcoolique ! Ça pourrait être splendide, mais ça devient inquiétant.

Nous avons remis ça... le dernier chablis... Victor reprenait la cérémonie de la dégustation... comme si nous étions en état de mirer les Grenouilles, de humer les Grenouilles, de mâcher les Grenouilles ! J'étais plus calme... Cette histoire de morphine, c'était plus convaincant... Tatiana s'était assise à côté de moi :

— Oublions tout ça, a-t-elle dit. Elle avait moins bu que nous. Mon apaisement la soulageait.

Je me suis relevé dans un spasme :

— La suite de la lettre ! Où est la suite de la lettre ? Je me suis arrêté au milieu d'une page, tout à l'heure. La suite ! La lettre sous morphine ! Vous avez raison, Victor : il faut aller au bout.

L'ivrogne qu'on n'arrête plus ! J'étais le plus mal en point des trois. Le plus gros buveur. Ou le plus fragile. Comment contrôler un ivrogne ?

— Buvons plutôt !

La lettre ! La page ! Je ne voulais plus en démordre... J'ai retrouvé le dernier feuillet, je l'ai rapproché de mes yeux, éloigné : des traces bleu roi, et floues. Enfin la bonne distance. J'ai déclamé, sur le ton le plus grandiloquent, comme si j'acceptais l'hypothèse de Victor : ces mots n'ont aucune valeur, l'homme qui les a écrits n'était pas en possession de ses facultés, alors que chaque phrase me blessait, révélait la lucidité de Delafosse, l'énigme de ses reniements. Je l'ai haï, soudain ; j'ai haï sa bonté pour moi... sa bonté... elle dégoulinait dans toute sa lettre... sa bonté pour moi... Sa cruauté.

Au fond, nous étions spiritualistes, même dans l'action révolutionnaire, clandestine. Même englués dans une situation donnée à une époque donnée, nous avons cru pouvoir changer le monde par la force de l'esprit (et, en somme, assez peu par la force des armes). *Il m'aura fallu quarante ans pour revenir à mes convictions d'enfant. Ce doit être cela mourir : rejoindre le petit homme du début, dépouillé de tout.*

Je sens bien que tu souris. Tu as raison, cher vieux. La maladie rend égoïste, j'en viens à me préoccuper de moi, de mon salut, dirait-on, alors que je ne voulais te parler que de mon protégé (son protégé!). *Je n'aurai pas eu le temps de lui donner une vraie chance* (la poisse!). *Je te crois capable de le faire à ma place : un petit rien, j'en suis certain, lui permettrait de trouver sa place* (ma place de déménageur!). *J'insiste : c'était un garçon plein de promesses. Je ne vois pas, après toutes ces années, qui d'autre que toi serait le mieux à même de l'aider à les accomplir. Tu rechignes ? Je fais reposer sur toi de trop lourdes responsabilités ? Allez, tu me dois bien ça. Je t'ai assez prouvé mon amitié, je crois, à une certaine époque. Tu te souviens que...*

« *Tu te souviens que* » ? L'autre page ? La dernière ?

Tatiana piquait du nez sur la table... fuyante... J'étais maintenant sensible aux détails les plus infimes du comportement de chacun... À deux doigts du coma éthylique, peut-être, mais de plus en plus lucide, d'une lucidité carnassière : j'épiais la moindre parole, je suspectais le moindre geste de Victor ou de Tatiana. Ils me mentaient tous, m'avaient toujours menti. Tous, leurs petites histoires ! Ce qui les arrangeait ! Tous, leurs bonnes raisons ! Même Delafosse ! Le seul que j'ai vraiment cru différent ! Alors, la dernière page ? Sa dernière page ? Ma dernière page ? Comme si j'attendais tout de la dernière page, un démenti, un improbable désaveu du reste...

— Delafosse ne vous a pas adressé une lettre sans la signer, sans l'authentifier, en s'arrêtant au milieu d'une phrase ?

Je m'étais relevé... le hoquet m'avait lâché... la colère me reprenait... Tatiana a fini par céder :

— Au moment où j'ai classé le document, j'ai éliminé la dernière page. Elle présentait des remarques douteuses. Qui pouvaient prêter à confusion. Ou à calomnie.

— Pourquoi ne pas tout jeter ?

— Nous avons pensé que le reste était anodin, émouvant ; pouvait t'intéresser un jour, si tu resurgissais. Nous ne pensions pas que tu réagirais si brutalement. Ce n'est qu'une lettre après tout...

— Mais la fin ? Qu'est-ce qui la rendait si dangereuse ?

— Je ne sais pas si je peux... a dit Tatiana, en regardant Victor.

— Au point où nous en sommes, ça n'a plus grande importance.

Selon Tatiana, Delafosse avait rappelé, en conclusion, la dette de Victor à son égard, la fameuse dette qui le troublait au début, chaque fois que je l'évoquais.

— Une affaire un peu délicate, mais sans fondement, a précisé Victor.

Délicate et fondée, ai-je pensé. À l'époque où les deux compagnons appartenaient au même groupuscule révolutionnaire, des tiraillements se produisaient entre plusieurs tendances, projets... À certains moments, la question de la violence, du terrorisme, a été posée. Fallait-il basculer dans l'activisme armé ? Il semble que Victor se soit comporté alors comme un jusqu'au-boutiste, prêt aux coups de force, contrairement à la plupart des membres du groupe. À tel point que les partisans d'une action strictement politique ont, rappelait Delafosse, suspecté Victor de provocations. Ses surenchères, selon eux, s'expliquaient par le fait qu'il était payé par les Renseignements Généraux ou le SDECE : Victor, une taupe infiltrée dans un mouvement maoïste ! Un agent pousse au crime destiné à provoquer un démantèlement brutal, des arrestations spectaculaires. La peur du complot était répandue à cette époque. Delafosse, a précisé Tatiana, n'avait jamais cru à cette thèse et avait défendu son ami, au risque d'être suspecté à son tour. Victor avait échappé à de très gros ennuis grâce à l'intervention de Delafosse. Leur dette, la dette de Victor, c'était ça.

— Pourquoi jeter la dernière page, ai-je demandé, si les accusations contre vous étaient fausses ? C'est une belle histoire d'amitié : ça me rassurerait plutôt sur Delafosse.

— Avec tous les ennuis que j'ai eus avec Rochechouart, les enquêtes en tout genre qui se profilaient, je ne voulais pas prêter le flanc à la calomnie, c'est tout. On allait utiliser ma vie privée. Imaginez ce qu'on aurait fait avec les activités clandestines de ma jeunesse !

— Je crois plutôt, ai-je conclu, que Delafosse, dans cette dernière page, vous rappelait votre dette et ajoutait... je ne sais pas, moi... qu'il avait découvert que vous aviez été vraiment payé par les Renseignements Généraux ou le SDECE.

— Mon pauvre Paul, vous êtes vraiment en plein délire. Je n'aurais jamais dû vous inviter à ce déjeuner. Delafosse confirmait au contraire que, à ses yeux, j'avais toujours été innocent. D'ailleurs, notre groupe s'est séparé de lui-même, à l'époque. C'était le reflux du début des années soixante-dix. J'adoptais toujours les positions les plus extrêmes, mais, vous me connaissez, c'est plus un trait de caractère, chez moi, qu'une option politique. J'ai fait tout ça comme le reste, par jeu. Des fois, le jeu va trop loin. On saute, on saute, et on se casse la gueule. Delafosse m'a sauvé la mise au moment où je me cassais la gueule. Je lui en ai toujours été reconnaissant, même si j'ai été gêné de le lui dire. C'est gênant de devoir quelque chose à quelqu'un. Je l'ai montrée tard, ma reconnaissance, mais je l'ai montrée. La meilleure preuve, c'est vous. Pourquoi croyez-vous que je vous ai engagé ? Que j'ai passé l'éponge sur vos comportements les plus discutables ? Vos propres excès ? Dans le genre excessif, extrémiste, casse-gueule, excusez-moi, mais vous êtes un peu là ! Et pourquoi suis-je prêt aujourd'hui encore à vous sortir de la panade où vous vous acharnez à vous mettre ?

Je ne peux pas croire un mot de tout ça... toutes ces justifications... ces proclamations... Pour m'endormir ? Me calmer ? Comme Delafosse ? Ils cherchent tous à se tirer d'affaire, ai-je pensé. Ils prétendent m'aider. Pour être tranquilles, *eux* ! Sur mon dos.

J'ai senti un nouveau malaise, une contraction au milieu du ventre... déjà sentie... souvent... écrasante... Victor était debout devant moi. Nous titubions l'un devant l'autre. Le sol carrelé rouge chahutait sous mes pieds. Je me souviens confusément de mon agitation... J'avais de plus en plus de mal à assurer mes pas... Cette sensation de vide sous moi... attirante, effrayante...

Tout ce qui précède n'aurait jamais dû avoir lieu... Ce qui suit non plus. Ces paroles n'auraient jamais dû sortir de nos bouches... des élucubrations de forcenés... Une révision vaine du passé... j'étais venu pour des retrouvailles... une réconciliation... pas pour la révision du passé ! le renversement du passé ! Le passé, c'est la seule chose dont on ne peut pas être sûr, ai-je pensé, le passé est imprévisible. D'autres mots, en même temps, me traversaient l'esprit. L'esprit ! Mot cadavre ? Grenouilles ! Grenouilles ! La tête me tourne ! Grenouilles ! Grenouilles ! Un vrai manège ! Grand huit ! Vertige ! Je vais me casser la gueule, papa ! Les visages se dédoublent sous mes yeux... Troubles de la vision ! Classique de l'ivresse ? Toutes les têtes en double ! En double ! Grenouilles ! Grenouilles ! Pourquoi faut-il du passé ? Je voulais être quelqu'un. Rien avant soi, rien après. Table rase. Le seul moyen. Moi qui voulais me fondre dans des réseaux! Le réseau de Colombes! Le réseau Delafosse! Le réseau de la Tournelle! Le réseau de Montfort-l'Amaury! Pas de place pour moi. Rien avant moi. Rien après moi, ai-je pensé une nouvelle fois. Orphelin complet! Professionnel!

— Prenons l'air, ça devient étouffant, a dit Tatiana.

Elle a ouvert la porte: je ne m'étais même pas aperçu que la nuit était tombée depuis longtemps. Des ténèbres terribles, les ténèbres de la campagne. Pas une lumière, même au loin. J'ai regardé ma montre, en m'efforçant de tenir droit mon bras. Plus de neuf heures. À quelle heure, mon train? Qui me conduirait au train? Dans quel état? Le vent s'est engouffré dans la grange... Les chaises, au-dessus de nos têtes ont commencé leurs entrechats... ces claquements de gifles échangées... ça me résonnait dans le crâne... intenable... Tous les bruits de toutes mes années, tous les vieux bruits sont revenus en foule... les tempes me battaient... Depuis le premier cri, le cri de ma naissance: le cri de mon père au premier étage, le cri de papa avant son vol plané... jusqu'au fracas de la vitrine à Cologne... tous... les sirènes... les voix... toutes ces voix qui m'accompagnent, qui me minent... les voix des menteurs... les craquements du bois... les ronflements des moteurs... Jamais de silence! Toujours cette voix qui m'appelle... Paul! Paul!... Je reviens... C'est moi...

Tatiana a refermé la porte, les chaises se sont immobilisées. Nous ne bougions plus guère, tous les trois, au milieu de la pièce encombrée. C'est à ce moment que j'ai vraiment basculé: papa, je me casse la gueule! Je sais plus où je vais... Victor et Tatiana m'ont relevé à grand-peine... une masse comme la mienne... Restez près de moi, mes amis... Nous avons vraiment trop bu... Combien de bouteilles ingurgitées? Nous sommes pleins de Grenouilles, mes amis. Dans mes bras, mes amis, là, bien serrés...

Je t'enlace, Tatiana, je t'embrasse, Victor... Une âme ? Est-ce que j'ai une âme ? Et vous, mes amis ? Une âme immortelle ? Tout le monde s'en fout ? Ça n'a aucune importance ? Qu'est-ce que ça change de le savoir ? Rien ? Sans doute. Mais deux bras, oui, j'ai deux bras, seule certitude : je vous serre dans mes bras... Ma vie... la vie de mes bras... Restez dans mes bras, mes amis, pourquoi vous échapper ? C'est si doux de vous tenir encore, si près. Je vous aime, Tatiana, Victor... Je sens ton souffle sur ma joue, Tatiana, ton souffle court, accéléré, sur un morceau de ma peau, comme autrefois, dans notre grand lit bricolé... l'air qui irriguait tes poumons... les sucs de ta peau, les parfums de ta peau me piquent les narines... quelque chose d'aigre soudain... Je vous aime, mes bras : je sais aujourd'hui à quoi sert d'avoir deux bras. Deux bras comme les miens. Je t'embrasse, Victor, je t'enlace, Tatiana, comme il est impensable d'embrasser, d'enlacer... un moment de grâce entre nous... Je vous serre sur ma poitrine, mes amis, fort, si fort... Vos côtes craquent, comme des meubles de chêne, des poutres qui travaillent... Ne vous agitez pas tant... vous allez glisser... restez bien contre moi... blottis... Je n'ai jamais su aimer personne, comme je vous aime, à cet instant... cet instant de grâce entre nous...

Je ne sens plus l'air sur ma joue ?... Que regardes-tu, Tatiana, penchée sur le côté ? Tiens-toi, je t'enlace ! Et toi, Victor, tu as posé tes yeux ronds sur moi, comme toujours, comme le premier jour... tes yeux fixés sur moi... fixes sur moi... Ton pendentif a glissé par terre, Tatiana, le rubis de ta grand-mère... j'ai toujours été maladroit, brutal... les colliers des petites filles... Je le ramasserai plus tard... Nous allons pouvoir être bien tranquilles, maintenant. Enfin tranquilles. Rien avant moi, rien après moi, ai-je pensé une dernière fois. Je vous serre dans mes bras, mes amis, comme je n'ai jamais serré personne dans mes bras. Vous ne dites plus rien ? Avons-nous jamais été aussi proches les uns des autres, dans le passé ? Presque confondus. Une vraie réconciliation... Mon train part à 22:08. Je vais être en retard. Qui va m'accompagner à la gare ?

6882

Composition Chesteroc Ltd
Achevé d'imprimer en France (Manchecourt)
par Maury-Eurolivres
le 3 février 2004.
Dépôt légal février 2004. ISBN 2-290-33160-0

Éditions J'ai lu
84, rue de Grenelle, 75007 Paris
Diffusion France et étranger : Flammarion